一种活法,只要是适合自己的,便是最好的,最美的。

梁晓声

中国人的人性与人生

梁晓声 著

北京联合出版公司
Beijing United Publishing Co.,Ltd.

图书在版编目（CIP）数据

中国人的人性与人生 / 梁晓声著． -- 北京：北京联合出版公司，2025. 3. -- ISBN 978-7-5596-8159-1

Ⅰ．I267.1

中国国家版本馆CIP数据核字第2024CV4831号

中国人的人性与人生

作　　者：梁晓声
出 品 人：赵红仕
责任编辑：刘　恒
封面设计：王　鑫

北京联合出版公司出版
（北京市西城区德外大街83号楼9层 100088）
北京新华先锋出版科技有限公司发行
三河市中晟雅豪印务有限公司印刷　新华书店经销
字数232千字　787毫米×1092毫米　1/16　15印张
2025年3月第1版　2025年3月第1次印刷
ISBN 978-7-5596-8159-1
定价：59.00元

版权所有，侵权必究
未经书面许可，不得以任何方式转载、复制、翻印本书部分或全部内容。
本书若有质量问题，请与本社图书销售中心联系调换。电话：（010）88876681-8026

人心为舵，需有归途

论中国特色之"存在主义"	002
你想成为吸血鬼吗	006
语说"寒门"与"贵子"	012
《苹果树下》与"广告扶贫"	018
论"吸血鬼"策略	022
千年病灶：撼山易，撼奴性难	026
培养一个"贵族"是容易的	033
当怀才不遇者遭遇暴发户	036
猴　子	039
真话的尴尬处境	042
报复的尺度	044

浮世百态，我们的社会

平凡的地位	050
中国父母与孩子	057
当今中国青年阶层分析	063
该拿他们怎么办	072
仅仅谴责是不够的	079
医生的位置	083
法理与情理	087
一条小街的 GDP 现象	090
实难为续的收视率	095
低消费，也潇洒	102

人间处方，我的一点人生经验

我们为什么如此倦怠	106
人生和它的意义	110
人生真相	116
最合适的便是美的	125
何妨减之	129
我的"人生经验"	134
期　望	145
人生锦囊——梁晓声答读者问	147
狡猾是一种冒险	154
禅机可无，灵犀当有	161
做竹须空，做人须直	165

以人为本，中国文化修行

文化的报应	170
中国的文化需要补课吗	173
靠什么拯救世界	177
大众情绪与文化自觉	180
现代知识分子还要肩起启蒙责任吗	186
论"新知识者"及其"话筒"	188
巴金的启示	198
沉思闻一多	203
沉思鲁迅	208
论教育的诗性	217
做立体的中国人	226
抱持理想　开创未来	232

人心为舵，需有归途

论中国特色之"存在主义"

当年,批判"存在主义"哲学曾被列为学界重点任务。

我本不清楚什么是"存在主义"哲学的,糊里糊涂地表态,殊违己愿,故那时还真的读了几本关于"存在主义"的书,基本上算是比较明白了。

严格地说,存在主义根本构不成一种思想上的学派,也难以归于任何一种主义。它根本谈不上是一种哲学,只不过是一种近乎哲学的思想现象的共同标签。并且,当时的所谓"存在主义者"大部分很讨厌被别人贴上这一标签,而且互相颇为反感,抛弃标签唯恐不及时。

在每一份"存在主义者"的名单上,几乎都少不了雅斯贝尔斯、海德格尔、萨特、陀思妥耶夫斯基、卡夫卡、加缪、莫尔克和尼采们。

他们绝非自行联合的"同志",而是研究所谓"存在主义"思想现象的学者,大学教授们的一厢情愿的归纳。

按美国研究"存在主义"的著名学者W.考夫曼看来,"这些人物所共有的一个主要的特征就是他们那热烈的个人主义"。

"他们那热烈的个人主义"又是一种怎样的"个人主义"呢?

与自私自利肯定是不同的。

那是一种"拒绝归属于思想上任何一个派系,否认任何信仰团体(特别是各种体系)的充足性,将一概传统哲学视为表面的、经院的和远离生活的东西而对之显然不满——这就是存在主义的核心"。

"充足性"三字,可理解为"全面性"——否认任何信仰的"充足性",

即否认任何信仰的全面性——在所谓"存在主义者"们那里,主要是针对宗教信仰而言的。

考夫曼同时认为——"存在主义是一种每个时代的某一部分人都有的感受"。

那是一种信仰危机的或强烈或隐微的感受。而用文字描写呈现此种感受,作家们远比哲学家们内行,于是像陀思妥耶夫斯基、卡夫卡这样的作家,因其小说《地下室手记》和《变形记》在以上方面的出色特征,也被贴上了"存在主义者"的标签,但他们本人实际上对于所谓"存在主义"的哲学概念毫无兴趣。特别是陀思妥耶夫斯基,在他写《地下室手记》时,"存在主义"这一概念还没被提出呢。他被归于"存在主义者"多少是一个意外——"哲学动物"偶尔将目光瞥向"文学动物",发现《地下室手记》中的"我"太有信仰危机了,于是说:"看,这是一个典型的'存在主义者'。"——结果不但"我"成了典型的"存在主义者","我"的创造者陀思妥耶夫斯基也被强行收编了。

卡夫卡的《变形记》以及其后尤涅斯库的《犀牛》,都是表现他们所处的时代对人之异化的代表作。

因而后来的学者们普遍认为——所谓"存在主义",其在哲学上的成熟远不及在文学方面的成就的"存在"。

问题是——那些曾经的"哲学动物"也罢,"文学动物"也罢,其质疑、呈现、揭穿、批判,矛头本是直指资本主义时代之资本主义国家的资本主义现实的。他们的思想,乃是拥护资本主义的人们所坚决反对的。

将投枪掷向资本主义国家的制度和信仰的人,在世界上两个最大的社会主义国家曾遭到同样批判。而在资本主义国家倒也没怎么批判过他们,任"存在主义者"们自说自话地"存在"着而已。即或有所批判,也不过是纯学术界司空见惯的事,政治是从不参与的,连宗教也未假以颜色。

这是为什么呢?

因为"存在主义"是从纯粹个人感受出发对现存世界的秩序之合理性的质疑和否定而已。

当年的我也并没将"存在主义"当为一门哲学,正如我从不认为尼采的乱七八糟的思想居然算得上是哲学。"存在主义者"们那种感受我也有，从小到大一直有——现在仍有。

之所以旧事重提，乃因——依我的眼看来，中国批判"存在主义"批判一溜儿够，倒是现在成了世界上"存在主义者"们特多的国家。即使不是最多的国家，也肯定是多到数二数三的国家。

有时我走在街上，望着如织的行人，内心不由得说——"看呀，谁并不是'存在主义者'呢？包括我。"

在机场、商场、车站、会场、医院……

电视中的人；看电视的人；

做报告的人；听报告的人；

蹿红于网络的人；活跃于各种活动的人；

讲台上的人；讲台下的人……

在一切时空中的几乎一切人；老人也罢，孩子也罢，差不多都不同程度地接近着是一个个"存在主义者"，再加不同成色的实用主义、投机主义、无政府主义、享受主义、自我中心主义和对整个地球的乐观主义或悲观主义……总而言之，大抵是一个个的"存在主义者"+。尽管绝大多数人从没听说过什么"存在主义"，但"存在主义"像当初将陀思妥耶夫斯基、卡夫卡、加缪们的名字打上了"存在主义者"的标签一样，也在许多许多估计会多到百分之九十几以上的中国人的头上戴上了"存在主义者"的紧箍环。

所谓公仆与公民之间的关系，也几乎可以说是少数"存在主义者"与多数"存在主义者"之间的关系。前者在被怀疑的前提下疑惑地服务着，后者在怀疑的前提下疑惑地决定拥护什么或反对什么。"后存在主义者"们与"存在主义者"前辈们的区别在于，几乎仅仅在于——将自己自囚于地下室的"我"，变成了甲虫和犀牛的"我"，皆因那种"存在主义"的感觉而不适、烦恼、痛苦、愤怒；"后存在主义者"们却是渐适的，善于以嘻哈和戏谑驱除烦恼的，对不适习惯成自然的有时还表现出自若与惬意的大多数。

凝视当今之世界，不仅中国人如此。除了仍有一些极虔诚亦极可敬的宗教信徒仍恪守对宗教的不二信仰，别国的许许多多的人也都"存在主义者"的特征明而显之了。

几乎可以说，全人类的大多数人仿佛都被"存在主义"所传染了。或许是为了自我平衡，实用主义也便在本世纪（二十一世纪）盛焉。

然而却不能据此便说人类在意识上退化了——比之于相信人死后灵魂上天堂或下地狱的同类，怀疑天堂或地狱之说，不为灵魂上天堂而为善，不惧灵魂下地狱而拒恶，分明是更与时俱进了。

"存在主义"与实用主义相结合，不论乐见也罢，忧虑也罢，痛心疾首也罢——似乎都已成为地球新人类的意识特征。

这样的新人类绝对怀疑"等到不远的将来"这一论调，对于夸夸其谈"天下大同"也格外反感。

他们对许多事的态度都变得极其现实了——为什么做某事？于国有利或于民有利？于国有利需要民付出什么代价？于民有利又究竟是于哪一部分民有利？将在多长时间内完成某事？完成某事的过程中有无利益集团的利益黑箱操作？完成某事后即使对我没什么好处，我的儿女会否享受到成果？……

而这样的态度，除了以"存在主义"加实用主义来概括，再难找得到更精准的概括。

简直也可以说——这是人类社会的"新常态"。马克思所言"人是社会关系的总和"，相对于大多数人，显然已成为"存在主义"加实用主义的"关系的总和"。不但人与人之间如此，国与国之间的关系亦如此。而人与人之间，国与国之间的友好能否经受得住考验，则很大程度上取决于对"存在主义"加实用主义的既理性又灵活变通的考验——一切政治人物，不论在国内事务或国际关系中，都几乎只能于如上前提之下交出答卷……

二〇一六年八月十四日

你想成为吸血鬼吗

没有人想成为老美电影中的那类僵尸,这是毋庸置疑的。

我一直不太明白他们为什么总拍此类电影,据我所知,即使在美国票房也一向不是多么地高,然而总有些他们的电影人乐此不疲,还搞成了系列,似乎要可持续地拍下去——但这是另一个问题。

至于老美的吸血鬼电影,确曾拍出过几部经典,《夜访吸血鬼》可算其中之一。

在该电影中,两个男吸血鬼都由英俊小生饰演——从外表看,都是美男子,华裳丽服,贵族气质显然。并且,过的也是典型的贵族生活,不乏男仆女婢的服侍,出则豪车骏马,入则大堂阔殿,总之皆属上流人家的宅府。还有一点也许会令世上男人羡煞,所到之处,即使并不招摇,亦特吸引贵妇倩女的眼球。如果他们回以多情一瞥,她们都乐于投怀入抱。没有机会,创造机会也渴望成其好事。当然,下场一向是不美妙的,她们获得他们的青睐,须搭赔上性命。

至于财富,他们似乎从不缺少财富,甭管怎么得来的。

他们与真正的贵族的"高富帅"子弟相比,唯一不够幸福的就是见不得阳光,所以他们的幸福体现在夜生活中。白天,他们在自己为自己选购的高档棺材里安眠。

他们的日子也有麻烦,那就是不喝人血生命就完结了。对于他们,一等血是贵族血,年轻的贵族女性的血是极品血,但他们也很能将就,贵族血"供应"中断时，平民血贫民血乞丐血也不排斥。无奈之下，家禽家畜的血耗子的血都是咽得下去的。

他们心中还有如影随形的恐惧——对阳光的害怕和对人类报复的害怕。

但老牌的吸血鬼，比如活了三四百年了，便往往修炼出高强的生命力，不但不怎么怕阳光，而且具有了以一抗百甚至抗千军万马的巨大战斗能量。"岁月催人老"对他们不适用，在五百岁以内，他们帅气的脸上不会生出哪怕是一条极细微的皱纹。

吸血鬼几乎永远年轻，只要能不间断地吸到保质保量的血。

在这一前提之下，他们尽可以天天过着《了不起的盖茨比》的那一种地地道道的贵族生活——想花天酒地就花天酒地，想挥金如土就挥金如土，想美女围绕就美女围绕。喜欢哪一个就口下留情与之多逢场作戏些日子；忽一日喜新厌旧了，或被纠缠烦了，喝了她的血就是，于是一了百了。只要做得专业不留痕迹，怀疑的目光是不太会锁定他们那么风流倜傥的"上等人物"的。

最主要的一点是——他们不必也不会有什么罪孽感，如同掠食动物在上帝面前并无罪孽感，因为它们有理由反问："难道不是你使我成为掠食动物的吗？"

亲爱的年轻的朋友，怎么样？想当一个那样的吸血鬼吗？

我听到似乎有年轻的女性在问：可我是女人啊！

性别根本不是个问题。从逻辑上讲，年轻的女人同样可以成为永葆花容月貌的女吸血鬼。女盖茨比的生活正在向你招手，如何？考虑一下不？

至于六十岁以上的男女，我想就别动心了吧。因为你从哪一个年龄哪一种样子开始变成吸血鬼的，你就只能是那个年龄那种样子的吸血鬼。吸血鬼万寿无疆，却没法儿使时光在自己身上倒流。变吸血鬼也得趁早，都土埋半截了，省省吧。

变，或不变，对年轻男女才更有考虑的意义。

不，不，一经考虑，其实便没有回答的意义了，因为这个问题之超出常识是明摆着的，人的理性不喜欢思考这类问题，会认为是一个很无聊的问题。然而实际上这是一个既古老又直逼人性先天弱点的问题，与各种宗教的"原罪"说有最密切的关系。

世界上的任何一种宗教都不约而同地将人类的"原罪"认定为事实，那么宗教所认定的"原罪"究竟指什么呢？

非他，欲望而已。

人是带着欲望的本能降生于世的，人的欲望比世上任何一种动物的欲望都复杂，每每体现荒诞不经的性质。动物的欲望则简单明了，并且绝不荒诞，仅仅与生存目的有关而已。

四百五十多年前的英国戏剧家克里斯多弗·马洛的名剧《浮士德博士的悲剧》，是人类较早探究欲望的文艺作品，歌德后来将同一题材写成了长诗《浮士德》，主题未变，也不可能变——他完成《浮士德》前后用了近六十年的时间。

"我只不过是在重复前人所做的事。"——这是歌德在别人问到他的创作意义时所做的回答。后人认为，他实际上解释了自己为什么在马洛之后还要用几乎一生来完成长诗《浮士德》。

是啊，为什么呢？

因为浮士德不但确有其人，而且是德国十六世纪前半叶的存在主义哲学家，他是存在主义的鼻祖。

存在主义是一种怎样的哲学呢？

简单地理解，存在主义所宣扬的差不多是这样一种思想——"我即宇宙""我欲故我在"。

这一种思想反对宗教禁欲教规的企图是确凿的，因而不无进步性。但其欲望至上的主张，亦令当时的人们感到担忧。又因为欲望至上主义委实具有使人替人类的前景不安的性质，以至于后来的陀思妥耶夫斯基、卡夫卡、萨特虽然亦对宗教禁欲主义极其反感，但同时又很不喜欢别人往自己身上硬贴"存在主义者"的标签。

人—欲望—人生，这三者究竟是怎样的关系？

不但是马洛要探究的，也是歌德想给出回答的。

在马洛的戏剧中，浮士德与巫师梅尔菲斯达成的"交易"是——梅尔菲斯愿为他绝对服务二十四年，服务内容不但需满足他的一切欲望，还包括回答他问题，消灭他所视为的敌人，帮助他的亲爱者和朋友。但二十四年后，他要将自己的灵魂交给魔鬼卢西法。

获得魔法的浮士德于是几乎无所不能，随心所欲，他甚至公然戏弄罗马法老，使德国王宫中那些瞧不起他的公卿大人头上长出了角。他大名远播，最后爱上了希腊美女海伦，由她的香唇发现了天堂……

然而约定的期限到了，当灵魂即将属于魔鬼时，他恐惧了，以自杀毁约。

与马洛相比，歌德对人—欲望—人生的思考更深一些，也可以说更形而上一些。

马洛是靴匠的长子，与莎士比亚同年，获得过剑桥大学的奖学金，但长期缺课，所选的哲学专业反而没学好。他的日子一向饥一顿饱一顿的，并且酗酒成性。后世不少研究者认为，莎士比亚的某些剧作和诗篇，也许是由马洛代写的，为的是换得生活费。

这样一位马洛，人生的许多欲望从没怎么得到过满足，其人生价值取向偏于"我欲故我在"是完全可以理解的。

歌德却是富家子弟，其父是法学博士，任过市参议员，母亲是法兰克福市长的女儿。

他本人当过魏玛宫廷的枢密顾问、内阁大臣。他不但热爱文学，也同样喜欢哲学，还潜心研究过解剖学、骨骼学和植物学，甚至发表过诗体论文《植物的演变》。

歌德通过他笔下的老浮士德之口叹道：

"人类越努力越迷惘。"

"我只是毫无任何意义地奔过这个世界。"

"我难道不是逃亡者？不是无家可归之人？"

"我犹如往下直泻的瀑布，受欲望驱使而坠深渊。"

显然，歌德并不认同"浮士德式"生存方式。

美国一系列吸血鬼题材的小说、电影，除了商业目的，也都会多多少少注入些"歌德式思考"。否则，那类小说、电影便成了彻底的垃圾。

《夜访吸血鬼》肯定并不垃圾，因为"歌德式思考"几乎贯穿始终。在该片中，吸血场面也并不血腥，尽量优雅——我觉得，似乎是一种隐喻，即哪怕以达尔文主义来看待，吸血鬼比之于人类，也是高踞生存链上端的。

"你愿意变成吸血鬼吗？"

我向某些青年讲了"高富帅"型吸血鬼的故事后，总是会向他们提出同样的问题。

我居住在平民社区，那条街上的小门面一处紧挨一处，最窄的才两米宽。那些青年有理发的、按摩的、卖果蔬的、开洗染店的，他们的生存压力很大，门面租金涨得很高。

他们起初的反应是暧昧地笑。

我坚持要一个回答。

十之七八的回答是："那谁不想啊！"

答后，不好意思地又笑。

我再见到他们时又问："做了那种梦没有？"

他们反问："哪种梦啊？"

"变成了'高富帅'类型的吸血鬼呀。"

"嘿，你不重提，早忘了！"

"忘得那么快？"

"那种想法不走心的，顺口一答，一秒钟之后就彻底忘了。"

他们虽与马洛同属一个阶层，却似乎并无马洛那种欲望痛苦。如果店面租金不涨得太高，我觉得，他们相当安于自己寻常的生存。

但我们这个时代，难道不是一个欲望横流的时代吗？

而他们所面对的欲望诱惑，比我所经历的任何一个时代都要多，都要强烈，都要可憎；每天从四面八方包围着中国人，往往想躲都躲不开。

他们是怎样做到熟视无睹、处之若定的呢？

他们都非宗教徒，与宗教影响无关；

他们也肯定都没读过《浮士德》；

他们绝不会将什么写着"无欲则刚""知足常乐"的条幅挂在家里或店里，他们才不需要那类所谓人生真谛的启迪；

他们对所谓国学的至理名言也毫无兴趣，没那时间和精力；

他们究竟是怎么做到的呢？

老实说，我至今还回答不了自己。

我只看清了一个人类社会的真相——强烈的欲望，从来都体现在人类自身生存链的较高层级，越往上越强烈，直至体现得最强烈，最最强烈。

比如秦始皇，竟强烈到想要长生不老的地步，希望将皇位一直稳坐下去。

而生存层级越处于下端的人们，其实欲望越现实。

到了最低的层级，便只不过是巴望着能过上小康生活了。

中国生活在低层的人一向是多数。

对低层之人而言，中国梦即小康梦，岂有他哉？

二〇一六年八月十九日

语说"寒门"与"贵子"

汉文学的考究之处也在于——每可凭一字之别,表征出程度细致的不同。

如"痛哭"与"恸哭",二者的不同实难诠释清楚,所谓"只可意会,无法言传"。

"恫吓"与"恐吓"亦如此。

"贫穷""贫困""贫寒"三个词中,尤以"贫寒"之贫境甚,即贫穷到了冬季没钱买柴取暖的地步。

"寒门",即那样的穷人家。

"寒门之子",即那样的穷人家的儿子。

"寒门之女"四字是少见的,因为在从前,她们大抵早嫁,或早夭了。与父母在"寒门"长相厮守、相依为命的老姑娘是有的,但情况极少。《聊斋》中的"侠女"近于那一情况,据说是为报血海深仇而伴老母隐居于民间的吕四娘的原型,本属豪门之女,大仇一报,便人间蒸发,无人知其所终了。

故"寒门儿女"之女,多属小女孩儿。

"寒门之子"们的人生却又是另一番境况。通常他们是娶不上妻的,作为人子,并负有侍奉二老的责任。在旧时的小说或戏剧中,他们通常与老母形影相吊地生活在一起,老母不但年事已高,且往往双目失明或是聋哑,娶妻之事于他们被说成"讨老婆"。未知此言先是由民间而戏剧或恰恰反过来,然一个"讨"字,具有极怜悯之意味,道尽了花最少的钱办终身大事的苦衷。

又如在"侠女"中,顾生便是如此一个"寒门之子","博于材艺,而家綦贫。又以母老,不忍离膝下,惟日为人书画,受赀以自给。行年二十有五,伉俪犹虚"。

古文中"材"指技能,以区别于"才干"之"才"。

綦——极也。

虽"博"于技能,但家境贫寒,且需赡养老母,娶妻便几成空想。

在旧小说或戏剧中,顾生们大抵是孝的榜样。"艳如桃李,冷若冰霜"之侠女,以处子之身报顾生相济之德,不仅出于对他"讨"不上妻的同情,还因敬他是"大孝"之子。

我小时候,常听到"寒门"二字,这二字总是与"孝子"二字连在一起。因为不但我家是当年城市里的贫穷人家,那一片人家皆贫穷。母亲与邻家大人聊得最多的一个话题,便是哪家哪家的儿子多么多么"孝道"。在社会的底层,"自古寒门出孝子"是大荣耀。故我自幼确乎是将孝当成一种"道"来接受的。

长大后,才偶尔从旧小说中读到"寒门出贵子"这样的话。

自古寒门必然出孝子吗?

从没有统计数字予以证实,显然是谁都无法肯定地说清楚的。

为什么旧小说旧戏剧中的寒门之子多是孝子呢?

因为对于寒门之子,孝是比较易于做到的,是可完全由主观来决定的,是想那样就能那样的。进而言之,"寒门出孝子"是底层人家的父母极其现实的而且也是极人性化的诉求——文艺家关注到了这种底层诉求,一代又一代、一个历史时期又一个历史时期地通过文学或戏剧予以满足,并且有意使之在底层社会形成重要的亲情伦理。其伦理基础是符合人心取向的,用民间劝人的话语来说往往如此:"生活已是这般贫穷,父母已是这般不易,你作为儿子,有什么理由不孝啊!"

事实也是,民间的长辈,确乎一代又一代、一个历史时期又一个历史时期地对寒门的不孝之子进行几乎百千年来未变的台词式的教诲。

文艺的影响功能如民间教诲，久而久之，"寒门出孝子"这一底层愿望，演变成了"自古寒门出孝子"这一仿佛的规律。

是理想主义色彩很浓的愿望。

寒门肯定出孝子吗？

未必。

豪门富家之子定然不孝吗？

也未必。

既然都未必，为什么"自古寒门出孝子"会在底层民间口口相传呢？

非他，底层民间尤其需要此种亲情伦理的慰藉，正如真的牧羊女更需要白马王子爱上了牧羊女的童话——公主和格格们才不听不看那一类童话。

"自古寒门出孝子"之说是一种文化现象。分明地，很理想主义，却属于有益无害的那一种理想主义。

而所谓"自古寒门出贵子"之说，却是一种伪说，并且有害无益。

首先，何为"贵子"呢？

不论在中国的古代还是外国的古代，"贵子"一向专指成为权力显赫的达官的儿子们。特别是在中国的古代，纵然谁家儿子已成了富商，那也照样算不上所谓"贵子"，所以他们往往要花钱捐个红顶子戴。也就是说，马云如果是古代人，他如果不花钱捐红顶子戴，那么他究竟算不算贵子，恐怕是有争议的。

"贵子"二字在中国，一向是官本位下产生的专用词。它不同于西方的贵族之子，它是指"之子"自己成了公侯将相，起码是中了进士成了部或部以上的大官。

当下之中国，毕竟已是进入了现代历史时期的国家，那么，就连成了大老板的儿子们也算在"贵子"之列吧。

接着的一个问题是，虽然官当到多大我们已给出了比较能达成共识的结论，但老板要做到多大才约等于"贵子"呢？

而我认为"自古寒门出贵子"是一种当代中国人的伪说的理由更在于——无须统计也可以肯定，此前全世界任何一个国家的任何历史时期的任何一部书中，都断不会出现那样一句话。

因为它违背常识，不符合人类社会的普遍规律；是对个别例子的似乎的规律说。

但"寒门出贵子"五个字，不但在书中、在戏剧中，在民间语境中也都是老生常谈了。

一种对个别例子的老生常谈的现象说。是的，仅仅是现象说，绝非规律说。

还以"侠女"为例，顾生虽是孝子，却命中注定寿薄，二十八岁就死了。但他与侠女之子却十八岁中进士，当大官是不成问题的，正所谓父仅孝子，未成贵子；子成贵孙，"犹奉祖母以终老"。

然而终究是故事。

却也不仅仅是故事——在古代，"寒门出贵子"的例子是有的。一靠"造反"，或曰"起义"，多是活不下去走投无路的农民及子弟。"起义"是近代史学词，以给予正面的评价。这是豁出性命之事，成功者如朱元璋。二靠科举。科举一举两得，既缓解了造反冲动，也为朝廷选拔了人才。但若以为有很多寒门之子靠科举成了"贵子"，实在是大误会。自宋以降，科举渐成国策，然真的寒门之子通过此管道而成"贵子"者，往多了说也就千万之一二而已。

寒门之子往往输在科举的起跑线上——凿壁偷光、聚萤为烛与有名师启蒙的豪门子拼知识，虽头悬梁、锥刺股，也总是会功亏一篑的。

项羽偶见秦始皇出行的阵仗，想："吾可取而代之。"

在他的意识中，"贵"至高峰莫过于称帝。

陈胜"造反"之前亦发天问："王侯将相宁有种乎？"

为了统一"造反"意志，他曾对铁杆弟兄们信誓旦旦地说："苟富贵，勿相忘。"

在他们的意识中，人生倘不富贵，便太对不起生命了。何为贵？做一把王侯将相耳！

贵族之子项羽也罢，寒门之子陈胜也罢，在他们所处的时代，对好的人生也只能有那一种水平的认识。

现代社会的现代性也在于如此两点——消除"寒门"现象；在好人生的理解方面，给人以比项羽比陈胜们广泛得多的选择。

由是，我对今日之中国，忽一下那么多人特别是青年哀叹"寒门何以再难出贵子"，便生出大的困惑来。

依我想来，现在中国即或仍有"寒门"人家，估计也是少的。但贫穷人家仍不少。那么，"寒门何以再难出贵子"，可以换成"底层人家何以再难出贵子"来说。

我的第一个大困惑是——在今日之中国，彼们认为何谓"贵子"？

若仍认为只有做了大大的官、大大的老板，方可言之为"贵子"，那么这一种意识与项羽与陈胜们有什么区别呢？是否直接将好人生仅仅与陈胜们所言的"富贵"画了等号呢？

具体来说吧，倘数名曾经的寒门之子，至中年后，分别成部级干部、大学校长或书记（普遍也是局级干部）、大学教授、优秀的中学校长、中学特级教师、技高业专的高等技术工人、好医生、歌唱者（虽非明星大腕，但喜欢唱且能以唱自食其力，而且生活得还较快乐）……不一而足。

在他们中，谁为"贵"？

部长者？

大学校长或书记次之？

教授们无官职，大约不在"贵"之列啰？

其他诸从业者呢？既非"贵"，其人生便平庸了没出息了吗？

若如此认为，岂不是很腐朽的一种人生认识论吗？岂不是正合了这样的逻辑吗？——官本位，我所排斥也；但当大官嘛，我心孜孜以求也！

我的第二个大困惑是——现代之社会，为知识化了的人提供了千般百种的有可能实现梦想的职业，即或是底层人家之子吧，何必眼中只有当大官一条路？

我的人际接触面告诉我，在大学中，成为教授的底层人家的儿女多的是！在文艺界体育界活得很精彩的底层人家的儿女也多的是！在当下的县长县委书记中，工农的儿子也多的是！几乎在各行各业，都有底层人家的优秀儿女表现杰出甚而非凡，若以项羽、陈胜们的人生观来评论，他们便都不是底层人家的"贵子"啰？

怎么地，中国反封建反了一个多世纪了，封建到家了的关于人生的思想，居然还如此地能蛊惑人心并深入人心吗？

所以我认为，比之于"自古寒门出孝子"，哀叹"寒门何以再难出贵子"，实在是使拒绝封建思想的人心寒的现象。

而我之所以写这篇文章，动机倒不是出于批判，恰恰相反，而是想拨乱反正，纠正某些人的误解。

我觉得，中国之现实存在着如下三个特色——

官本位依然本位着；

官本位观念确已发生动摇，渐趋式微；

底层人家的子弟通向官场的通道梗阻仍多。

底层人家有不少子弟，仍十分向往为官，并且很可能是要以做"大公仆"为己任的，我们姑且这么认为；

为他们清除梗阻，使他们实现其志的过程顺畅些——这也体现着一种社会进步。

我想，这也许才是提出"寒门何以再难出贵子"这一话题的人的本意。

那么，这话题其实与龚自珍那"我劝天公重抖擞，不拘一格降人才"的诗句异曲同工。

而往直白了说，其实是这么一种意思——

我乃底层人家之子，我的人生志向是当大官。这是我最强烈的人生志向，我矢志不渝，并且自信能当得很好！中国，为什么我这样的人当大官难而又难，难于上青天？而奥巴马和普京，出身也和我差不多，却可以在他们的国家当上总统？敢问我的路在何方……

如此说来，便明白多了。我也就没了困惑，虽然仍会想，何必呢？但能十二分地理解。

只不过，对于这样的人，在当下之中国，我是无法安慰的。

二〇一六年七月三十日

《苹果树下》与"广告扶贫"

我对"精准扶贫"的国策举双手赞同。

我认为中国之商企界，若有心也为"精准扶贫"尽一份力，其实很可以转变观念，从此开始尝试"广告扶贫"。

中国之国企和民企每年的广告费是一个天文数字，每年基本上由广告制作商和诸类明星代言人收入囊中。

任何企业都不可能自己制作广告，广告目的由广告商代为实现乃必由之路，但企业可以对广告商提出可行性要求，而我所言之"广告扶贫"，则可部分地达到目的。

我这一想法是因为看了央视纪实频道播出的《苹果树下》而产生的——非央视制作之节目，而是大连电视台的作品（在此向大连电视台此纪实片的制作团队致敬）——该纪录片讲述的是大连瓦房店东马石村胡万增夫妇和他们的难以自食其力的儿女以及他们一家四口与赖以为生的三百多棵苹果树的真实故事。

胡万增夫妇都是年近五十的人了，他们的"苹果树人生"使我对苹果从此产生了对圣果般的不寻常心理。我牙不好，不爱吃苹果，但后来每见苹果，立刻便会联想到胡万增一家四口；仿佛苹果便约等于胡万增这个名字，胡万增便约等于苹果了。

正是这种广告般的纪录片效果，使我产生了"广告扶贫"的想法。

通过《苹果树下》的介绍，胡万增夫妇可以成为广告形象代言人吗？

我给出的答案当然是可以。

但——他们能出现在哪些产品的广告中呢？

这是个需要审慎考虑的问题。

我觉得绝大多数产品的广告中都不适合出现他们夫妇的形象，甚至连苹果广告本身也不适合。比如山东任何一地的苹果，肯定并不愿在包装箱上出现大连果农胡万增的形象和他的名字，别的地方的苹果包装箱上肯定也不愿那样。

但如果由他们夫妇为苹果酱、苹果饮料做广告会如何？

我想是苹果加工企业及广告商可以尝试的。

我坚决不认为，在广告的效果方面，唯"小鲜肉"与当红明星永是万应灵丹。如果认为广告学是一门学问，那么此门学问的真谛恰恰在于，倘智慧性地出新一下，连动物的广告效应往往都足以与诸类明星们一比高下，而想象之动物如米老鼠、唐老鸭、加菲猫、狮子王的广告影响力，在欧洲曾使明星们望尘莫及。

就我本人的感觉而言，从电视里看了太多的明星广告，已每每使我对电视也产生了厌烦。

我是太希望中国的电视广告能出一下新了。

比如肥皂、洗衣粉、一般价格的洗发液、厨房去污剂，就不见得非明星们来做不可，由胡万增们来做，不但未尝不可，效果也许还会更好一些。

广告收入又快又多又容易——这会不会彻底改变了胡万增们的当下生活轨道呢？

毕竟，我相信，我们大多数人都希望他们一家的生活借助做广告这件事有所提高——住上了好些大些的房子，有了机动车，日常生活的家电水平丰富了，收成不好的年头也不必太为生计所忧了。却不愿看到另一种结果——他们有了经纪人，果园也荒弃了，一心巴望持续不断地接广告。因为我们都十分清楚，那是不可持续的。对明星和"小鲜肉"们也不可持续，更别说对他们了。如果做广告这一件事使他们的生活向后一种轨道改变了，那么岂不是等于使他们误入歧途害了他们吗？

而如果机会降临，他们清醒地知道那只不过是他们生活中的一两次

019

幸运而已，则无论对他们还是对中国的广告业之突破思维定式，都无疑是好事。

他们的广告费肯定不会像明星们的广告费那样高得令人咂舌。

若他们居然愿从广告收入中分出几分之一，捐助给某些生活与他们同样艰难，他们以前很想帮助而无力周济的人家，那么我认为，他们真是心灵伟大得很、高尚得很、可敬得很。即使周济的是比他们生活更难的穷亲戚，那也同样是极其可敬的。并且，为明星们也树立了榜样。

由胡万增一家想到，中国有不少植树楷模，我不止一次从电视中看到过他们可敬的事迹和他们所做的公益性广告。

公益性广告是免费的。

但企业和广告商们，为什么眼睛非盯着明星不可呢？请他们来做有偿广告真的注定会是"白烧钱"的事吗？

我看未必。

民企不愿尝试，国企为什么就不能带带这个头呢？

凡事总得有人带头。

广而论之，国企也罢，民企也罢，民间个体工匠也罢，一切普通劳动者中不但在工作岗位上表现优秀而且生活困窘的人（实际情况是，确有不少那样的人荣誉加身却过着值得同情的日子），一切为一方水土、一处乡村甚或仅仅是为自己的家庭辛劳不止且事迹感动我们的人——我认为都可以成为有偿广告人。

电视台的综艺歌唱大赛节目既然能为街头歌者提供平台，使他们的人生有所改变，广告业当然也可以帮助那些我们希望他们获得一些社会帮助的人。

而他们在获得了帮助之后倘也能从收益中分出一部分帮助同样需要帮助的人，则等于中国之广告业也为中国之扶贫尽了一份有创意的贡献。

中国之广告资金流确乎是巨数，据说每年至少近千亿，即使仅有百分之一二"流"向胡万增们，再经他们"流"向更多的需要社会关爱的家庭，总比只"流"向不差钱的明星们的口袋里多了点儿广告效应之外的社会意义。

我不认为明星们会来气。若果如我所言，明星们肯定也会乐见其事。甚至，可能有些明星会以样学样，愿从自己的广告收益中分出一两成，实现个人名义的"广告慈善"。我觉得他们中一些人是有慈善心的，只不过不晓得通过何种可信赖的方式实现为好。

自然，有两个问题是必须面对的：

一曰契约精神；

二曰心理考验。

契约精神有合同限制着，好办点儿。

心理障碍就不怎么容易克服了——许许多多本有助人为乐之情怀的我们的同胞，每一想到某些"家族利益集团"以特权所谋之巨额财富富可抵省（如今之中国经济基础十分雄厚了，个人财富富可敌国已是妄想，但抵一个经济欠发达省份的年财政收入几乎成为事实），而且如民间所言，仿佛瓷公鸡铁仙鹤玻璃耗子琉璃猫，财富基本转移向国外，拔一毛可利天下亦绝不为——于是，自己的慈善心极受破坏。

"妈妈的，他们全那样，我又何必这样！"——凡人要克服此种心理障碍，委实非易事。

这乃是导致几乎整个中国社会种种心理失衡现象的"死结"般的可恶现实，因而每使不少好的想法好的愿望如冰块上吹火绒，能吹出几缕烟已不错了，真的生成一堆火谈何容易！

故，我这一篇文字，估计也就是自说自话，文字的行为艺术而已……

二〇一六年八月十五日于北京

论"吸血鬼"策略

在《夜访吸血鬼》这一部美国电影中，有如下情节：

外表帅气、儒雅、举止斯文，然而冷酷无情，咬死人没商量的老牌吸血鬼，在一个少女吸血鬼面前流露了内心的恐惧——阳光对他们即意味着死亡，而且他们人数太少，已快绝种，他们既靠吸人血而活，其实便是挑战全人类。一旦有许多人认清他们吸血鬼的真面目，他们将在劫难逃……

那少女吸血鬼和他一样，外表看起来天真无邪，极有教养，像个十足的贵族之家的乖乖女，却同样也是咬死人没商量的。她有时咬死人并非由于饥渴难耐，急需喝人血，而仅仅由于任性，是完全本能之反应，所谓一时兴起。当特别喜欢她的胖胖的年龄可以当她祖母的女裁缝为她量体裁衣时，仅仅因为女裁缝的脖子引起了她下口的冲动，如同笼中之鸟引起了宠物猫破笼而吃的冲动那样——结果她也将女裁缝咬死了。一秒钟前还欢颜相向，一秒钟后她就凶相毕露了。

正是如此这般一个少女吸血鬼，向老牌吸血鬼贡献了她深思熟虑的思想："我们应该改变策略，从今往后，不仅仅是咬死他们，而是将他们变得和我们一样，那样我们的数量就会越来越多。"

吸血鬼咬人，大抵是将人血喝光拉倒。那时，人就死了。但吸血鬼若改变一下策略，不将人血一饮而光，在人奄奄一息时，也将自己的血让人饮下几口，于是一个新的吸血鬼就诞生了，吸血鬼家族因此就有了新成员。长此以往，家族就壮大了。

世上断无真的吸血鬼，也便断无什么吸血鬼家族。"吸血鬼"三个字常被用以比喻剥削之狠、压榨之狠。美国华尔街纠集了一批老牌"吸血鬼"，不但靠玩金融把戏剥削本国人，也剥削别国财富，并且，压榨"马仔"们。什么都没创造，年薪却巨高。连美国人自己都看不下眼去，一再通过媒体予以揭露，小说、戏剧、电影、电视剧也每以他们的勾当为题材予以形象化的抨击。

比如最近的一部美国电影之内容便是如此——金融风暴即将来临，一家超大的金融公司囤积了十几只股票，尚未来得及炒卖出去。怎么办呢？七八个小时内若不清仓，一干高管的饭碗就砸了，于是彼们连夜召开紧急会议，做出断臂决定，强迫员工强力推销，完成定额者可获一百几十万美元的奖金。

有些台词极其耐人寻味：

"都是些垃圾，我们这样做是否太不道德了？"

"难道我们不是一直在做这样的事吗？对于财迷心窍的人有必要讲道德吗？"

"可是，卖给谁呢？"

"有卖必有买，卖给一切肯买的人，包括你母亲！"

而总裁对下属的能力的评定一向是以下三条——动作快、够聪明、会骗。

他们成功地保住了吸金饭碗，大批员工"苦战"了几小时后失业。

对于"吸血鬼"们的此种行径，人类社会已有足够充足的认识。

但是，对于"将他们变得和我们一样"这种"吸血鬼"策略，许多人是缺乏思考的。

"吸血鬼"策略自然也是人类之策略。此一策略现象，在人类的历史长河中比比皆是。

就以《水浒传》中的林冲为例吧，火烧草料场后，被逼上梁山。当时梁山的一把手王伦，命他下山随便杀一个人，以证其落草之意决矣。

杀人，对于林冲也不是头一遭了，但随便杀一个人，却会使他有罪过感。

这是和王伦们不一样的。

王伦们要使林冲变成和他们一样杀人不眨眼，不必考虑被杀者无辜不无辜。

而这是王伦们主政梁山时的规矩。

这一规矩的实质是——全体同伙，必须是"一样的人"。谁还与同伙有不一样的地方，对于同伙是不安全的。像林冲这样武艺高强的人尤其得按规矩办，否则会使同伙更加疑虑。

马克·吐温的小说《汤姆·索亚历险记》有如下情节——某小镇的一些居民观看了一场戏剧演出，主角是"一位落难伯爵"，同时也是"表演艺术大师"。既而观看者们都觉大上其当，认为所谓演出根本就是骗钱的低俗胡闹。

但他们不想说出真相，因为他们不是居民的全部，只是第一批观看者，少数。

"必须让所有的人都与我们一样，否则我们会成为被耻笑的对象！"

彼们皆如是想，于是都说演出水平高极了，于是小镇居民一批接一批全部都上当了。基于同样想法，一个不少地都很二，似乎也就谁都不二了。

《皇帝的新装》、"指鹿为马"这一成语，揭示的都是"将他们变得和我们一样"的策略真相。

"冷战"时期，世界分成了姓"社"和姓"资"两大阵营，每一阵营都力图更多的国家变得和自己阵营中的诸国一样——如果情况反了过来，整个阵营都会紧张不安。

"将他们变得和我们一样"——此种策略或缘于救助愿望，或缘于心理恐慌。

判断"将他们变得和我们一样"究竟是源于好的目的还是坏的动机并不难，看企图将别人变得和自己一样的人的言行是否一致即可。如果某些人说一套做一套，满嘴"大公无私"，背地里贪得无厌——那么，正派的人就绝不要变得和他们一样。

"将他们变得和我们一样"——在现实社会中，彼们赖以改变别人的法宝，往往体现为方法上的无所不用其极的思想、心理、情绪、道德观念的同化。

我是一个悦然于被好的思想、心理、情绪、道德观念所同化的人，我认为被同化并不可耻。倘现实生活中有一位米里艾主教，我真的特别愿意像冉·阿让那样被他同化，并会觉得幸运，感激他。

但雪亮的人民群众的眼睛，经常帮我这种很容易轻信的人洞察到——在一件件教袍下，更多的是福娄洛教士那种虚伪的灵魂。

故我意识到，恪守"自由之思想，独立之精神"对自己尤为重要。否则，我的智商便会比加西莫多的智商还低。

精神赖思想而独立，

思想携精神乃自由。

倘不多读些书，人只不过会受一己之本能经验的左右变得狡猾和市侩而已。实际上，也是被看不见的人变得和他们一样了……

二〇一六年七月三十一日

千年病灶：撼山易，撼奴性难

"国民劣根性"问题是"五四"知识分子们率先提出的。谈及此，人们首先想到的是鲁迅。其实不惟鲁迅，这是那时诸多知识分子共同关注的。叹息无奈者有之，痛心疾首者有之，热忱于启蒙者有之，而鲁迅是哀其不幸、怒其不争的。梁启超对"国民劣根性"的激抨绝不亚于鲁迅。陈独秀创办《新青年》伊始曾公开发表厉言：凡一九一九年以前出生者当死，唯一九一九年后出生者应生！何出此言？针对国民劣根性耳。当然，他指的不是肉体生命，而是思想生命、精神生命。蔡元培、胡适也是不否认国民劣根性之存在的，只不过他们是宅心仁厚的君子型知识分子，不忍对同胞批评过苛，一主张默默地思想启蒙，加以改造；一主张实行教育救国、教育强国，培养优秀的新国人种子。蔡元培就任北大校长的演说表达了他的希望：培养具有"自由之思想、独立之精神"的新国人这一教育思想证明了他的希望。

就连闻一多也看到了国民劣根性，但他是矛盾的。好友潘光旦在国外修的是"优生学"，致信给他，言及中国人缺乏优生意识。闻一多复信曰："倘你借了西方的理论，来证明我们中国人种上的劣，我将想办法买手枪。你甫一回国，我亲手打死你。"

但他也写过《死水》一诗：

　　这是一沟绝望的死水，
　　清风吹不起半点漪沦。

> 不如多扔些破铜烂铁,
> 爽性泼你的剩菜残羹。
> 也许铜的要绿成翡翠,
> 铁罐上锈出几瓣桃花;
> 再让油腻织一层罗绮,
> 霉菌给他蒸出些云霞。

这样的诗句,显然也是一种国状及国民劣根性的诗性呈现。闻一多从国外一回到上海,时逢"五卅惨案"发生不久,于是他又悲愤地写下了《发现》:

> 我来了,我喊一声,迸着血泪,
> "这不是我的中华,不对,不对!"

为什么他又认为不是了呢?有了在国外的见识,对比中国,大约备感国民精神状态的不振。"不是"者,首先是对国家形象及国民精神状态的不认可也。

那时中国人被外国人鄙视为"东亚病夫",而我们自喻是"东亚睡狮"。狮本该是威猛的,但那时的我们却仿佛被打了麻醉枪,永远睡将下去,于是类乎懒猫。

清末以前,中国思想先贤们是论过国民性的,但即使论到其劣,也是从普遍的人类弱点劣点去论,并不仅仅认为只有中国人身上才表现的。那么,我们现在接触到了第一个问题——某些劣根性,仅仅是中国人天生固有的吗?

我的回答是:否。

人类不能像培育骏马和良犬那样去优配繁衍,某些人性的缺点和弱点是人类普遍固有的,而某些劣点又仅仅是人类才有的,连动物也没有,如贪婪、忘恩负义、陷害、虚荣、伪善等。故,万不可就人类普遍的弱点、缺点、劣点来指摘中国人。但,不同国家的历史、文化,又完全可以造成某一国家的人们较普遍地具有某一种劣性。比如西方欧美国家，由于资本主义持续时间长，便有一种列强劣性，这一种劣性的最丑恶记录是贩奴活动、种族歧视。当然，这是他们的历史表现。

于是我们接触到了第二个问题——中国人曾经的劣根性主要是什么？我强调曾经，是因为今天的中国已与"五四"以前大不一样，不可同日而语。

在当年，民族"劣根性"的主要表现是奴性，"五四"知识分子深恶痛绝的也是奴性。

那么，当年中国人的奴性是怎么形成的呢？

这要循中国的历史来追溯。

世界上没有人曾经撰文批判大唐时期中国人的劣根性，中国的史籍中也无记载。唐诗在精神上是豪迈的，气质上是浪漫的，格调上是庄重的，可供我们对唐人的国民性形成总印象。唐诗的以上品质，从宋朝早期的诗词中亦可见到继承，如苏轼、欧阳修、范仲淹等人的诗词。

但是到了宋中期，宋词开始出现颓废、无聊、无病呻吟似的自哀自怜。明明是大男人，写起词来，却偏如小媳妇。这一文学现象是很值得研究的。伤心泪、相思情、无限愁、莫名苦、琐碎忧这些词汇，是宋词中最常出现的。今天的中文学子们，如果爱诗词的，男生偏爱唐诗，女生偏爱宋词。唐诗吸引男生的是男人胸怀，女生则偏爱宋词的小女人味。大抵如此。

为什么唐诗之气质到了宋词后期变成那样了呢？

因为北宋不久便亡了，被金所灭。现在打开《宋词三百首》，第一篇便是宋徽宗的《燕山亭》：

裁剪冰绡，轻叠数重，淡着燕脂匀注。新样靓妆，艳溢香融，羞杀蕊珠宫女。易得凋零，更多少无情风雨。愁苦。问院落凄凉，几番春暮。

凭寄离恨重重，这双燕，何曾会人言语。天遥地远，万水千山，知他故宫何处。怎不思量，除梦里有时曾去。无据。和梦也新来不做。

宋徽宗做梦都想回到大宋皇宫，最终死于囚地，这很可怜。

"人事有代谢，往来成古今。"朝代兴旺更替，亦属历史常事。但一个朝代被另一种迥异的文化所灭，却是另外一回事。北宋又没被全灭，一部分朝臣子民逃往长江以南，建立了"南宋"，史称"小朝廷"。由"大宋"而小，而苟存，这不能不成为南宋人心口的疼。拿破仑被俘并死于海上荒岛，当时的法国人心口也疼。兹事体对"那一国人"都是伤与耻。

故这一时期的宋词，没法儿豪迈得起来了，只有悲句与哀句了。南宋人从士到民，无不担忧一件事——亡的命运哪一天落在南宋？人们毫无安全感，怎么能豪迈得起来、浪漫得起来呢？故当年连李清照亦有词句曰："至今思项羽，不肯过江东。"

后来南宋果然也亡了，这一次亡它的是元朝，建都大都（今北京）。

元朝将统治下的人分为四等——第一等自然是蒙古人；第二等是色目人（西北少数民族）；第三等是"汉人"，特指那些早已长期在金统治之下的长城以北的汉族人；第四等是"南人"，灭了南宋以后所统治的汉人。

并且，元朝取消了科举，这就断了前朝遗民跻身官僚阶层的想头——我们都知道，服官政是古代知识分子的追求。同时又实行了"驱口制"，即规定南宋俘虏及家属世代为元官吏之奴，可买卖，可互赠，可处死。还实行了"匠户制"，使几百万工匠成为"匠户"，其实便是做技工的匠奴。对于南宋官员，实行"诛捕之法"，抓到便杀，迫使他们逃入深山老林，隐姓埋名。南宋知识分子惧怕也遭"诛捕"，大抵只有遁世。

于是汉民族的诗性全没了，想不为奴亦不可能。集体的奴性，由此开始。

    枯藤老树昏鸦，
    小桥流水人家，
    古道西风瘦马。
    夕阳西下，
    断肠人在天涯。

我们今天读马致远的这一首诗，以为诗人表达的仅仅是旅人思乡，而对他当时的内心悲情，实属缺乏理解。当年民间有唱：

说中华，道中华，
中华本是好地方，
自从来了元皇帝，
十年倒有九年荒。

元朝享国九十二年[1]，以后是明朝。明朝二百七十年[2]，经历了由初定到中兴到衰亡的自然规律。"初定"要靠"专制"，不专制不足以初定。明朝大兴"文字狱"，一首诗倘看着不顺眼，是很可能被满门抄斩的。二百七十年后，明朝因腐败也亡了。

于是清朝建立，统治了中国二百七十六年[3]。

世界上有此种经历的国家是不多的，我个人认为，正是这种历史经历，使国人形成了根深蒂固的奴性。唯奴性十足，方能存活，所谓顺生逆亡。旷日持久，奴成心性。谭嗣同不惜以死来震撼那奴性，然撼山易，撼奴性难。鲁迅正是哀怒于这一种难，郁闷中写出了《药》。

故，清朝一崩，知识分子通力来批判"国民劣根性"，他们是看得准的，所开的医治国民劣根性的药方也是对的，只不过有人的药方温些，有人的药方猛些。

可以这样说，中国人艰苦卓绝、可歌可泣的八年抗战[4]，与批判国民劣根性有一定关系。那批判无疑令中国人的灵魂疼过，那疼之后是抛了奴性的勇。

---

[1] 此处疑以宋恭帝赵㬎于德祐二年（1276）退位降元计算（1276—1368）。关于元朝享国，有较多观点，有的认为是从1271年至1368年，历98年；也有的认为是从1206年至1368年，历163年。

[2] 明朝（1368—1644），应为276年。

[3] 此处疑以1636年皇太极登基，改国号为清计算（1636—1911）。

[4] 现在为十四年抗战。

综上所述，我认为，今日之中国人，绝非是梁启超、鲁迅们当年所满眼望到的那类奴性成自然的、浑噩冷漠乃至麻木的同胞了。我们中国人的国民性有了前所未有的变化。"国民"只不过是"民"。普通中国人正在增长着维权意识，由一般概念的"民"而转变为"公民"。民告官，告大官，告政府，这样的事在从前不能说没有——《杨三姐告状》，告的就是官，就是衙门——但是现在，从前被视为草民们的底层人、农民，告官告政府之事司空见惯，奴性分明已成为中国人过去时的印记。

但，有一个现象值得深思，那就是近年来的青年工人跳楼事件。他们多是农家子女。他们的父母辈遇到想不开的事尚且并不轻易寻死，他们应比他们的父母更理性。但相反，他们却比他们的父母辈脆弱多了。这一方面是由于他们虽为农家儿女，其实自小也是娇生惯养。尤其是独生子女的他们，像城里人家的独生子女一样，也是"宝"。与从前的农家儿女相比，他们其实没怎么干过农活的。他们的跳楼，也可说是"娇"的扭曲表现。还有一点那就是——若他们置身于一种循环往复的秩序中，而"秩序"对他们脆弱的心理承受又缺乏较周到的人文关怀的话，那么，他们或者渐渐地要求自己适应那秩序，全无要求改变那秩序的主动意识，于是身上又表现出类似奴性的秩序下的麻木，或者走向另一种极端，企图以死一了百了。

要使两三亿之多的打工的农家子女成为有诉求而又有理性，有个体权益意识而又有集体权益意识，必要时能够做出维权行动反应而又善于正当行动的青年公民，全社会任重而道远。

自从网络普及，中国人对社会事件的参与意识极大地表现了出来。尤其事关公平、道义、社会同情之时，中国人这方面的参与热忱、激情，绝对不亚于当今别国之人。但是也应看到，在网络表态中，嘻哈油滑的言论颇多。可以认为那是幽默。对于某些事，幽一大默有时也确实比明明白白地表达立场更高明，有时甚至更具有表达艺术。而有些事，除了幽他一大默，或干脆"调戏"一番，几乎也不知再说什么好。

但我个人认为，网络作为公众表达公民社会诉求和意见的平台，就好比从前农村的乡场，既是开会的地方，也是娱乐的地方。从前的中国农民在这方面分得很清，娱乐时尽管在乡场搞笑，开会时便像开会的样子。倘开会时也搞笑，使严肃郑重之事亦接近着娱乐了，那么渐渐地，乡场存在的意义，就会变成只不过是娱乐之所了。

亲爱的诸位，最后我要强调时间是分母，历史是分子。时间离现实越远，历史影响现实的"值"越小，最终不再影响现实，只不过纯粹成了"记事"，此时人类对历史的要求也只不过是真实、公正的认知价值；若反过来，视历史为分母，人类就难免被历史异化，背上历史包袱，成为历史的心理奴隶了。

中国是一个多民族国家。抗日战争不仅千锤百炼了汉民族，使我们这个民族浴火重生、凤凰涅槃，也千锤百炼了汉族与蒙、满、回、朝、维等多个民族之间的关系。这一种关系也凤凰涅槃了。可以这样说，中国经历了抗日战争，各民族之间空前团结了。古代的历史，使汉民族那样，也使汉民族与其他民族的关系那样。近代的历史，使汉民族这样，也使汉民族与其他民族的关系这样。

影响现实的，是离现实最近的史。

离中国现实最近的是中国的近代悲情惨状史，中国人心理上仍打着这一种史的深深烙印，每以极敏感极强烈的民族主义言行表现之。解读当代中国人的"国民性"更应从此点出发，而不能照搬鲁迅们那个时代总结的特征。

培养一个"贵族"是容易的

"培养一个贵族至少需要三代的教养。"——众所周知,这是巴尔扎克的名言。

我想,一个人是不是贵族,或者像不像贵族,至少有一条标准——那就是看他或她的言谈举止、待人处世是否达到了所谓"贵族"的风范。比如是否斯文,做派是否优雅,是否深谙"上流社会"的礼仪要求,等等。

巴尔扎克的名言曾被我们中国人广泛引用,原因是"一部分中国人先富起来"了,他们行有名车代步,止有靓女相陪,大小官员常是他们的座上客,这个星那个星常是他们的至爱亲朋。他们每每出手阔绰,一掷万金、几万金、十几万金,以搏奢斗豪为乐为荣,因而便都俨然贵族起来了似的。而有些人则指责他们还算不上真正的贵族,所持的根据就是巴尔扎克的名言。

我也引用过巴尔扎克的名言,但是现在我不太相信"巴先生"此名言的正确性了。

《百万英镑》这部电影,就具体、形象、生动地颠覆了"巴先生"的名言。一个落魄到走投无路的青年,一旦拥有了百万英镑,不是在很短的日子里,便顺理成章、自然而然地完成了由一个穷光蛋嬗变为一位贵族的过程了吗?

美国还有一部电影《不公平的游戏》,讲的是两位老资本家百无聊赖的情况下打了一次十美元的赌——一个要使一名怎么也谋不到职业、整日流浪街头乞讨的黑人青年迅速成为大亨,从里到外贵族起来;一个要使一位踌躇满志,不久将成为自己乘龙快婿的"准贵族"白人青年,从贵族的高门槛外一个跟头跌到贫民窟去。结果,两位老资本家都不费吹灰之力地达到了他们之目的。

至于什么风度啦、礼仪常识啦、言谈举止啦,那都是完全可以在人指导下"速成"的,绝不比一个厨子的"速成"期长。

反正两部电影是这么告诉我们的,信不信由你。

别说贵族了,国王也是可以"速成"的。

还有一部外国影片似乎叫《金头盔》,讲的是这样一个故事——王后生了双胞胎,由于某些大臣的野心暗中起作用,将本该按老国王遗嘱继承王位的哥哥从小送出了王宫,沦为穷乡村里的贫儿,使弟弟成功地篡了位。二十几年后,另一些大臣出于同样的权势野心,将哥哥寻找到了,暗中加紧"培训"。当然是按国王的言谈举止、风度和威仪进行"培训"的。"速成"之后,绑架国王,取而代之。弟弟从此由王而囚,并被戴上了金头盔至死……

可见,"巴先生"的名言,的确是不足信的。

波斯王居鲁士大帝出身于平民。按说,他的儿子该是平民的孙子,可其毫无平民情感,在历史上是臭名昭著的。他在宫廷里自小就骄横跋扈,目中无人,不可一世。

有次他因对其父王无礼,遭居鲁士训斥。

居鲁士说:"从前我跟我父亲讲话,绝不像你现在跟我讲话的样子。"

小居鲁士仰脸叉腰地说:"你只是平民的儿子,而我,是居鲁士大帝的儿子,咱们两个是可以相比的吗?"

老居鲁士非但未怒,反而异常高兴,将儿子搂在怀中,连连夸奖:"说得有理,说得有理,果然不愧是居鲁士大帝的儿子!"

一位大帝的儿子,是多么容易否认自己也是平民的孙子啊!对平民阶级,又是多么自然而然地就予以轻蔑了啊!哪里需要三代之久才能洗心革面、脱胎换骨呢?

扫视我们的生活,谁都不难发现——中国正"速成"地派生着一茬又一茬的大小"贵族"。长则十几年内，短则几年内，再短甚至一年内，几个月内，几天内，一些原本朴朴实实的老百姓的孙儿孙女，就摇身一变，成为"大款""富豪"，起码是什么"老板"的公子或千金了。这一种变当然也是好事，总比他们永远是老百姓的孙儿孙女甚至不幸沦为贫儿妓女要好。遗憾的是，他们一旦"贵族"起来，在风度、礼仪、言谈举止方面，反而变得越发地缺少甚至没有教养，变得像些个小居鲁士一样。而他们的成了"大款""富豪"或"老板"的父辈，也那么自然而然地便忘了自己其实是——可能不久前仍是老百姓的儿子。他们对他们自己像小居鲁士一样骄横跋扈、目中无人、不可一世、专善比阔比奢的儿子，又往往是那么地沾沾自喜。

这样的些个"速成"起来的中国"贵族"，对平民百姓的轻蔑，毫无感情、毫无体恤、毫无慈悲，据我所知，据我看来，是比巴尔扎克笔下的某些贵族人物对平民百姓的恶劣的"阶级立场"尤甚的……

所以中国有话道是"千好万好，不如有个好爸"。所以当代中国人一般只比"爸"而不怎么比"爷"。因为一比祖父，现今的许多达官新贵、才子精英、文人学士、名媛淑女，则也许统统都只不过是农民的孙儿孙女了。所以，巴尔扎克的名言，放之于中国而不准也。培养一个劣等贵族是极容易的！……

当怀才不遇者遭遇暴发户

我有一个中学同学，前几年抓住了某种人生机遇，当上了一家中外合资公司的董事长。后来公司奇迹般地发展壮大，于是本人也成了一个令别人羡煞的人物——家庭富丽堂皇，豪华轿车代步，三天两头出国一次。不论在国内还是国外，非"五星"级宾馆是不屑于住的。于是几乎在一切人前颐指气使，常不可一世的样子。

我还有一个中学同学，是个自以为"怀才不遇"的人，每每嗟叹错过了某些人生机遇，满肚子的愤世不平。当然，他顶瞧不起的，是我那当上了董事长的同学，又瞧不起又羡煞。其实他很有心攀附于对方，可对方似曾暗示他——攀附也是白攀附，绝不会因此而给他什么好处。于是他心里只剩下了瞧不起，又瞧不起又嫉恨。

实事求是地说，当了董事长的同学，确有许多"暴发者"的劣迹。而又瞧不起他又嫉恨他的同学，渐渐地便将收集他的种种劣迹，当成了自己的一件很重要、很主要、很正经的事。收集自然是为了宣扬，宣扬自然是为了搞臭对方。虽然人微言轻，势单力薄，并不能达到搞臭之目的，但讽之谤之，总是一种宣泄，总是一种快感，心里也多少获得些许暂时的平衡，仿佛连世界在这一时刻，都暂时变得公正了些。

几年来，一方在不断地发达，一方在不断地攻讦。一方根本不把另一方的存在当成一回事儿，另一方却把对方的存在当成了自己存在的意义似的，总盼着某一天看到对方彻底垮台……其实对方总有一天要垮台，乃是许许多多的人早已预见到了的。

果不其然，当董事长的那一位东窗事发，一变而为"严打"对象，仓仓促促地逃亡国外了，其家人亲眷、三朋四友，不是成了"阶下囚"，便是成了"网中人"。他那一个偌大的公司，当然也就垮得更彻底。

此后我又见到了那个"怀才不遇"的同学。

我问他："今后，你心情该舒畅些了吧？"

他却郁郁地说："有什么可舒畅的？"

我说："被你言中，×××和他的公司终于彻底垮了，你的心情还有什么不舒畅的？"

他苦笑一下，说："高兴是高兴了几天，可是……"嗫嗫嚅嚅，分明有许多难言隐衷。

我问："可是什么啊？讲出来，别闷在心里嘛！"

他吞吐片刻，说出的一句话是："可是我他妈的还是我啊！眼瞅着快往五十奔了，才混到一个副科级，这世道太黑暗了！"

我望着他，竟不知怎样安慰。

他任的是一个闲职，没什么权力，自然也没什么责任，却有的是时间，无所谓上班，经常在单位四方八面地打电话，怂恿熟悉的人们"撮一顿"。只要有人埋单，不管在多远的地方，不管是在什么街角旮旯的饭馆，不管相聚的是些什么人，也不管刮风还是下雨，蹬辆破自行车，总是要赶去的。每次必醉。以前，吃喝着的同时，还可以骂骂我那个当董事长的同学，醉了还可以骂骂这社会。而我那个当董事长的同学逃亡国外以后，在国内连一个可供他骂骂出气的具体人物也没有了。倘偏要继续骂，听者觉得无聊，自己也觉得怪索然的。醉了骂这社会呢，又似乎骂不出多少道理了。倘说社会先前不公，皆因将他压根儿瞧不起的一个小子抬举成了什么董事长的话，社会不是已然彻底收回对那个小子的宠爱，很令他解恨地惩罚那个小子了吗？倘要求社会也让他当上一位什么董事长才显得更公正的话，他又分明地没多少"硬性"理由可摆，说不出口。于是呢，诅咒失去了具体之目标，嫉恨失去了具体之目标，仇视也失去了具体之目标。须知原先的他，几乎是将诅咒、嫉恨、收集一个具体之人的劣迹并广为传播当成自己生活的重要的主要的意义的。现在他似乎反倒觉得自己的生活丧失了意义，很缺少目的性了，反倒觉得活得更无聊、更空虚、更失意了。话说得少了，酒却喝得更多了，于是更常醉醺醺的了，人也更无精打采、更自卑、更颓废了……

同学们认为他这样子长此下去是不行的，都劝他应该想想自己还能做什么，还能做好什么，还能怎样向社会证实自己的个人价值。可他，其实大事做不来，小事又不愿做。于是呢，也便没有什么大的机遇向他招手微笑，小的机遇又一次次被他眼睁睁地看着从自己身旁错过……

后来听说他病了，去医院检查了几次，没查出什么了不得的病，但又确实是在病着。有经常见到他的同学跟我说，一副活不了多久的老病号的恹恹苟活的样子……

再后来我回哈尔滨市，众同学聚首，自然又见着了他，使我意想不到的是——他的状态并不像某些同学说的那样糟。相反，他气色挺不错，情绪也很好，整个人的精神极为亢奋，酒量更见长了。

"他妈的，就那个王八蛋，他也配当局长？他哪点儿比我强？你们说他哪点儿比我强？啊？他也不撒泡尿照照自己，我当副科长时，他不过是我手底下一催巴儿[1]！"

我悄悄问身旁的同学："他这又骂谁呢？"

答曰："咱们当年的同学中，有一个当上了局长……"

我暗想——原来他又找到了某种活着的意义和目的性。进而想，也许他肯定比我们大家都活得长，因为那么一种活着的意义和目的性，今天实在是太容易找到了。即使一度丧失，那也不过是暂时的，导致的空虚也就不会太长久。

"有一天我在一家大饭店里碰见了他，衣冠楚楚的，人五人六的，见我爱搭不理的，身后还跟着一位女秘书！我今天把话撂这儿，过不了多久，他准一个筋斗从局长的交椅上栽下来，成为×××第二……"

他说得很激昂，很慷慨，颈上的、额上的青筋凸起，唾沫四溅……

---

[1] 催巴儿指受人指使干活的人。

猴　子

公园的笼子里，有一群猴子。它们究竟被关在笼子里多久了，已经无人知晓。

我们说那是笼子，其实是不准确的。因为它更像网状的大房子，猴子们在里边享有着较充分的活动空间。在那空间里，它们是自由的。但，再大的笼子也毕竟是笼子，而不是丛林。

公园的笼子里，还有一棵大树。那树的躯干在笼中，那树的树冠却在笼外。确切地说，是在罩住笼子的铁网的上边。树在笼中的躯干部分，已有多处地方掉皮了，被小猴子淘气扒下去的。树的几茎老根，拱起而扭曲地暴露于地面，宛如丑陋的灰色的蛇。树干中间，还有一个朽洞，而且越朽越大。但那棵树却是一棵野果树，春季仍开花，秋季仍结些果子。树冠在雨天足以遮雨，在酷暑足以投阴。它所结的果子是一年比一年少了，今年秋季结的果子尤其少。于是从网眼掉入笼中的果子，再也不是共享的美食了。猴群是有地位之分和等级之分的，特权和公认的资格成为占有果子多少的前提。一些掉落在网罩上的果子，只有爬到树干的最上方，将猴臂从网眼伸出网外，才能用猴爪子抓到，却只有某些猴子可以爬到树干的最上方。首先当然是猴王，其次是猴王所亲昵待之的猴，再其次是强壮善斗的猴。

于是那一棵树既不只向笼中投下阴影，也在猴群中造成了不平等现象。

于是嫉妒产生了……

于是愤懑产生了……

于是争抢产生了……

于是撕咬产生了……

于是笼中每每充满了敌视的、战斗的气氛……

年轻的管理员因为猴群的骚动不安而不安，他忧心忡忡地去请教老管理员自己究竟该怎么办。

老管理员说："别睬它们，由它们去。"

年轻的管理员困惑地问："那怎么行？它们会彼此伤害的！"

"它们在丛林中也并非永远和睦相处，有的猴在被逮着以前，就带着互相伤害留下的残疾了。"

"可是……如果被咬死一只呢？"

"死就死吧。死一只，还会出生两只。笼子不是丛林，生而不死，笼中将猴满为患的。"

年轻的管理员虽然觉得老管理员的话不无道理，但对老管理员淡然处之的态度还是有些不解。

老管理员看出了此点，以思想高深的口吻说："对于我们动物园管理员而言，我们最成功的管理就是使无论猴子还是别的什么动物，彻底地遗忘它们的种群曾生存过的丛林、草原、深山和莽野，使它们的低级头脑中逐渐形成这样的一种似乎本能的意识——它们天生便是笼中之物，笼子即它们的天地，它们的天地即笼子。通常情况下我们几乎对此无计可施，只有依赖时间，进一步说是依赖它们一代代的退化。退化了的动物不再向往笼子外面的世界，正如精神退化了的人类不再追求自由……"

他正说着，笼子那边传来猴群发出的尖厉而使人惊悚的嚣叫。年轻的管理员看了他一眼，转身向笼子跑去……

猴群在笼中正"战斗"得十分惨烈——具体地说，并非所有的猴子都投入了"战斗"。大多数猴子只不过又蹦又跳，蹿上蹿下，龇牙咧嘴，在自己一方"前线猛士"的后边助威。而双方的几只"猛士"却真的撕咬作一团。那一时刻，猴子显出了它们相当凶残的一面。它们的牙齿一旦咬住对方的要害，就是受到当头一棒，似乎也不会松口，仿佛宁肯同归于尽。那时猴的脸相，与咬住了猎物颈子的狼、狮、豹等猛兽的脸相没什么两样……

年轻的管理员看得目瞪口呆。

一只手轻轻拍在他肩上，是老管理员的手。

老管理员眼望笼中惨烈的自戕情形，慢条斯理地说："好，很好。对于我们，这是再好不过的现象了。看我手上这道疤，猴子挠的。几年前，这群猴子中还有出色的猴王。是的，那是一只出色的猴。它攻击我，因为它很恨人。它恨人，因为人使它和它的猴群变成了供人观看的笼中之物。它以为成功地攻击了我，就可能率它的猴群夺门而逃了。

"我挺钦佩那样的猴子，它那样证明它是一只向往丛林自由的猴子。瞧眼前这群猴子吧！它们中已不太可能产生那样的猴子了。它们相互攻击、撕咬，只不过是为了在笼子里的地位。几年前那一只出色的猴子，是被它的同类咬死的。我由于钦佩它，在动物园里选了个好地方把它埋了……"

一只比猴王更强壮的猴子，将猴王活活咬死了。当血从猴王的颈中射出，年轻的管理员转过了脸不忍看……

"现在，它们开始在它们的同类中树立敌人了。它们越这样，我们越容易成为它们的上帝了。对于我们，这是好现象，很好的现象……"

获胜的猴子，也就是新猴王，显得异常亢奋。它迅速地爬上树干的高处，又迅速地蹿下来，并不时地龇牙咧嘴；蹿上蹿下之际，不忘将猴臂从网眼伸出，抓取几颗果分抛给帮它夺得了王位的"有功之臣"。而那些毛上沾满了同类血迹的猴，则一只只围着树干蹦来蹦去，抓耳挠腮，显出无上荣光的猴子嘴脸。随后啃着果子，分别蹲踞在高高低低的树丫上了，像一只只秃鹫栖在高高低低的树丫上……

于是，在动物园里，在笼子里，那一棵朽树又一次易主了。

从此，这群猴子，以及它们的下一代，低级的头脑中更没有了丛林的概念，更没有了对自由的向往。

从此，当然地，年轻的管理员的职责简单多了，尽管猴群中的"战斗"仍时有发生。他认为，那些为笼中地位死了的猴子，是根本不值得他挖个坑埋的……

真话的尴尬处境

人生下来，渐渐地学会了说话，渐渐地也就学会了说假话。之所以说假话，乃因说真话往往会弄得自己很尴尬，弄得对方也很尴尬。甚至会弄得对方很恼怒，于是也就弄得自己很被动，很不幸……

相传，清朝光绪年间，有一抚台大人微服私访民间，在路上碰到一个卖油条的孩子，便问："你们抚台大人好不好？"孩子说："他是瘟官！"抚台大人一听极怒，却克制着，不动声色。回府后，命衙役把孩子捉去，痛打了几十板子……

后来这孩子长大了，按俗常的眼光看还颇有出息（他能颇有出息，实在得感激说真话的那一次深刻教训）。某次大臣找他谈话——

大臣："你看这篇文章写得怎么样？"

他说："我认为是好的。"

大臣摇了摇头。

"我是说，从某种意义上讲是好的。"

大臣摇头。

"我说的'从某种意义上讲'，是针对……"

大臣摇头。

"确切地说这篇文章有些逻辑混乱。"

大臣摇头。

"总而言之，这是一篇表面读起来是好的，而本质上很糟糕，简直可以说很坏的文章！"他以权威的口吻做出了最后的权威性的结论。其实大臣摇头是因为感到衣领很别扭，然而大臣对他的意见十分满意，于是大臣在皇帝面前说了他不少好话。一天皇帝将他召去，对他说："读一读这首诗，告诉我，你过去是否读到过这样文理不通的歪诗？"

他读后对皇帝说："陛下，您判断任何事物都独具慧眼，这诗确是我所见过的诗中最拙劣最可笑的。"

皇帝问："这首诗的作者自命不凡，对不对？"

他说："尊敬的陛下，没有比这更恰当的评语了！"

皇帝说："但这首诗是我写的……"

"是吗？"

他心头掠过一阵大的不安，随即勉强镇定下来，双手装模作样地浑身上下摸了个遍，虔诚地又说："尊敬的陛下，您有所不知，我的眼睛高度近视，刚才看您的诗时又没戴眼镜，能否允许我戴上眼镜重读一遍？"

皇帝矜持地点了点头……

他戴上眼镜重读后，以一种崇拜之至的口吻说："噢，尊敬的陛下，如果这样的诗还不是天才写的，那么怎样的诗才算天才写的呢？……"

皇帝笑了，望着他说："以后，你得出正确的结论之前，不要忘了戴上眼镜！"

我将这三个故事"剪辑"，或曰拼凑到一起，绝不怀有半点儿暗讽什么的企图，只不过想指出——说假话的技巧一旦被某些人当成经验，真话的意义便死亡了。真话像一切有生命的东西一样，是需要适合的"生存环境"的。倘没有这一"生存环境"为前提，说真话的人则显得愚不可及，而说假话则必显得聪明可爱了。如此的话，即使社会的良知和文明一再呼吁、要求、鼓励说真话，真话也会像埋入深土不具发芽的种子一样沉默着，而假话却能处处招摇过市畅行无阻。

报复的尺度

不惟人有报复心，较高级的动物也是有的。

然而动物之报复，不论对同类，对包括人在内的另类，绝对只不过是愤怒的宣泄，满足于一口咬死而已。它们有时也会继续攻击报复对象的尸体，甚而吃掉。那当然是很血腥很恐怖的场面，但对于报复对象而言，痛苦与恐惧毕竟在起初致命的一咬几咬之后，已经结束。从没听说过这样的事情——一只或一群动物，在报复另一只或一群动物时，将它们咬得半死，然后蹲卧一旁，听它们哀嚎，看它们痛苦万状，而达到享受的极大快感。

是的，动物断不会这样。

而某些人会这样。

就此点而言，真不知该说是人比动物高级，还是比动物残忍。

不，不，恐怕我们不得不承认，我们的同类即某些人的报复行为，显然证明人性中具有远比兽性更凶残的方面。"人面兽心""蛇蝎心肠""禽兽不如"这样一些形容词，稍一深想，其实在人兽之间是颠倒是非的。"禽兽不如"改为"禽兽莫及"，反倒恰当。

人对禽兽之报复，大抵也往往能控制在一个有限的尺度，手段并不至于多么地残忍。倘猛禽凶兽伤了人自己或他的亲友，人对它们的报复，不过就是得手之际，杀死完事。

例如，《水浒传》中的李逵，对老娘是何等的孝心，可高高兴兴地下山接母，为老娘寻水去的一会儿工夫，不料双目失明的老娘已被一窝猛虎吃掉。那李逵，斯时该是何等地悲伤，何等地愤怒，但也不过就是将一窝四只大小老虎杀死了之。以他的勇猛，将其中一只杀个半死，再加以细细地折磨，并非完全做不到的事。

然而他却没有。

故李逵虽也曾在与官军交战中杀人不眨眼，但我们并不因而斥其"惨无人道"。

但人对人的报复，有时竟异乎寻常地残忍。

最典型的例子，是一个女人对另一个女人的报复——吕后对戚夫人一次次所下的毒手。她先是命人打得戚夫人皮开肉绽、体无完肤，之后命人挖掉戚夫人双眼，豁开戚夫人脸腮，割下戚夫人舌头。再之后，砍掉戚夫人四肢，将其抛入猪圈，使其生不如死，死亦不能。还要给戚夫人起一个供观赏的名叫"人彘"。还要带自己的儿子来一起参观，以至于那年轻的皇帝看得心惊胆战，连道："非人所为，非人所为！"——所为者虽是生母，也不禁要予以道义的谴责。

似乎，正是因为这一《史记》情节后来被改成了戏剧，搬上了舞台，看的人多了，中国以后有了"最毒不过妇人心"一句话。分明，此话是男人们先说开的。

一个人类社会的真相乃是，就总体而言，世上大多数残忍之事，皆是由男人们做下的。那些残忍之事中的许多，是男人们对女人们做下的。吕后的所为，当属个案。做残忍的事须有铁石般的心肠。大多数女性身上，同时具有母性之特征，而母性是与残忍相对立的。

故基本上可以这么说，比动物更残忍的，主要是男人。

古代种种连听来也令人毛骨悚然的酷刑，皆是男人们发明的，由男人们来实施的。男人们看着受刑之人，可以做到面不改色心不跳。鲁迅曾夜读记载古代酷刑的书，仅看数页便即掩卷，骇然于那林林总总的残忍。

人有报复心，本身并不多么地值得谴责。倘竟无，那么人也就成"圣"、成"佛"了。说穿了，以法律的名义判罪犯刑期，乃至死刑，便是人类社会对坏人、罪大恶极之人实行公开、公正之惩罚的方式。惩罚者，报复也。然人类社会进入文明时期以后，司法过程是绝对禁止用刑的。纵使对坏人恶人，一旦用刑，那也是知法犯法、执法犯法，同样要受法律制裁。

报复的尺度，折射着人类文明的尺度。

美国大兵虐待伊拉克犯人的丑闻之所以是丑闻，正在于那种种与报复心理有关的行径，违背了人类文明的尺度。

人类很早很早的时候，就已经开始相当严肃地思考报复之尺度的问题了。比如在《希腊神话故事》中，特洛伊城下成为战场，两军交战中，特洛伊城的卫城统帅赫克托耳，误将阿喀琉斯的表弟当成了阿喀琉斯本人，在一对一单挑的决斗中结果了对方。阿喀琉斯与其表弟感情深焉，于是单枪匹马叫阵赫克托耳，并在决斗中替表弟报了仇，杀死了赫克托耳。

在从古至今的战争中，这种人对人的仇怨、憎恨、报复，真是在所难免。但人类社会对此点，却也以"人道"的名义做出了种种约定俗成的尺度限制。报复一旦逾越了那尺度，便要对自己的不人道负责。在这类尺度还未以法理之观念确立之前，人类便借助神的名义来告诫。这种文化现象，体现在《希腊神话故事》中。

还以赫克托耳与阿喀琉斯为例，后者杀死前者，报复目的其实已经达到，但却还要用剑将赫克托耳的脚踝扎出洞来，穿过绳索，拖尸数圈，以使在城头观战的赫克托耳的老父亲、妻子和弟弟等一概亲人伤心欲绝——这，便逾越了报复的尺度。

《希腊神话故事》中是这样记载的——阿喀琉斯的行为，触怒了包括太阳神阿波罗和众神之王宙斯在内的几乎所有神。他们一致认为，阿喀琉斯必须因他的行为而受到严厉惩罚。宙斯还命阿喀琉斯的母亲水神连夜去往她儿子的营帐，告知她的儿子：是晚赫克托耳的老父亲一定会前来讨要尸体，而阿喀琉斯必须毫无条件地允许——这是神们一致的态度。

所谓"人文原则""人文主义""人文精神"，乃是源远流长的文化现象。无论在中国古代的文学作品中还是西方古代的文学作品中，只要我们稍稍提高接受的心智水平，就可以发现古人刻意体现其中的、那种几近苦口婆心的、对我们后人的教诲。而这正是文化的自觉性、能动性、责任感之所在。有时，在同一部作品中，其善良愿望与糟粕芜杂一片，但只要我们不将自己的眼光降低到仅仅看热闹的水平，那么便是不难区别和分清的。

据此，我们当然便会认为，在《希腊神话故事》中，美狄亚的遭遇是令人同情的，美狄亚对伊阿宋的报复之念是我们理解的，但她为了达到报复目的，连自己与背叛爱情的丈夫伊阿宋所生的两个孩子竟也杀死，便逾越了报复的尺度，超出了我们普通人所能认同的情理范围。而这一则故事，如果我们不从这一文化立场来看，对于今天的我们便毫无认识价值了。而摈除了认识价值，那则故事的想象力本身，正如托尔斯泰所说——只不过体现了人类童年时期的想象力，并无多少可圈可点之处。

若我们以同样之眼光来看我们的古典文学名著，比如《水浒传》吧，武松替兄报仇而杀潘金莲，是谓私刑。衙门既被收买，报仇那么心切，连私刑这一种行为，我们也是可以宽容的。

但是，当一个被缚住的弱女子终于口口声声认罪、哀哀乞求饶命时，却还是要剖胸取心，我们今人都能认可吗？

武松血溅鸳鸯楼，连杀十余人之多，其中包括马夫、更夫、丫鬟。他们中也有人求饶命的，武松却一味只说："饶你不得。"

武松这一文学人物，本色固然堪称英雄，民间声誉甚高，但其愤怒之下的暴烈复仇行为，难免会使后世对他的喜爱打几分折扣。然作为文学人物，那些情节的设置进而可以说是成功的，因为恰恰描写出了这样一种事实——报复源于仇恨，仇越大，恨便深。大仇恨促生之大愤怒，如烈火也，能将人性烧得理性全无，唯剩仇恨，一报为快。殃及无辜，全不顾耳。武松报仇雪恨之后，以仇人血于壁上题"杀人者打虎武松也"，按现今说法，这叫对某事件"负责"。所谓"好汉做事好汉当"，又显英雄本色也。但也可以认为，一通的劈杀之后，仇恨之火终灭，理性又从仇恨的灰烬之中显现了。

民间原则、司法条例、国际法庭、联合国会议，不但为主持正义而形成，亦为限制报复行为的失控而存在。在现代的世界的今天，一切历史上的人和事，以及文化现象中的人和事，都当以更"人道"的立场来重新审视。因为归根结底，一概政治的立场都绝对不可能是普世的，而人道主义是普世的将永无歧义。

是以，国民党之杀害"渣滓洞""白公馆"那些所谓"党国"的敌人，竟连几个连连哀哭着求生的孩子也不放过，其残忍的报复污点，到任何时候也是抹不尽的。而蒋介石后来之笃信基督教，不知与忏悔有关也无？

是以，苏俄时期的布尔什维克的军人们，不管他们对于沙皇政府有多么地仇恨，对沙皇的四个平均年龄仅十几岁的儿女刀刺斧砍，排枪扫射，其残忍的灭绝行径，必然也成为令人难以原谅的罪状之一。前几年连普京都亲临了对沙皇一家骸骨的安葬仪式，意味着是默默无言的赎罪姿态。

是以，"文革"期间，对张志新这一早已在狱中惨遭种种凌辱的，唯有思想而已，绝无任何反抗能力的病弱女子，竟还要在不打麻药的情况下由几条罪恶凶汉牢牢按住，利刃割喉，以断其声——这一种残忍行径，也是将永远将他们钉在罪恶柱上的……

年长者大抵知道，关于张志新烈士被害的经过，是经胡耀邦亲笔批准，才在《人民日报》扼要登载的。"割喉"一节，出于对善良之人们心灵承受力的爱护，改成："为了使她在赴刑场的途中不再能发出声音，对她的声带采取了手段……"

难以明了的读者纷纷往报社打电话，问那究竟是什么意思，记者们难以作答。终于有人猜到了，追问再三才得到证实。那一天，成千上万的中国人哭红了哭肿了他们的双眼。没有那一天中国人流的许多许多眼泪，恐怕不足以证明中国人对"文革"这一浩劫有了起码认识。

于是想到，有些人士高调聚议，要求为"四人帮"平反。那么，为"四人帮"平反，便等于最终要为"文革"翻案，便等于对当年千千万万为张志新烈士流泪的人的蔑视，也等于，对许许多多在"文革"中被迫害致死，尤其那些被残忍地迫害致死的冤魂的再践踏。

这，恐怕仅仅以"人道"的名义，都是有起码正义感的人断不能答应的。若答应了，中国再有钱，中国人还配被这世界正眼一看吗？至于日军历史上的侵华兽行，德国法西斯军人在"二战"中的残忍罪恶，另当别论，因为这里在讨论的毕竟还是人的行为，而不是"异形"的行为……

二〇〇九年十一月十八日于北京

浮世百态，我们的社会

平凡的地位

"如果在三十岁以前,最迟在三十五岁以前,我还不能使自己脱离平凡,那么我就自杀。"

"可什么又是不平凡呢?"

"比如所有那些成功人士。"

"具体说来。"

"就是,起码要有自己的房、自己的车,起码要成为有一定社会地位的人吧?还起码要有一笔数目可观的存款吧?"

"要有什么样的房,要有什么样的车?在你看来,多少存款算数目可观呢?"

"这,我还没认真想过……"

以上,是我和一大一男生的对话。那是一所较著名的大学,我被邀举办讲座。对话是在五六百人之间公开进行的。我觉得,他的话代表了不少学子的人生志向。我已经忘记了我当时是怎么回答的。然此后我常思考一个人的平凡或不平凡,却是真的。按《新华词典》的解释,平凡即普通,平凡的人即平民。《新华词典》特别在括号内加注——泛指区别于贵族和特权阶层的人。做一个平凡的人真的那么令人沮丧吗?倘注定一生平凡,真的毋宁三十五岁以前自杀吗?我明白那大一男生的话只不过意味着一种"往高处走"的愿望,虽说得郑重,其实听的人倒是不必太认真的。

但我既思考了,于是觉出了我们这个社会、我们这个时代,近十年来,一直所呈现着的种种文化倾向的流弊，那就是——在中国还只不过是一个发展中国家的现阶段，在普遍之中国人还不能真正过上小康生活的情况下，中国的当代文化，未免过分"热忱"地兜售所谓"不平凡"的人生的招贴画了，这种宣扬尤其广告兜售几乎随处可见。而最终，所谓不平凡的人的人生质量，在如此这般的文化那儿，差不多又总是被归结到如下几点——住着什么样的房子，开着什么样的车子，有着多少资产，于是社会给予怎样的敬意和地位。于是，倘是男人，便娶了怎样怎样的女人……

二十世纪二三十年代的中国，也很盛行过同样性质的文化倾向，体现于男人，那时叫"五子登科"，即房子、车子、位子、票子、女子。一个男人如果都追求到了，似乎就摆脱平凡了。同样年代的西方的文化，也曾呈现过类似的文化倾向。区别乃是，在他们的文化那儿，是花边，是文化的副产品；而在我们这儿，在八九十年后的今天，却仿佛地渐成文化的主流。这一种文化理念的反复宣扬，折射着一种耐人寻味的逻辑——谁终于摆脱平凡了，谁理所当然地是当代英雄；谁依然平凡着甚至注定一生平凡，谁是狗熊。并且，每有俨然代表文化的文化人和思想特别"与时俱进"似的知识分子，话里话外地帮衬着造势，暗示出更为伤害平凡人的一种逻辑，那就是——一个时势造英雄的时代已然到来，多好的时代！许许多多的人不是已经争先恐后地不平凡起来了吗？你居然还平凡着，你不是狗熊又是什么呢？

一点儿也不夸大其词地说，此种文化倾向，是一种文化的反动倾向。和尼采的所谓"超人哲学"的疯话一样，是漠视甚至鄙视和辱谩平凡人之社会地位以及人生意义的文化倾向。是反众生的，是与文化的最基本社会作用相悖的，是对于社会和时代的人文成分结构具有破坏性的。

在这样的文化背景下成长起来的中国下一代，如果他们普遍认为最远三十五岁以前不能摆脱平凡便莫如死掉算了，那是毫不奇怪的。

人类社会的一个真相是，而且必然永远是牢固地将普遍的平凡的人们的社会地位确立在第一位置，不允许任何意识之形态动摇它的第一位置，更不允许它的第一位置被颠覆，这乃是古今中外的文化的不二立场，像普遍的平凡的人们的社会地位的第一位置一样神圣。当然，这里所指的，是那种极其清醒的、冷静的、客观的、实事求是的、能够在任何时代都"锁定"人类社会真相的文化，而不是那种随波逐流的、嫌贫爱富的、每被金钱的作用左右得晕头转向的文化。那种文化只不过是文化的泡沫，像制糖厂的糖浆池里泛起的糖浆沫。造假的人往往将其收集了浇在模子里，于是"生产"出以假乱真的"野蜂窝"。

文化的"野蜂窝"比街头巷尾地摊上卖的"野蜂窝"更是对人有害的东西。后者只不过使人腹泻，而前者紊乱社会的神经。

平凡的人们，那普通的人们，即古罗马阶段划分中的平民。在平民之下，只有奴隶。平民的社会地位之上，是僧侣、骑士、贵族。

但是，即使在古罗马，那个封建的强大帝国的大脑，也从未敢漠视社会地位仅仅高于奴隶的平民。作为它的最精英的思想的传播者，如苏格拉底、柏拉图、亚里士多德们，他们虽然一致不屑地视奴隶为"会说话的工具"，但却不敢轻佻地发任何怀疑平民之社会地位的言论。恰恰相反，对于平民，他们的思想中有一个一脉相承的共同点——平民是城邦的主体，平民是国家的主体。没有平民的作用，便没有罗马为强大帝国的前提。

恺撒被谋杀了，布鲁图斯要到广场上去向平民们解释自己参与了的行为——"我爱恺撒，但更爱罗马。"

为什么呢？因为那行为若不能得到平民的理解，就不能成为正确的行为。安东尼顺利接替了恺撒，因为他利用了平民的不满，觉得那是他的机会。屋大维招兵募将，从安东尼手中夺去了摄政权，因为他调查了解到，平民将支持他。

古罗马帝国一度称雄于世，靠的是平民中蕴藏着的改朝换代的伟力。它的衰亡，也首先是由于平民抛弃了它。僧侣加上骑士加上贵族，构不成罗马帝国，因为他们的总数只不过是平民的千万分之几。

中国古代，称平凡的人们亦即普通的人们为"元元"，佛教中形容为"芸芸众生"，在文人那儿叫"苍生"，在野史中叫"百姓"，在正史中叫"人民"，而相对于宪法叫"公民"。没有平凡的亦即普通的人们的承认，任何一国的任何宪法没有任何意义。"公民"一词将因失去了平民成分而成为荒诞可笑之词。

中国古代的文化和古代的思想家们，关注着体恤"元元"们的记载举不胜举。比如《诗经·大雅·民劳》中云："民亦劳止，汔可小康。"意思是老百姓太辛苦了，应该努力使他们过上小康的生活。比如《尚书·五子之歌》中云："民为邦本，本固邦宁。"意思是如果不解决好"元元"们的生存现状，国将不国。而孟子干脆说："民为贵，社稷次之，君为轻。"而《三国志·吴书》中进一步强调："财须民生，强赖民力，威恃民势，福由民殖，德俟民茂，义以民行。"

民者——百姓也，"芸芸"也，"苍生"也，"元元"也，平凡而普通者们是也。怎么，到了今天，在"改革开放"的中国，在民们的某些下一代那儿，不畏死，而畏"平凡"了呢？由是，我联想到了曾与一位"另类"同行的交谈。我问他是怎么走上文学道路的，答曰："为了出人头地。哪怕只比平凡的人们不平凡那么一点点，而文学之路是我唯一的途径。"见我怔愣，又说："在中国，当普通百姓实在太难。"屈指算来，那是十几年前的事了。十几年前，我认为，正像他说的那样，平凡的中国人平凡是平凡着，却十之七八平凡又迷惘着。这乃是民们的某些下一代不畏死而畏平凡的症结。于是，我联想到了曾与一位美国朋友的交谈。她问我："近年到中国，一次更加比一次感觉到，你们中国人心里好像都暗怕着什么。那是什么？"我说："也许大家心里都在怕着一种平凡的东西。"她追问："究竟是什么？"我说："就是平凡之人的人生本身。"她惊讶地说："太不可理解了，我们大多数美国人可倒是挺愿意做平凡人，过平凡的日子，走完平凡的一生的。你们中国人真的认为平凡不好到应该与可怕的东西归在一起吗？"我不禁长叹了一口气。我告诉她，国情不同，所谓平凡之人的生活质量和社会地位，不能同日而语。我说你是出身于几代的中产阶层的人，所以你所指的平凡的人，当然是中产阶层人士。中产阶层在你们那儿是多数，平民反而是少数。美国这架国家机器，一向特别在乎你们中产阶层，亦即你所言的平凡的人们的感觉。我说你们的平凡的生活，是有房有车的生活。而一个人只要有了一份稳定的工作，过上那样的生活并不特别难。居然不能，倒是不怎么平凡的现象了。而在我们中国，那是不平凡的人生的象征。对平凡的如此不同的态度，是两国的平均生活水平所决定了的。正如中国的知识化了的青年做梦都想到美国去，自己和别人以为将会追求到不平凡的人生，而实际上，即使跻身于美国的中产阶层了，也只不过是追求到了一种美国的平凡之人的人生罢了……

当时联想到了本文开篇那名学子的话，不禁替平凡着、普通着的中国人，心生出种种的悲凉。想那学子，必也出身于寒门；其父其母，必也平凡得不能再平凡，普通得不能再普通。不然，断不至于对平凡那么惶恐。

也联想到了我十几年前伴两位老作家出访法国，通过翻译与马赛市一名五十余岁的清洁工的交谈。

我问他算是法国的哪一种人。

他说，他自然是一个平凡得不能再平凡，普通得不能再普通的人。

我问他羡慕那些资产阶级吗。

他奇怪地反问为什么。

是啊，他的奇怪一点儿也不奇怪。他有一幢带花园的漂亮的二层小房子；他有两辆车，一辆是环境部门配给他的小卡车，一辆是他自己的小卧车；他的工作性质在别人眼里并不低下，每天给城市各处的鲜花浇水和换下电线杆上那些枯萎的花来而已；他受到应有的尊敬，人们叫他"马赛的美容师"。

所以，他才既平凡着，又满足着。甚而，简直还可以说活得不无幸福感。

我也联想到了德国某市那位每周定时为市民扫烟囱的市长。不知德国究竟有几位市长兼干那一种活计，反正不止一位是肯定的了。因为有另一位同样干那一种活计的市长到过中国，还访问过我。因为他除了给市民扫烟囱，还是作家。他会几句中国话，向我耸着肩诚实地说——市长的薪水并不高，所以需要为家庭多挣一笔钱。那么说时，他一点儿也不觉得有什么不好意思。

马赛的一名清洁工，你能说他是一个不平凡的人吗？德国的一位市长，你能说他极其普通吗？然而在这两种人之间，平凡与不平凡的差异缩小了，模糊了。因而在所谓社会地位上，接近着实质性的平等了，因而平凡在他们那儿不怎么会成为一个困扰人心的问题。

当社会还无法满足普遍的平凡的人们的基本拥有愿望时，文化的最清醒的那一部分思想，应时时刻刻提醒着社会来关注此点，而不是反过来用所谓不平凡的人们的种种生活方式刺激前者。尤其是，当普遍的平凡的人们的人生能动性，在社会转型期受到惯力的严重甩掷，失去重心而处于茫然状态时，文化的最清醒的那一部分思想，不可错误地认为他们已经不再是地位处于社会第一位置的人们了。

无论过去、现在，还是将来，平凡而普通的人们，永远是一个国家的绝大多数人。任何一个国家存在的意义，都首先是以他们的存在为存在的先决条件的。

一半以上不平凡的人皆出自于平凡的人之间。这一点对于任何一个国家都是同样的。因而平凡的人们的心理状态，在一定程度上几乎成为不平凡的人们的心理基因。倘文化暗示平凡的人们其实是失败的人们，这的确能使某些平凡的人通过各种方式变成较为"不平凡"的人；而从广大的心理健康的、乐观的、豁达的、平凡的人的阶层中，也能自然而然地产生较为"不平凡"的人们。

后一种"不平凡"的人们，综合素质将比前一种"不平凡"的人们方方面面都优良许多。因为他们之所以"不平凡"起来，并非由于害怕平凡。所以他们"不平凡"起来以后，也仍会觉得自己其实很平凡。

而一个由不平凡的人们都觉得自己们其实很平凡的人们组成的国家，它的前途才真的是无量的。反之，若一个国家里有太多这样的人——只不过将在别国极平凡的人生的状态，当成在本国证明自己是成功者的样板，那么这个国家是患着虚热症的。好比一个人脸色红彤彤的，不一定是健康，也可能是肝火，也可能是结核晕。

我们的文化，近年以各种方式向我们介绍了太多太多的所谓"不平凡"的人士了，而且，最终往往地，对他们的"不平凡"的评价总是会落在他们的资产和身价上，这是一种穷怕了的国家经历的文化方面的后遗症。以至于某些呼风唤雨于一时的"不平凡"的人，转眼就变成了些行径苟且的、欺世盗名的甚至罪状重叠的人。

一个许许多多人恐慌于平凡的社会，必层出如上的"不平凡"之人。

而文化如果不去关注和强调平凡者们第一位置的社会地位，尽管他们看去很弱，似乎已不值得文化分心费神——那么，这样的文化，也就只有忙不迭地不遗余力地去为"不平凡"起来的人们大唱赞歌了，并且在"较高级"的利益方面与他们联系在一起，于是眼睁睁不见他们之中某些人"不平凡"之可疑。

这乃是中国包括传媒在内的文化界、思想界，包括某些精英在内的思想界的一种势利眼病……

中国父母与孩子

窃以为，近代以降，中国有四个时期做父母是很辛苦的，做儿女也是很辛苦的。

一是民国初期。统治了中国二百七十六年的曾似乎固若金汤的一个大王朝，由于自身腐败，打击改良和进步，在外国攻击和国内颠覆之下土崩瓦解，亡于一旦。

这一时期，大批青年，尤其知识化了的青年，反而最不容易找到工作。报国无门，报父母养育之恩也难。而最糟糕的是，国人看不到国家方向与希望。父母看不到，知识化了的儿女们也看不到。当然，这里说的，主要是平民——贫民父母和他们的儿女。富人不同，贪官污吏与为富不仁的富人，即使在很烂的国家里，也照样活得滋滋润润的，幸福指数很高，甚至，国家越烂，他们越如鱼得水。

于是某些知识青年，干脆破釜沉舟地投身政治，以图先救国而后追求个人之人生目标。政治要抛头颅、洒鲜血的，父母们便成天为之提心吊胆。而许多青年，于是用生命祭了国家，或只不过祭了政治。不乏可敬者，亦有可悲者，令今人心痛。

二是抗战时期。中国千千万万的父母亲们，为保卫国家奉献出了他们最宝贵的所有——儿女。有时刚奉献出几个月甚或几天，儿女就粉身碎骨了。粉身碎骨在战场上还算幸运，被敌人严刑折磨而死的，更令今人心痛。我们必须承认，在那国难时期，优秀的中华儿女，坚卓毅忍者，共产党的队伍中有，隶属国民党的亦即国家正规军中同样有，表现同样可歌可泣，浩气长存。

所谓家国情怀，在这一时期的中国，在成千上万中华儿女心中，只体现为爱国情怀了。所谓忠孝，也只能做到以忠为孝了。

对于那些中华儿女，抗日便是"就业"。

三是内战时期。资料显示，抗战与内战两个时期，近三千万同胞死于战争，多半是青年。

那经常是白发人埋黑发人的时代。

当年被卷入战争的青年，犹如后来的青年被卷入"上山下乡"运动。但前者们命运的惨烈，绝非后者们可与之相提并论。

四是"文革"及"上山下乡"时期。

那一时期的绝大多数父母，多到大约百分之九十九以上，已经完全被剥夺了向儿女提出人生参考意见的权利。因为儿女们的人生，连儿女们自己也完全做不了主的。

在那么一种情况下，许许多多家庭之家庭教育，成了一件很可能是"罪行"的事。父母和儿女往往会同样受到批判的，甚至会都遭殃。

但许许多多并不等于全体。

我对鼓噪"文革"中全体中国人都疯了的说法嗤之以鼻。

我当年就没疯，反而于种种疯狂现象中越发清醒。我的父母也没疯，比以往年代更加善良，更富有同情心。

我班里与我要好的同学一个也没疯，他们至今仍个个都是中国善良的人，像我的父母和他们自己的父母一样善良，富有同情心。尽管他们上学的权利被硬性剥夺了，至今皆是平民百姓，而他们的父母，我当年再熟悉不过的那些底层人家的父母，一位位至死也未改变过善良本性。

故我认为，那坚持说当年全中国的人都疯了的家伙，极可能自己当年干了罪过的事，并且至今不肯忏悔，继续以"全中国人都疯了"为自己当年的罪过开脱。

以我的眼看来，中国民间具有极其本能的、蚕丝被套般的向善维护系统，以影响自己的儿女们不变恶劣。那系统也遭受过极大破坏，但所幸未被彻底摧毁。

所以也可以这么说,"文革"十年,由于"上山下乡"运动剥夺了几乎整整一代人的人生选择——为父母的无奈,是儿女的也无奈,家庭教育反而极其简单了。一句顶一万句地说,勿恶守善而已。

这不等于说"文革"好,也不意味着所有人家的家庭教育都那么值得称赞。而仅仅是要强调——善良的父母们,对儿女们的家庭教育责任,只能尽到那么一点了。

那是最重要的。

却非家庭教育的全部内容。

五是当下之中国父母,想怎么教育儿女就可以怎么教育儿女了,想怎么培养儿女就可以怎么培养儿女了。当下之中国儿女,想拥有多大的儿女自由几乎就可以拥有多大的儿女自由了,想以什么样的价值观来确定自己的人生方向,那方向几乎就可以是他或她的人生方向了,哪怕明天又否定了,另有了一种价值观,另确定一种方向,也没法儿不随他们的便。

但今天之中国人,尤其平凡的中国人,仿佛更不会做父母了,仿佛觉得,做父母更难了、更累了、更复杂了。

"悠悠万事,唯此为大"——成了中国父母的人生宗旨。

"天将降大任于是人也"——成了中国父母的家教信条。孩子一呱呱坠地,父母都希望"天降大任于斯婴"。同时,自己也背上了"天降大任于父母"的无形十字架。

谁都想证明自己在家庭教育方面是成功的父母。

谁都明白成不成功要由好儿女来证明。

而好儿女起码分为以下几类:

第一类,一个善良的、正义的人,对谋生技能具有进取精神的人,一生平凡但不失为一个受人尊敬的人。

第二类,一个所谓精英人士,或曰成功人士。倘为官,官运亨通;倘经商,财源茂盛;倘从艺,必是明星大腕;倘从文,名满利丰,迎送皆鸿儒,往来无白丁;倘是独女,待嫁豪门;倘是独子,光宗耀祖。

第三类,既能实现以上人生目标,同时善良又正义,不但活着有好口碑，死后也经得起历史评说，包括坊间流传之野史的圈点。

第四类，如二者无法兼得，管他什么厚黑学，什么潜规则，什么权钱交易，什么出卖色相，百般手段一齐用上，黑白两道都吃得开，达到目的就是好样的。许多人都已变得寡廉鲜耻，自己不择手段又何必感到羞辱？爸爸妈妈更不会因而脸红。别人指背那叫羡慕嫉妒恨！走自己的路，让别人说去！

第五类，绝对不允许儿女平凡。平凡就是平庸无能！容忍一个平凡的儿女，岂非容忍一个完全没出息的儿女？若竟一辈子平凡，想想还莫如当初做掉的好！父母都由一辈子平凡而一辈子平庸了，全指望你当儿女的让祖坟冒青烟了！你实现不了我们对你的指望，你算什么好儿女？

于是，父母成了家庭教练员，儿女成了家庭运动员，而家庭成了培训基地，与学校达成这么一种共识——双方合作，不将一个孩子推入重点大学的校门誓不罢休，因为重点大学是培养将来不平凡的人的殿堂……

所以诸位，仅就以上五类培养儿女的方向而言，我们究竟循着哪一方向尽父母的家教责任？姑且不论使命。说使命未免太沉重——我们毕竟只不过是父母，而且又都是平凡的普通的父母。我们不是"圣父""圣母"，世界并不非要我们的儿女去拯救。依我看世界也并没比从前糟到哪儿去，故我们当仅以平常心来谈谈父母的家教责任就行的，不知诸位意下如何？

首先我要说，望子成龙、望女成凤之心，天下父母皆有之。那么也就可以说，几乎是百分之百的父母都会有的一种期望。起码，孩子出生时，心中会闪过那么一线期望之光。这无可厚非，符合父母之人性。

但一个事实乃是——那第二类、第三类儿女，是可望而不可求的。他们永远是世界新生代中的极少数，这一点在古今中外任何一个国家都是如此。因父母家教有方的例子是有的；与父母基因遗传有些关系的例子不胜枚举；自幼胸怀大志，成功于个人刻苦勤奋的才俊人物也不少。

如果进行一项统计将会发现，更多的才俊人物其实属于"天赋"优异，再加上时代因素的促成，以及所谓"运气"。

"天赋"的优异与父母的基因没什么关系，故"天赋"是无道理可讲的，"运气"更无道理可讲。

那么，此等儿女，乃万分甚至百万分、千万分之一的比例。若天下父母全都抱此期望，不是好比每一个买彩票的人都专执一念非中头奖那么"二"吗？

故我认为，儿女呱呱落地时，能这么想的父母才是具有起码明智的父母——我一定要保证我的儿女将来的人生，不至于连普遍人的日子都过不上。

如果父母的家教责任始于此点，那么家教责任就会变得轻松一点儿的，也就等于做父母的首先在思想上明白了以下人生理念：

平凡与平庸是不同的。

平凡者也可以平凡得较为优秀。在平凡的工作岗位上能力表现优秀，胜任自如；在平凡的家庭中是平凡的好儿女、好父母、好夫妻；在平凡的人际关系中，是平凡的好同事、好邻里。

这样的一个人，将平凡得可爱。

而可爱之人，人人喜欢他。

而生活在被许多平凡的别人喜欢的平凡的阶层中，心中未必全无平凡的幸福感。

平庸则不同，平庸是主观上的懒、混。

为父母者，如果真想通了以上道理，便会自觉地教育儿女，将来万勿做第四种人。而自己也绝不做难以容忍儿女的将来平平凡凡的父母。

雷夫·艾斯奎斯是当今美国备受称赞的中学教师。他来到中国与众多中国同行对话时，多次强调：

> 我们要培养善良的学生……
> 如果我们希望他们将来成为善良的人……
> 聪明不是那么重要，品格远比学习成绩重要，正派、得体远比考试得高分重要……

雷夫明白，善良是人之良好品格的第一块基石。如果没有良好的品格，所谓"天赋"和"运气"不会始终青睐某一个人的。反之，良好的品格有助于人获得信任、帮助、倚重。那时，连自己和父母都不曾从自身发现过的正能力，便有了施展的机会。

我们中国的父母如今最不重视的是对儿女的善良教育、好人教育、好品格教育。

我们中国仿佛变成了古代斯巴达国。

我们的父母和教育体制，似乎"合谋"在这么打算——要么使一个孩子成为将来的斯巴达勇士，要么视为"废品"。

一个孩子获得了大学文凭，只不过意味着在文化知识方面获得了成为平凡的城市人的资格。

研究生文凭其实也只能证明这么一点。

而我们许多父母包括儿女，似乎仍停留在出了大学校门我当然已与众不同的过去时。

进了大学校门，证明着一种幸运；出了大学校门，也证明着一种幸运。

一种"获得了成为平凡的城市人的资格"的幸运。

因为城市对"平凡的城市人"的要求越来越高了。

不入大学校门，若想成为合格的"平凡的城市人"，将付出更大努力。

想明白了这一点，也就等于想明白了——平凡其实没那么可怕，可怕的是，害怕平凡的人生如本能地害怕死亡。

窃以为，这样的人，他逐渐不平凡起来的可能，比平凡的人少多了。

当今中国青年阶层分析

不差钱的"富二代"

报载,当下中国有一万余位资产在两亿以上的富豪,"二世祖"是南方民间对他们儿女的叫法。关于他们的事情民间谈资颇多,人们常津津乐道。某些报刊亦热衷于兜售他们的种种事情,以财富带给他们的"潇洒"为主,羡慕意识流淌于字里行间。窃以为,一万多相对于十三亿几千万人口,相对于四亿几千万中国当代青年,实在是少得并没什么普遍性,并不能因为他们是某家族财富的"二世祖",便必定具有值得传媒特别关注之意义。故应对他们本着这样一种报道原则——若他们做了对社会影响恶劣之事,谴责与批判;若他们做了对社会有益之事,予以表扬与支持。否则,可当他们并不存在。在中国,值得给予关注的群体很多,非是不报道"二世祖"们开什么名车,养什么宠物,第几次谈对象便会闲得无事可做。传媒是社会的"复眼",过分追捧明星已够讨嫌,倘再经常无端地盯向"二世祖"们,这样的"复眼"自身毛病就大了。

由于有了以上"二世祖"的存在,所谓"富二代"的界定难免模糊。倘不包括"二世祖"们,"富二代"通常被认为是这样一些青年——家境富有,意愿实现起来非常容易,比如出国留学,比如买车购房,比如谈婚论嫁。他们的消费现象,往往也倾向于高档甚至奢侈。和"二世祖"们一样,他们往往也拥有名车。他们的家庭资产分为有形和隐形两部分:有形的已很可观,隐形的究竟多少,他们大抵并不清楚,甚至连他们的父母也不清楚。我的一名研究生曾幽幽地对我说:"老师,人比人真是得死。我们这种学生,毕业后即使回省城谋生,房价也还是会让我们望洋兴叹。可我认识的另一类大学生,刚谈恋爱,双方父母就都出钱在北京给他们买下了三居室,而且各自一套。只要一结婚,就会给他们添辆好车。北京房价再高,人家也没有嫌高的感觉!"——那么,"另一类"或"人家"自然便是"富二代"了。

我还知道这样一件事——女孩儿在国外读书,忽生明星梦,非要当影视演员。于是母亲带女儿专程回国,到处托关系,终于认识了某一剧组的导演,声明只要让女儿在剧中饰一个小角色,一分钱不要,还愿意反过来给剧组几十万。导演说,您女儿也不太具有成为演员的条件啊。当母亲的则说,那我也得成全我女儿,让她过把瘾啊!——那女儿,也当属"富二代"无疑了。

如此这般的"富二代",他们的人生词典中,通常没有"差钱"二字。他们的家长尤其是父亲们,要么是中等私企老板,要么是国企高管,要么是操实权握财柄的官员。倘是官员,其家庭的隐形财富有多少,他们确乎难以了解。他们往往一边享受着"不差钱"的人生,一边将眼瞥向"二世祖"们,对后者比自己还"不差钱"的生活方式消费方式每不服气,故常在社会上弄出些与后者比赛"不差钱"的响动来。

我认为,对于父母是国企高管或实权派官员的他们,社会应予必要的关注。因为这类父母中不乏现行弊端分明的体制的最大利益获得者和最本能的捍卫者。这些身为父母的人,对于推动社会民主、公平、正义是不安且反感的。有这样的父母的"富二代",当他们步入中年,具有优势甚至强势话语权后,是会站在一向依赖并倍觉亲密的利益集团一方,发挥本能的维护作用,还是会比较无私地超越那一利益集团,站在社会公平和正义的立场,发符合社会良知之声,就只有拭目以待了。如果期待他们成为后一种中年人,则必须从现在起,运用公平、正义之自觉的文化使他们受到人文影响。而谈到文化的人文思想影响力,依我看来,在中国,不仅对于他们是少之又少微乎其微，即使对最广大的青年而言，也是令人沮丧的。故我看未来的"富二代"的眼，总体上是忧郁的。不排除他们中会产生足以秉持社会良知的可敬人物，但估计不会太多。

在中国，如上之"富二代"的人数，大致不会少于一两千万。这还没有包括同样足以富及三代五代的文娱艺术界超级成功人士的子女，不过他们的子女人数毕竟有限，没有特别加以评说的意义。

中产阶层家庭的儿女

世界上任何一个国家，中高级知识分子家庭几乎必然是该国中产阶层不可或缺的成分，少则占三分之一，多则占一半。中国国情特殊，二十世纪八十年代以前，除少数高级知识分子，一般大学教授的生活水平虽比城市平民阶层的生活水平高些，但其实高不到哪儿去。二十世纪八十年代后，这些人家生活水平提高的幅度不可谓不大，他们成为改革开放的直接受惠群体是无可争议的事实。不论从居住条件还是收入情况看，知识分子家庭的生活水平已普遍高于工薪阶层。另一批，正有希望跻身于中产阶层。最差的一批，生活水平也早已超过所谓小康。

然而二〇〇九年以来的房价大飙升，使中产阶层生活状态顿受威胁，他们的心理也受到重创，带有明显的挫败感。仅以我语言大学的同事为例，有人为了资助儿子结婚买房，耗尽二三十年的积蓄不说，儿子也还需贷款一百余万，沦为"房奴"，所买却只不过八九十平方米的住房而已。还有人，夫妻双方都是五十来岁的大学教授，从教都已二十几年，手攥着百余万存款，儿子也到了结婚年龄，眼睁睁看着房价升势迅猛，不知如何是好，只有徒唤奈何。他们的儿女，皆是当下受过高等教育的青年，有大学学历甚至是硕士、博士学历。这些青年成家立业后，原本最有可能奋斗成为中产阶层人士，但现在看来，可能性大大降低了，愿景极为遥远了。他们顺利地谋到"白领"职业是不成问题的，然"白领"终究不等于中产阶层。中产阶层也终究得有那么点儿"产"可言，起码人生到头来该有产权属于自己的一套房子。即使婚后夫妻二人各自月薪万元，要买下一套两居室的房子，由父母代付部分购房款，也还得自己贷款一百几十万。按每年可偿还十万，亦需十几年方能还清。又，他们从参加工作到实现月薪万元，即使工资隔年一升估计至少也需十年。那么，前后加起来可就是二十几年了，他们也奔五十了。人生到了五十岁时，才终于拥有产权属于自己的两居室，尽管总算有份"物业"了，恐怕也还只是"小康人家"，而非"中产"。何况，他们自己也总是要做父母的。一旦有了儿女，那一份支出就大为可观了，那一份操心也不可等闲视之。于是，拥有产权属于自己的一套房子的目标，便离他们比遥远更遥远了。倘若双方父母中有一位甚至有两位同时或先后患了难以治疗的疾病，他们小家庭的生活状况也就可想而知了。

好在，据我了解，这样一些青年，因为终究是知识分子家庭的后代，可以"知识出身"这一良好形象为心理的盾，抵挡住贫富差距巨大的社会现实的猛烈击打。所以，他们在精神状态方面一般还是比较乐观的。他们普遍的人生主张是活在当下，抓住当下，享受当下；更在乎的是于当下是否活出了好滋味、好感觉。这一种拒瞻将来，拒想将来，多少有点儿及时行乐主义的人生态度，虽然每令父母辈摇头叹息，对他们自己却未尝不是一种明智。并且，他们大抵是当下青年中的晚婚主义者。内心潜持独身主义者，在他们中也为数不少。三分之一左右按正常年龄结婚的，打算做"丁克"一族者亦大有人在。

在中国当下青年中，他们是格外重视精神享受的。他们也青睐时尚，但追求比较精致的东西，每每自标品位高雅。他们是都市文化消费的主力军，并且对文化标准的要求往往显得苛刻，有时近于尖刻。他们中一些人极有可能一生清贫，但大抵不至于潦倒，更不至于沦为"草根"或弱势。成为物质生活方面的富人对于他们既已不易，他们便似乎都想做中国之精神贵族了。事实上，他们身上既有雅皮士的特征，也确乎同时具有精神贵族的特征。

一个国家是不可以没有一些精神贵族的；决然没有，这个国家的文化也就不值一提了。即使在非洲部落民族，也有以享受他们的文化精品为快事的"精神贵族"。

他们中有不少人将成为中国未来高品质文化的守望者。不是说这类守望者只能出在他们中间，而是说由他们之间产生更必然些，也会更多些。

城市平民阶层的儿女

出身于这个阶层的当下青年，尤其受过高等教育的他们，相当一部分内心是很凄凉悲苦的。因为他们的父母，最是一些"望子成龙""望女成凤"的父母，此类父母的人生大抵历经坎坷，青年时过好生活的愿景强烈，但这愿景后来终于被社会和时代所粉碎。但愿景的碎片还保存在内心深处，并且时常也还是要发一下光的，所谓未泯。设身处地想一想确实令人心疼。中国城市平民人家的生活从前肯定比农村人家强，也是被农民所向往和羡慕的。但现在是否还比农民强，那则不一定了。现在不少的城市平民人家，往往会反过来羡慕农村富裕的农民，起码农村里那些别墅般的二三层小楼，便是他们每一看见便会自叹弗如的。但若有农民愿与他们换，他们又是肯定摇头的。他们的根已扎在城市好几代了，不论对于植物还是人，移根是冒险的，会水土不服。对于人，水土不服却又再移不回去，那痛苦就大了。

"所谓日子，过的还不是儿女的日子！"这是城市平民父母们之间常说的一句话，意指儿女是唯一的精神寄托，也是唯一过上好日子的依赖，更是使整个家庭脱胎换骨的希望。故他们与儿女的关系，很像是体育教练与运动员的关系，甚至是拳击教练与拳手的关系。在他们看来，社会正是一个大赛场，而这也基本是事实，起码目前在中国是一个毫无疑问的事实。所以他们常心事重重、表情严肃地对儿女们说："孩子，咱家过上好生活可全靠你了。"出身于城市平民人家的青年，从小到大，有几个没听过父母那样的话呢？

可那样的话和十字架又有什么区别？话的弦外之音是——你必须考上名牌大学，只有毕业于名牌大学才能找到好工作；只有找到好工作才有机会出人头地，只有出人头地父母才能沾你的光在人前骄傲，并过上幸福又有尊严的生活；只有那样，你才算对得起父母……即使嘴上不这么说，心里也是这么想的。

于是，儿女领会了——父母是要求自己在社会这个大赛场上过五关斩六将，夺取金牌金腰带的。于是对于他们，从小学到大学都成了赛场或拳台。然而除了北京、上海，在任何省份的任何一座城市，考上大学已需终日刻苦，考上名牌大学更是谈何容易！并且，通常规律是——若要考上名牌大学，先得挤入重点小学。对于平民人家的孩子，上重点小学简直和考入名牌大学同样难，甚至比考上名牌大学还难。名牌大学仅仅以高分为王，进入重点小学却是要交赞助费的，那非平民人家所能承受得起。往往即使借钱交，也找不到门路。故背负着改换门庭之沉重十字架的平民家庭的儿女们，只有从小就将灵魂交换给中国的教育制度，变自己为善于考试的机器。即使进了重点初中、重点高中、重点大学，终于跃过了龙门，却发现在龙门那边，自己仍不过是一条小鱼。而一迈入社会，找工作虽比普通大学的毕业生容易点儿，工资却也高不到哪儿去。本科如此，硕士博士，情况差不多也是如此，于是备感失落……

另外一些只考上普通大学的，高考一结束就觉得对不起父母了，大学一毕业就更觉得对不起父母了。那点儿工资，月月给父母，自己花起来更是拮据。不月月给父母，不但良心上过不去，连面子上也过不去。家在本市的，只有免谈婚事，一年又一年地赖家而居。天天吃着父母的，别人不说"啃老"，实际上也等于"啃老"。家在外地的，当然不愿让父母了解到自己变成了"蜗居"的"蚁族"。和农村贫困人家的儿女们一样，他们是中国不幸的孩子，苦孩子。

我希望中国以后少争办些动辄"大手笔"地耗费几千亿的"国际形象工程"，省下钱来，更多地花在苦孩子们身上——这才是正事！

他们中考上大学者，几乎都可视为坚卓毅忍之青年。

他们中有人最易出现心理问题，倘缺乏关爱与集体温暖，每酿自杀自残的悲剧，或伤害他人的惨案。然他们总体上绝非危险一族，而是内心最郁闷、最迷惘的一族，是纠结最多、痛苦最多，苦苦挣扎且最觉寡助的一族。

他们的心，敏感多于情感，故为人处世每显冷感。对于帮助他们的人，他们心里也是怀有感激的，却又往往倍觉自尊受伤的刺痛，结果常将感激封住不露，饰以淡漠的假象。而这又每使他们给人以不近人情的印象。这种时候，他们的内心就又多了一种纠结和痛苦。比之于同情，他们更需要公平；比之于和善相待，他们更需要真诚的友谊。

谁如果与他们结下了真诚的友谊，谁的心里也就拥有了一份大信赖，他们往往会像狗忠实于主人那般忠实于那份友谊。他们那样的朋友是最难交的，只要交下了，大抵是一辈子的朋友。一般情况下，他们不会轻易或首先背叛友谊。

他们像极了于连。与于连的区别仅仅是，他们不至于有于连那么大的野心。事实上他们的人生愿望极现实，极易满足，也极寻常。但对于他们，连那样的愿望实现起来也需不寻常的机会。"给我一次机会吧！"——这是他们默默在心里不知说了多少遍的心语。但又一个问题是——此话有时真的有必要对掌握机会的人大声地说出来，而他们往往比其他同代人更多了说之前的心理负担。

他们中之坚卓毅忍者，或可成将来靠百折不挠的个人奋斗而成功的世人偶像，或可成将来足以向社会贡献人文思想力的优秀人物。

人文思想力通常与锦衣玉食者无缘。托尔斯泰、雨果们是例外，并且考察他们的人生，虽出身贵族，却不曾以锦衣玉食为荣。

农家儿女

家在农村的大学生，或已经参加工作的他们，倘若家乡居然较富，如南方那种绿水青山、环境美好且又交通方便的农村，则他们身处大都市所感受的迷惘，反而要比城市平民的青年少一些。这是因为，他们的农民父母其实对他们并无太高的要求。倘他们能在大都市里站稳脚跟，安家落户，父母自然高兴；倘他们自己觉得在大都市里难过活，要回到省城工作，父母照样高兴，照样认为他们并没有白上大学；即使他们回到了就近的县城谋到了一份工作，父母虽会感到有点儿遗憾，但不久那点儿遗憾就会过去的。

很少有农民对他们考上大学的儿女们说："咱家就指望你了，你一定要结束咱家祖祖辈辈都是农民的命运！"他们明白，那绝不是一个受过高等教育的儿女所必然能完成的家庭使命。他们供儿女读完大学，想法相对单纯：只要儿女们以后比他们生活得好，一切付出都是值得的。中国农民大多是些不求儿女回报什么的父母。他们对土地的指望和依赖甚至要比对儿女们还多一些。

故不少幸运地在较富裕的农村以及小镇小县城有家的、就读于大都市漂泊于大都市的学子和青年，心态比城市平民（或贫民）之家的学子、青年还要达观几分。因为他们的人生永远有一条退路——他们的家园。如果家庭和睦，家园的门便永远为他们敞开，家人永远欢迎他们回去。所以，即使他们在大都市里住的是集装箱——南方已有将空置的集装箱租给他们住的现象——他们往往也能咬紧牙关挺过去。他们留在大都市艰苦奋斗，甚至年复一年地漂泊在大都市，完全是他们个人心甘情愿的选择，与家庭寄托之压力没什么关系。如果他们实在打拼累了，往往会回到家园休养、调整一段时日。同样命运的城市平民或贫民人家的儿女，却断无一处"稚子就花拈蛱蝶，人家依树系秋千""罗汉松遮花里路，美人蕉错雨中楱"的家园可以回归。坐在那样的家门口，回忆儿时"争骑一竿竹，偷折四邻花"之往事，真的近于是在疗养。即使并没回去，想一想那样的家园，也是消累解乏的。故不论他们是就读学子、公司青年抑或打工青年，精神上总有一种达观在支撑着。是的，那只不过是种达观，算不上是乐观。但是能够达观，也已很值得为他们高兴了。

不论一个当下青年是大学校园里的学子、大都市里的临时就业者或季节性打工者，若他们的家不但在农村，还在偏僻之地的贫穷农村，则他们的心境比之于以上一类青年，肯定截然相反。

回到那样的家园，即使是年节假期探家一次，那也是忧愁的温情有，快乐的心情无。打工青年们最终却总是要回去的。

大学毕业生回去了毫无意义——不论对他们自己，还是对他们的家庭。他们连省城和县里也难以回去，因为省城也罢，县里也罢，适合于大学毕业生的工作，根本不会有他们的份儿。而农村，通常也不会直接招聘什么大学毕业生"村官"的。

所以，当他们用"不放弃！绝不放弃！"之类的话语表达留在大都市的决心时，大都市应该予以理解，全社会也应该予以理解。

这是一个最好的时代！
这是一个最坏的时代！

以上两句话，是狄更斯小说《双城记》的开篇语。那究竟是一个怎样的时代，此不赘述。狄氏将"好"写在前，将"坏"写在后，意味着他首先是在肯定那样一个时代。在此借用一下他的句式来说：

当代中国青年，他们是些令人失望的青年。当代中国青年，他们是些足以令中国寄托希望的青年。

说他们令人失望，乃因以中老年人的眼看来，他们身上有太多毛病。诸毛病中，以独生子女的娇骄二气、"自我中心"的坏习性、逐娱乐鄙修养的玩世不恭最为讨嫌。

说他们足以令中国寄托希望，乃因他们是自一九四九年以后最真实地表现为人的一代，也可以说是忠顺意识之基因最少，故而是真正意义上脱胎换骨的一代。在他们眼中，世界真的是平的；在他们的思想的底里，对民主、自由、人道主义、社会公平正义的尊重和诉求，也比一九四九年以后的任何一代人都更本能和更强烈……

只不过，现在还没轮到他们充分呈现影响力，而他们一旦整体发声，十之七八都会是进步思想的认同者和光大者。

该拿他们怎么办

不久前,我从南方乘机返回北京,耳闻目睹了这样一件事:

乘客已全部登机,但滑梯还没推开,乘务员姑娘在忙碌地整理置物架。乘客满额,东西很多,一些置物架的门卡不下去。乘务员姑娘在重新摆放时取下了一个纸袋子,里边装着一件旧呢上衣。

姑娘问:"这是哪位的袋子?"

一五短身材、方头圆脑的车轴汉子答曰:"我的!哎,你乱动我的衣服干吗?"——气势汹汹,那种惹不起的口吻。

姑娘赔着笑脸说:"东西不重新整理一番,置物架的门卡不下去,那么飞机就起飞不了,您看这样给您放行不?"

汉子嚷嚷着说:"不行!我的东西,我摆好了的。没经我允许,你凭什么乱动我东西?"

姑娘仍赔着笑脸说:"对不起,请您原谅。但如果您的袋子里除了衣服没有怕挤压的东西,这样摆一下,置物架就可以关上了,也就不妨碍飞机起飞了。"

汉子语气更凶地说:"放回去!我命令你立刻给我放回去!原先怎么放的,你必须照原样放好!改变了放法不行!有没有先来后到了?!"

姑娘还是赔着笑脸说:"放东西是有先来后到,但您看人多东西也多……"

"我才不管那些!放回去放回去!我警告你啊!你不给我照原样放好,

我一定投诉你！"

　　姑娘抱着那纸袋子不知如何是好了。东西实在是太多了，每格置物架塞得毫无间隙，还有几格置物架的门卡不下去，一名是乘务员的小伙子也在重新摆放着。和姑娘一样，额上都忙出了汗。作为乘务员，两名年轻人心里特急。

　　"哎，你听不懂中国话啊？真听不懂还是假听不懂？！把你们机长找来！看他听得懂中国话不？！"

　　汉子简直是在吼了。

　　机舱里斯时静极了，所有的人都在默默听着、看着，我也是。那是一阵令每一个中国人都感到尴尬的静（乘客中还有几位外国人）——我猜，每个人都是这么想的：还是别插言为好。也许一句相劝的话，反而会使那么浑的一个家伙更犯浑了。

　　我也是这么想的。

　　乘务组长来了，好言好语地说："先生，互相谅解一下，啊？我来为您摆放……"

　　这时滑梯推开了，舱门关闭了。

　　"我原先不是那么放的！"

　　乘务员姑娘见组长亲自将纸袋放好了，随之将置物架的门卡下去。

　　飞机开始移动了。

　　"实在对不起了先生，请多包涵。"乘务组长说完匆匆离去。

　　广播开始了，乘务员姑娘在做着使用氧气罩之方法的示范。

　　而那汉子这时开始骂骂咧咧了，但所骂还在文明教养正常的男人女人不至于顿时脸红起来的范围，无非便是"他妈的""什么玩意儿"之类。

　　姑娘委屈得眼泪汪汪了。

　　机舱里仍是一片肃静。

　　我想：他骂一会儿就会住口的。这是在飞机上，而且飞机正在驶向跑道啊！大家都假装没听到，我也应该那样才对。不是替人主持公道的时候呀！

　　然而有位女士忍不住了，谴责地说："你有完没完啊？你骂了那么多句了,人家姑娘一声不吭,你还想怎么样啊?"

果然,女士的话使事态更加严重。

那汉子站了起来,目光凶恶地寻找着:"谁他妈说的?谁他妈说的?!"

乘务员姑娘赶紧请他坐下。

他不坐下,凶恶地说:"既然敢露屁眼放屁,怎么不敢承认?!"那女士也不再吭声了。是啊,在即将起飞的飞机上,有这么一个家伙谁也拿他没办法啊!

那汉子见没人敢挑战他的凶恶,骂骂咧咧地坐下了。

不料又一位男士就说:"太没教养了,真给中国男人丢脸。"

说此话的男士坐在汉子的后排,这使汉子不必站起来就知道谁说的了,他只不过扭头骂:"你有教养!有教养你不是也没资格坐专机吗?"

那男士其实比那汉子高大魁梧,他警告道:"你嘴里干净点儿啊,再骂人我扇你。"

汉子大声说:"扇我?有种下了飞机咱俩试巴试巴,三分钟之内弄死你!"

乘务员姑娘赶紧走来,对那男士做出恳求缄口的表情。

这时飞机起飞了。

而那汉子开始骂不绝口了——句句都与生殖器连在一起,也与人的母亲连在一起,总之句句是令文明教养正常的男人和女人会顿时脸红起来的脏话。

乘务员姑娘站在男士的旁边不走开,显然,唯恐那男士猛起身打向汉子。

男士偶尔警告一句,汉子就骂得更难听。

乘务员姑娘则不断恳求男士:"请顾全大局,请顾全大局……"

结果是,一飞机的乘客又肃穆地听了十几分钟的骂人脏话。我觉得,那一种集体的肃穆,体现的是一种集体的被羞辱、无奈和郁闷。女性们都低下了头;男士们都闭上了眼睛假装入睡;做母亲的捂上了小儿女的双耳;与他隔一个座位的老外,则干脆戴上了眼罩和耳机。那十几分钟是一种集体的尊严被践踏的过程。

不集体地那样，又能集体地怎样呢？

在飞机上啊，在高空中啊。我估计，即使集体地发出谴责，那汉子肯定会毫不示弱地辱骂一百几十人的。他在高空都是如此痞悍的表现，不知在地上会是一个怎么样的人。

他独自骂得实在无聊了，十几分钟后，发出轻微的鼾声。片刻，鼾声大作。

有人小声对开始送饮料的乘务员姑娘说："像他那样的，起飞前就应该通知地面保安把他弄下去。"

乘务员姑娘苦笑道："飞机就不知什么时候才能起飞了，也许一耽误就会后延两三个小时，有的乘客同志就会因而误事了……"

又有人小声说："要不是在飞机上，真想发一声喊，鼓动大家一起揍他一顿！"

还有人叹道："怎么会有这种素质的人……"

听着别人的议论，我不由得想，那汉子会是什么人呢？从他的衣着看，他显然不属于草根阶层，但也不属于土豪，土豪们肯定坐头等舱。而且，已经开始找贵族的绅士感觉，更愿意秀那种感觉。他肯定是做小生意的，经济状况介于富人与城市平民之间的那种人。有些钱不算多，但与平民比起来，感觉特优越那类人。但也不能以为他便是中产阶层一员，因为中产阶层以知识者居多，他脸上没有任何被知识化过的迹象。哦，对了，我想，他更具有暴发户的人格特点，因为好像在他看来，满飞机的人都该对他刮目相看才是。这是暴发户相当主要的人格表现。

如果是在地面上，连我都想喊一声"打"——就像方志敏在轮船上看到一些人欺辱一个没有买票的女人那样。

但是，结果会怎样呢？

倘有人用手机拍了，发到网上，我认为引起大多数网民指责的，很可能会是觉得双耳被塞满了粪的公愤者们。

倘我以见证人的资格诉说前因，那也肯定不会扭转舆论，估计连我也会被视为群暴现象的舆论帮凶。

倘那汉子被群殴伤了，事情发展到上法庭的地步，假使我是法官，肯定也要判公愤者们群暴罪名成立的。

又倘若，那汉子身上带刀，一刀刺死了一个教训他的人，那么结果又会怎样呢？倘那被刺死的，还是一个在知识出身与职业的社会地位两方面优越于他的人呢？

那网上会不会高呼痛快呢？

有一点是肯定的——坐在这架飞机里的男人们，是绝对不会对那汉子下狠手的，包括那被辱骂的男士。但，万一有谁失手了呢？或者，那汉子有隐性心脏病，由是猝死呢？

那么，另一点也是肯定的——全社会的特别是网上的舆论，大约十之八九会一边倒地同情那汉子。

便是我，倘若并未耳闻目睹了前因，肯定也会是那汉子的同情者。

怎么会不是呢？

我即使是一个前因的见证人，那汉子却死了，我还是会发生态度变化，同情于那汉子的。骂了十几分钟的污言秽语那也命不该死啊！我头脑里产生了如上一些想法后，我的心情沮丧极了。此前的义愤已荡然无存，嬗变为满满一胸腔的郁闷和沮丧了。无可言表的郁闷，没人能劝解得开的沮丧。

他——那四十多岁的汉子，他没喝醉。他不是精神病患者，他更不是恐怖分子。他看去不但健康，简直还可以说强壮。他腿短、胳膊短、脖子短，连手指也短，但都很粗。五短还有一短是说个子并不高。所谓"车轴汉子"，是指习惯于争凶斗狠那一类男人。当然，也享受于山吃海喝。并且，加上女人，一生只享受这么多足够了。对于他们，大抵如此。他们是些"吃货"与流氓的结合个体。从心理学上分析，他对那乘务员姑娘动了他的纸袋大为光火，也许是由于姑娘美好的身材和容颜刺激了他。在她那样的姑娘面前，他们往往由于自卑而恼羞成怒。否则，他的大为光火匪夷所思。除了这一种解释，没有第二种解释能够解释得通。

他——他们，在我们的日常社会生活中，一般不太会有极不正常的表现。如果他们的利益被触犯了，不，哪怕仅仅是被触动了，哪怕仅仅一下，哪怕仅仅损失了一点儿、一丁丁点儿，他们立刻会变得凶恶起来，甚至凶恶无比。一旦凶恶无比起来，很可能残忍无比。

他们羞辱我们时，我们几乎只有忍气吞声。因为我们受法律保护，往往是在法庭上，由法官来宣布的，而法官不可能同我们如影随形。

他们侵犯我们之前，我们也几乎只能明智地躲避。因为"之前"构不成侵犯罪；等他们的罪名成立时，我们已被侵犯了。

他们伤害我们时，我们须考虑抵抗与反击的分寸。因为我们如果失当，他们反而会成为被同情者——"正当防卫"这种法律上的说法，是有严格界定的。我们的还手失当，很可能被法理认为超出了界限。一旦真的超出，他们反而仿佛是被伤害者了。

是的，和他们比起来，我们大多数有起码的教养的人反而很弱势。我们究竟该拿他们怎么办呢？

我只知道，在他们犯法后，法律知道拿他们怎么办。

而我问的是——在法律宣判他们有罪前，在我们很倒霉地与他们遭遇时，我们究竟该拿他们怎么办呢？

我确实不知道。

在公共空间，以种种下流无耻的辱骂脏污一百几十人包括女人和孩子的双耳，这算不算是对一飞机乘客集体尊严的侵犯呢？

如果算，他侵犯了，谁又能拿他怎么样呢？

听，他鼾声大作，侵犯过了，酣然而睡。

于是我又想，自从飞机成为载人航空器以后，乘客中出现过多少这种人呢？——据我所知，除了恐怖分子的劫机事件，出现过的次数是不多的，且大多出现在中国乘客之间。

我便想到了新加坡——那世界上仍保留鞭笞刑罚的小国。那个汉子，他的表现若发生在彼国，他会否受到鞭笞呢？

这么一想，我就很希望中国的法律也加进鞭笞一条。而且要公开实行。而且，要组织孩子们和少年们观刑……

坐在我那一排靠过道的小伙子站起来了一下，阻止了我的胡思乱想。

我的提箱，塞在他前边的座位底下，是乘务员姑娘塞的。而那么一来，小伙子的双脚便着不了地了。偏偏，他又是高个子长腿的人。他的双腿，只能叠起来，朝过道那边偏过去，只能始终以那么一种姿势坐着。

两个多小时的空中飞行呢，那绝对是很疲劳的一种坐法。

我歉意地说："年轻人，你可以将双脚踏在我的提箱上。"

他笑了笑，毫无怨色地说："那不好。没什么，再坚持一个多小时，飞机不就着陆了嘛。"

我说："别坚持，那太累。"

他说："站一会儿就好了。"他竟始终不肯将脚踏在我的提箱上。

中国还有这样的青年在，委实是中国的幸运，也是中国的希望。现实，但愿你勿使这样的青年，单独遭遇到那样的汉子！

二〇一三年十二月十四日

仅仅谴责是不够的

一个仅仅三岁的男孩儿被他的亲父遗弃在一所"国立"医院里——因为那男孩儿患了白血病，而他的亲人们首先是对他负有抚养之法律责任的父亲，再也没有经济能力为他提供医疗费用了。按照院方的说法，要维持那孩子的生命，每天至少需要三百元的医疗费。而要保住那孩子的生命，则必须进行骨髓移植，那又至少需要三十万元。

孩子的父亲是一个农民。我们都知道的——在中国，一户普通农民是决然承担不起那么高额的医疗费的。除非那孩子有十个身强体健的亲人，每个亲人都甘愿为他每月卖一次血，那么十年以后，才能够攒足三十万元。但是，十年中每天三百多元的医疗费又从何而来呢？那得需要一个农户人家的孩子有多少甘愿为他轮番献血的亲人呢？

事实也确乎是，那父亲已然倾家荡产束手无策了，连负责寻找到他的调查人员，都不禁对着电视台摄像机说："虽然他的做法是应该受到谴责的，但面对他的家庭的实际情况，我开始有些同情他了。"

见诸媒体的类似的事情，在中国已经发生得不少了。可以预见，以后还会渐多起来。

我认为，此类事情首先并不仅仅是什么亲情伦理性质的现象，更是明明白白的社会问题，所以，仅仅做出亲情伦理方面的谴责是不够的。

电视台还在报道中采访了一位院方的代言人，一个表情严肃得接近严峻的男人。如果我没记错的话，似乎是一位团委书记。他口中说出了这样的话：

"这算什么事？难道要通过这种方法来要挟社会吗？"我极不赞成他的看法。

我真是忍不住要坦率说出我对他的话的看法，那就是——我很反感有人居然如此这般看待类似的事情。

明明只不过是一个父亲要救自己儿子的命却又凭自己的经济能力救不成了，明明是一种贫困现象，明明是一种需要全社会都来关注的社会问题，为什么非要把它说成是什么"要挟社会"的性质呢？

"要挟社会"——此言重矣！这么看待事情，岂不是将社会问题属性的现象直接上升为政治问题属性的现象了吗？

"要挟社会"——这等于在说同类事情皆属对社会采取恐怖行径了啊！幸而只不过是团委书记，若是职位很高的人，头脑中居然有这样的思想，那才更是对构建和谐社会有害无益的思想啊！

当然，我也绝不支持那位当父亲的人的做法。不是事情一经报道，不久便有善良的人们为其捐赠了三十余万吗？这再一次说明，在我们的社会中，尤其在民间，在千千万万普通民众中，互助的意识不但没有完全丧失，而且有时做出的反应是那么迅速，所体现的热忱是那么可贵，因而也动人。

我想，此事给一切遭遇不幸并且无力自救的人们的启示当是：倘若不知该求助于何方，那么就赶快先求助于传媒吧！遗弃肯定不是理性的做法，更不是唯一的选择。

而此事给予传媒的启示当是：传媒并不仅仅是客观之事的载体，有时候还应该是而且简直必须是主观之事的载体。唯其主观，所以便更加能动。也就是说，传媒当是有人性之社会公器，否则传媒承担社会良知的义务就没有了自信自觉的前提。在中国，由传媒替弱势群体的走投无路之境况不遗余力、义不容辞地大声疾呼，乃是传媒报道价值的最大意义之一，绝非最小意义。传媒做这样的事情，比特别主观地热忱饱满地为这个星那个星的知名度而不遗余力，而似乎义不容辞，意义要巨大得多。传媒担此义务方显可贵。在对于此事的报道中，我以为有关传媒已做得相当之好，并未一味仅加痛斥，所以那报道是较为人性化的报道。而唯有人性化的报道，才更有利于唤起民间的互助心肠。

此事给医院的启示当是：我前边提到这一所医院时，用了"国立"二字,乃是相对于"私立"而言的一种姑且的说法。我认为,学校、医院是特殊之单位,倘具有公共产业的性质,便也同时具有了"国立"之品格。而"国立"医院之品格当是什么呢?永远奉行人道主义的原则为第一原则的原则而已。而公众则以此原则来对国家精神进行理所当然的评估。大也罢,小也罢,省市一级的也罢,乡镇一级的也罢,凡属"国立",皆与国家精神相联系耳。也就是说,倘一所私立医院面对伤病之人居然奉行金钱第一的原则,公众鄙视和诅咒的是它的经营者;而一所国立医院若也那样,大受其损的必是国家形象无疑。

在此事中,院方的反应和表现是良好的,医护人员的反应和表现也是良好的。医院并没有因为一个患白血病的儿童显然被遗弃在医院里了,显然没有人替他负担医疗费了而就根本不对他进行必要的医治。正因为一所"国立"医院在奉行人道主义是第一原则方面已做得相当周到,无可指责,社会公众的救助之心才体现得那么及时、那么踊跃。于是国家精神与公众意识达成了一次良好的呼应。

而近年来,某些医院,虽属国立,其做法却每令公众瞠目结舌,除了愤慨,再就不可能被激发起另外的任何良好的思想感情,更别说行动了。那些医院的主管者遇到同类事情的第一反应和表现是——我这所医院怎么这么倒霉?没钱还想看病,世上哪有此理?人命宝贵是生病的人个人的事!医院若因收治了这等病人而亏损了一笔钱是我的责任!谁为我的责任负责任?由于他们的第一反应和表现完全背离医院的人道主义原则,那么他们除了将急需救治的病人抬出医院抛在什么地方了事,自然不可能再有任何一点儿善良的行动可言。据报载,曾有医院通知殡仪馆将活人拉去火葬的恶劣事件,正是以上极端不人道的恶劣心理所导致的。这样的"国立"医院如此这般的恶劣行径,将使公众对国家精神大为质疑。国家形象严重受损几成必然之事。而此无形之大损失,往往非是金钱所能弥补的。

此事给国家亦即政府的启示当是:任何一所医院,哪怕它的规模再大,都根本不可能一厢情愿地替国家一揽子承担起免费拯救弱势公民生命的大善事。中国有十三亿多人口,弱势群体数以亿计,一烛数烛之光,岂能照明百千人家?医疗保险虽为良策,但既已不幸沦为弱势,那笔保险费肯定是上不起的了。何况，遥见帆影之舟，哪里又救得活眼前沉波之人呢？民政部门来关爱吗？我们都知道的——在中国，它只具有促进赈灾活动的职能，国家每年并未拨给它数目可观的救助款。中华慈善总会吗？我们也知道的，它虽是有一笔苦心募集来的款项，但相对于中国弱势群体的庞大基数，实在也是杯水车薪。何况，它的分支机构，也只不过设到了省一级，而且在许多省里，不过是徒有其名。

那么，就真的没有什么办法了吗？办法当然是有的，而且只能由国家来决定那么做不那么做，即鼓励有经济能力的公有的或私有的企业，按其总的应纳税额的一定比例，抽取百分之一至百分之五，成立公司或企业名下的慈善基金。这一笔基金当然应是免税的。千条江河归大海的局面，也就是说——慈善之心只能以捐款方式汇总到一处实行"计划经济""统购统销"的策略，早已被证明根本不适应弱势群体越来越看不起病、求不起医的严峻情况了。慈善之事，乃全社会之事，为什么不欢迎全社会来做呢？

至于担心有人打着慈善的幌子"合理合法"地避税逃税，我以为实在是因噎废食了。中国有能力管理那么多"中国特色"的复杂之事，难道还管理不了区区小事？责成各级民政部门检查名曰慈善基金是否每年用于慈善救助了，民政部门的职能不是也被更切实地调动了吗？

还有两点乃是极具经验性的社会学真相。那就是一方面，文明社会的文明的企业和有文明素养的企业家，它们和他们是愿意亲自来做被社会认为高尚的事情的。慈善事业即是。仅仅将它们和他们视为慈善捐款的大户，采取你出钱我收钱的简单办法，是有悖于企业人性化、人性高尚化的社会发展规律的。长此以往，此规律受到漠然对待，企业便不再真的向往人性化，人性便不再追求高尚化。和我一样愿意思考慈善问题的人们，请读读报吧——在某些大饭店里，一百九十八万元一桌的酒席业已预售一空，是不是很引人深省呢？而另一方面，以为只要传媒善作悲情报道，平民百姓之善良心肠是很容易随时被调动起来的——这一种认识观是完全错误的。

不，社会的真相并非如此。慈善之事也绝不仅仅应该是平民百姓的事。百姓之人道精神需要国家之人道精神来引领，百姓之悲悯情怀需要国家之悲悯情怀来衬托。

医生的位置

据说，进行过这样的民意测验——"你最尊敬的十种人"，并要求以职业排列。

我不以职业来作为什么可尊敬或不可尊敬的原则。道理是那么明白，可敬的人不都包括在可敬的职业中。从事可敬的职业的人中，也有不可敬甚至可恶的人。如果将"尊敬"改为"重要"，我想我会排列如下：

一农民、二政治家、三科学家、四医生、五教育工作者……

医生这一职业的社会位置，现在是越来越突出了。无论在中国或外国。你可以从第四位往前移它，不但移到科学家前边去，甚至直接移到政治家前边去，政治家也保准没什么不满情绪。因为人活着，第一要有饭吃，第二千万别生病，尤其别生危害生命的病，比如癌。而现在，不但生病的人多了，似乎得癌的也多了。一旦得了癌，似乎神医也束手无策了。但还是有区别的，比如发现得早或晚，医治得及时或不及时，手术的效果……好医生好医院保你多活许多年。否则，三个月半年，你就见上帝了。

有一种社会现象是如今"社团"多了。也就是"校友会""战友会"，这个"会"那个"会"的。反正只要一些人由于某种缘分在一起待过，都赶紧地联络感情，赶紧地抱成个团儿。起码是一些人中的这几个和那几个、这一些和那一些。不论一次旅游活动或一期什么学习班，仿佛比玩和学习还重要的更大收获，是又认识了一些人。当然，人认识人是一门学问。有人愿意结识有共同语言的，有人愿意结识有用的。而有用的，似乎没有共同语言，也有那么点共同语言了。

另一种社会现象是，在任何"社团"中，或在任何一些人形成的圈子中，医生大抵是不可或缺的人。医生这一职业，渗透性极强，从下里巴人，到达官显贵，都被视为愿意结识的人。身为医生的人，自己可能很失落，很不愿交际，但不会因此减少别人认识他们的渴望。

试问，哪一位局长或职位相当于局长的人，不认识一位或几位主治医生？哪一位首长，不认识一位或几位内科或外科专家？而普通百姓，只要有幸结识了一位护士、挂号员、门诊医生，如果对方同样也表示出乐于和自己交往的诚意，谁都会有种喜不自胜的感觉啊！是不是呢？那则意味着，你一旦生了病，医院对你不是那么望而却步的地方了。你也许可以"走后门儿"挂上急诊号，医生询问你病情时，也许预先受到叮嘱，会细致点儿，不至于三五分钟便将你打发了，还可以开点儿好药、新药、特效药。

如果，一个社交圈子里，居然没有医生，那算是一个圈子吗？那样的圈子，算是一个结构完整的圈子吗？

谁的电话簿上，不是将护士或医生或仅仅是在医院工作的人，记在最明显的位置呢？

而这一种关系，有时简直意味着是一笔"财富"，非至亲至交的人，非大动了同情心怜悯心恻隐心慈悲心的时候，一般人是不肯轻易将这一种关系转赠他人的。

中国人与医生的关系，是人际关系中的至上关系。普遍的人们，未见得非巴结着去结识一位局长或部长，但对医生，则是另外一回事了。

中国人与医生的关系，对于有幸有这种关系的人，简直又意味着是极其有价值的"专利"。

中国目前的中国式的"社团"现象，从本质上去分析，乃对激变着的时代的忧患。而医生在一切人际的结合中，都是受欢迎的，实在是说明了两点——第一，中国人比以往任何时代都更加珍爱自己的生命了，这也同时说明社会进步了，正如反过来——对自己生命的无所谓说明人对社会的责任感降低到了极端。第二，看病在中国依然是"老大难"问题。尽管不断改善，依然有苦衷，尤其对普通百姓是这样。

当时代发展的利益还不能平等地具体到一切人身上的时候，当时代发展的负面强烈地困扰某些人的时候，人便企图同时代保持某种距离，于是人与社会的中介关系便产生了。中国式的"社团"是中国人和中国目前时代"扬长避短"的选择，既是被动的，亦是主动的。普遍的中国人，希望通过它的产生，感受社会发展的利益，削弱社会发展的负面的困扰。并且，希望它是"小而全"的，希望三十六行七十二业都囊括其中。那么换煤气、孩子入托转学、生病、住院、往火葬场送葬，似乎一切都有受"关照"的可能了。我常想，一位主治医生、一位外科或内科以及其他医科专家，在一切人际圈子中，其特殊地位大概不啻是一位"教父"吧？

于是医生这一社会职业，便具有了双重服务的性质，一方面要服务于广泛的人；另一方面要服务于某一社会层面，或曰人际圈内的人。这是由不得他们自己的。

目前许多大医院都实行了专家挂牌门诊，这是极大的好事。这就使平民百姓，也有相应的机会，请专家们诊一次病或动一次手术了！

我最近看到了《中国高级医师咨询辞典》一书。这本书的问世是一件极大的好事，一件造福于民的积公德的事。这使深受病苦的平民百姓，可以从一部辞典，清楚到哪儿去才能有幸受一位高级医师的治疗。否则，愿望落空了的平民百姓，企图在他们的人际圈子里去结识一位高级医师或一位专家，岂非"天缘"才可以实现的事吗？

这对高级医师和医科专家们，同样也是好事。这就将他们从"层面"范围的服务中"解放"了出来，使他们高明的一技之长和宝贵的经验，得以从真正意义上服务于人民了。我想，这一点，肯定是他们十分情愿并十分自慰的。因为这一点和医生这一职业的对人平等的人道主义原则是一致的，也和我们常常进行教育的社会主义的优越性是一致的。

否则，不一致。

最后，我想对高级医师和医科专家们说，当一位平民百姓坐在您面前时，您千万千万要格外地细心格外地耐心啊！他们不是想接受一位高级医师或专家的诊断治疗就可以通过电话联系上的人。他们不是从前根本不认识您,想认识您便能认识您的人。替他们想想,能坐在您面前,对他们是多大的幸运啊!也许费了多大的周折啊!

请多关照!

务必的,请多关照……

法理与情理

中国人的法制观念正在提高着,这是一件极好的事。提高的标志之一,就是"官司"多了。

有次一位法制报的记者问我:"在法理与情理之间,你更看重法理还是情理?"我说:"涉法言法,涉情言情。"他说:"法理情理纠缠不清呢?"我想了想,向他举了三个例子:

一、报载三名小学生,凑了十元钱——甲五元、乙三元、丙二元,合买了五张彩券。当他们分撕五张彩券时,仅出二元钱的那孩子手中的三张彩券,有一张中了奖。

他喜呼:"哈,我中彩啦!"于是跑回家去,于是家长也跟着兴奋。奖品是一套组合音响、一台冰箱、一台洗衣机。

出了五元钱的孩子和出了三元钱的孩子,心中非常失落,回家与各自父母细说一遍。父母听后,都觉于情理不通,于是相约了去到那个仅出二元钱的孩子家,对其家长提出分配的要求。那家长不情愿。于是闹到法庭上。

一审判决——谁中了彩,东西归谁。不支持另外两位家长的分配要求。他们不服,上诉。二审判决——既然当时是凑钱合买,足以认定共同中彩。以法律的名义,支持分配要求,并强制执行分配。

三个孩子的关系原本是很友好的,三家的关系也曾很亲密,经两次上法庭,孩子们反目了,大人们相恶了。

此一俗例，不可效也。法理固然权威，固然公正，但总该也给情理留存点儿现实空间吧？不就是独自获得一样东西与三人各得一样东西的区别吗？不就是三千多元的事吗？三千多元，真的比三个孩子之间的友好与三个家庭的亲密关系重要得多吗？

我认为此事之不通情理，体现在孩子丙的家长身上。主动一点儿，请了另两个孩子的家长来，相互商量着分配，图个共同的喜兴，是多么好的事呢！从此孩子大人的关系，岂不更加相敬相亲了吗？"哈，我中彩啦！"此话差矣。三人合买的彩券，只不过由你撕的一张中彩了。那是"我们中彩啦"啊！"我"与"我们"，一字之差，情理顿丧。

究竟什么原因，在利益面前，使我们的孩子变得心中只有"我"，而全没了"我们"的概念呢？

究竟什么原因，在利益面前，使我们的家长们，也变得和自私的孩子一个样，全没了半点儿情理原则了呢？

以法理的名义裁决违背情理的事情，证明着这样的一种现象——人心中已快彻底丧失了情理原则。在这种情况下，法理再权威、再公正，人的法制观念再强，人在现实中的生存质量却显然地下降着。

二、报载山东省招远市九曲村党支部书记，出面召集几位村委委员拟定一纸协议，"裁决"他的亲侄子、持枪杀人致死的凶犯赔偿死者家属二十万元，死者家属不得向司法机关起诉。"协议"由那村党支部书记、镇党委委员、市人大常委亲笔拟定，在几位村委委员的软硬兼施之下，强迫死者家属接受……

此事件本身已毫无情理可言，非向法理呼吁，而难有正义的伸张。倘弃法理而收钱款，不足取也。人或可忍，法不能容。法本身和人一样，亦有原则，不可破也。

三、美国有一部电影，片名我忘了，内容是：一名单身青年与一对夫妇为邻，那对夫妇有一男孩儿，青年爱那孩子如爱自己的孩子。他与他们的关系，当然也就亲如一家。青年为那孩子买了一艘玩具艇，准备在孩子的生日相送。两家之间的隔墙有一狗洞，那孩子常从狗洞钻来钻去。一天孩子又钻过青年家这边来，进到屋里，发现了玩具艇，便捧出放在游泳池玩，一失足落入池中，不幸淹死。而那青年当时正在锄草，浑然不知。孩子死后，那青年和孩子的家长一样痛不欲生……

而孩子的父母去向法院告了那青年，理由是——你既然发现过我的孩子从狗洞钻来钻去，为什么不砌了那洞？如果砌了那洞，我的孩子会死吗？法院判定那青年有责任罪。

那青年也感到自己确有责任罪，不上诉，服判七年，并将自己的一份二十几万美元的人身保险，主动赔偿给那失去孩子的父母，以表达自己的痛悔……

青年服刑后，那一对父母却不感觉任何安慰。想想既痛失爱子，又使朋友成了犯人，伤心更甚。后来，他们主动退了那青年的赔偿，并撤诉，使那青年重获自由。他们认为，他们死了的爱子，一定希望他们能够纠正前一种做法——如果有所谓天堂的话……此法理与情理纠缠不清之一例也。影片是根据真事改编的。法的条文再周全，也难以包括一切公正。法乎情乎，有时完全取决于人心。所以，一句名言是——"普通的良知乃法律的基础"。

在民事案中，法理与情理，纠缠不清之时颇多。在民事案中，情理是法理的不在卷条文。故有人在法理上胜诉了，在情理上却"败诉"了。依我看来，此亦不可取也。这种情况之下，我的立场，倒宁愿站在情理一边的……

一条小街的 GDP 现象

我家所住那条小街对面，店铺紧挨店铺，毫无空隙。从街头到街尾，概莫如此。

十五年前那条小街的一侧有处新楼群开盘，每平方米六千四百元。我家刚搬去时，小街对面是一幢幢五层或六层的二十世纪八十年代中后期建成的板楼，窗临街，门在后，每幢楼的窗前都由一米多高的绿色的铁栅栏围着。那时街面和人行道是平的，也可以说没有划分清楚的人行道。当年除了出租车会开到那里，街两侧是绝无私家车占地久停的。我们那个小区有地下车库，车位闲置率大，物业很希望业主们租或买地下车位。但地上车位租金便宜，有长远眼光买地下车位的人家不多。

当年小街两旁有许多老树，小街很清静，买东西却不方便。

后来，究竟从哪一年起我记不清了，大约是三四年后吧——街口的一处楼群也开盘了，每平方米的价格涨到一万多元了，旺销而毕。小街上的人家翻了数倍，人口变得相当稠密。随之，街对面有几段铁栅栏拆了，有几户住一层的人家将房子租给外地人开店铺了。

当年我是海淀区人大代表，预见到了后来可能是什么情况，曾建议有关部门对那种商租现象应有所限制。

不知为什么我的建议未起作用。

仅一年后，所有一层人家的房子都变成了店铺。相邻的三处由高楼群组成的社区入住率很快就满了，每一个社区的车位也都不够用了。不论社区内还是小街上,人们常因车位问题而争吵甚至大打出手。有时,快半夜了,不知哪里会响起对骂声、哭喊声、呼救声。

二〇〇五年前后,那条在三环与四环之间的小街,成为北京市最脏乱差的小街之一。早晚车辆堵得水泄不通的现象司空见惯。炎热的日子里街上时有臭味,雨天流淌的雨水是黑的,漂着油。若谁鞋袜湿了,回到家里不用肥皂是洗不净仿佛油腻之足的。

我在《紧绷的小街》一文中,曾概述过那条小街当年的情形。

如今,具体说是十八大后,小街的面貌改善多了。一些老旧楼房刷新了,加了保温层。小街也重铺过两次了,左右都有高出街面的人行道了。老树虽已很少了,新树却一年年长高了。

我估计,改变那条小街脏乱差现象所花的成本,远比各方面当年收费和缴税的总和多得多。这如同当年中国某些地方的"野蛮发展",后来须用更多的人力物力和钱来治理。而且稍一放松治理,又会迅速变回到脏乱差去。实际上,那条小街的半段差不多已经变回去了。

当年的楼盘已涨到快六万元一平方米了,一套一百二十多平方米的三居室,在中介公司的标价是七百五十万元左右。据说很容易卖出,买方多是外地人。三处高楼社区里的居民三分之二是外地的,三分之一是本地的,包括回迁户。而我在小街上所见的人,则十之八九是外地人。

像北京的某些小街一样,这条小街的两侧也从早到晚停满了车。往往,右侧或左侧还会有停了双排车的时候。幸而小街成为车辆单行街了,却没安探头,所以不管那一套的驾车人往往仍会造成小街上的车辆堵塞现象。

小街上店铺多,给居民带来的好处是买东西方便,而买东西方便可以说是生活方便的主项之一。出租方、承租方图方便和便宜的居民确乎在一个时期内都有受惠之感。当年也就是二〇〇三年时,一处门面的年房租才一万八千元至两万元,每一处外地人所租的门面都足以解决一户人家的生计问题,有的人家靠小本生意在家乡农村盖了房或在镇里县里买了房,而租金对出租方人家生活水平的提高不言而喻。偶有城管驱逐占道摆摊卖菜的小贩时,居民中的老太太们还很光火,立场完全站在小贩们一边——她们只要方便和便宜,对小街变得多么脏乱差都能包容。

幸而居民的主要成分不仅是她们，否则治理是否属于顺应民意之事还真得两说了。

如今门面租金涨到了每年十万或十一二万，电费由每度五角涨到了一元五角四分。

不论是那些临街小门面或街后超市里的东西，一切一切都随之涨价了。也可以说，倘一户人家的基本收入没增加，从理论上讲实际生活水平肯定下降了。

每个烧饼由五角变成一元了。

煎饼卷由二元变成三元五元六元了。

油饼由一元变成二元或二元五角了（甜的）。

菜价也涨得很明显。

理一次发由十五元涨到了二十元或二十五元了，买优惠卡二十元，否则二十五元。

按摩由一小时六十元变成八十元一百元一百二十元了。

有些门面撑不下去了，如按摩所、洗衣店、糕点房、杂货铺——纷纷关门了。

凡面向少数人或经营货物非属日常消费的门面，基本都撑不下去了。

但饭店并没倒闭，菜铺亦然稳稳当当地存在着。举凡与"吃"字沾边的生意，一如既往地并不受房租涨价的负面影响。理发铺也不受此影响。男人半月一个月才理一次发，女人最多一年内做两次头发，都对理发铺涨价充分理解。但这种理解并不同样给予开洗衣店的人——如果洗一件毛料衣服当年二十元如今三十元或三十五元了，许多人就宁肯用家里的洗衣机洗了。

谁爱走谁走，房东是一点儿也没有危机感的。往往是，前人刚走，房子几天后就又租出去了，也许租金还又提了些。而后来者们，大抵是要开饭店的，或卖与"吃"字连在一起的东西。

故小街上的"吃"的经济一直方兴未艾，充分体现了"民以食为天"。

小街两端各有一家复印社——东家也有照快相的业务，西家兼制各种材质（主要是塑料或油布）的广告招牌。东家所受影响不大，西家从二〇一五年起，已减少了三分之一左右的招牌制作业务。这乃因为，凡制招牌的，都是由于店铺需要，而只要开的不是理发店或与卖吃的不沾边，那么就很难坚持得下去。

在不远处的翠微商场那样的较大商场情形也类似。每日一开门，人们蜂拥而至，两个小时内一层顾客多多——一层的一半是食品区，卖首饰、化妆品的另一半极为冷清。

卖服装的二层、卖家电的三层都难得一见顾客的身影，售货员们显得百无聊赖。这情形也有两三年了。

吃、玩（包括旅游）、下一代的抚养成本、自身之健康成本（包括医药费）——拉动内需，基本靠国人此四方面之消费。

房地产和汽车业拉动GDP的功能乃"双刃剑"，有时体现为饮鸩止渴，无须赘述。

广场舞现象主要非是歌舞升平的所谓"盛世"现象，乃体现于底层民众心理的"盛世"危机现象，是降低健康成本的零消费民间方式。

电影业票房近年的快速增长，可归于娱乐消费的"舍得"意识。

对于境外旅游的中国人往往成为外国的"暴购"团，爱国之人士每大发惊诧议论，责备有钱为什么不花在国内呢？——其实，那些中国人在国外的"舍得"消费，除了外国的商品质量确优，性价比往往还低于国内，也还有"玩"得尽兴与否的心理在左右他们。在外国特"舍得"地消费几次，能更大程度地满足自己"到此一游"游得潇洒的良好感觉。

当然，仅靠以上"四项基本内容"为拉动国家的内需做贡献，给力的程度是太不够了。

还靠什么呢？

我也想不出来。

纵观人类社会的经济发展史，大多数国家的内需GDP其实也主要靠以上"四项基本内容"。

经济发达国家与发展中国家、次发达国家相比，不同在于，前者一向在谋求多挣外国人的钱，而且往往做到了。而后者只能一个时期内做到，难以一向做到。

故，在前者，出口创汇才是 GDP 增长的大头，内需是保底的。

可以肯定地说，中国出口创汇的黄金时代已然过去，"何时君再来"尚不可知，估计不会很快又来了。

对于中国，拉动内需也开始是"保底"时代了。

就目前看，普遍中国人的内需品质总体上还相当低下，好在有近十四亿人口，基数大，将 GDP 增长的底兜住一个时期似应不成问题。

我们中国的经济增长显然已到了这样一个阶段——不是如何抑制增长过快的问题，而是如何防止下滑过快的问题。

若在以后的三四年里，我国 GDP 增长指数降到百分之六以下，我是不会吃惊的。若六七年后逐渐降至百分之五，但相当长时期内保持稳定，我以为也不必沮丧，因为那将仍是世界经济发展史上足以使人另眼相看的现象。

我们中国应从经济高速增长的快意中清醒过来，调整心态，以平常心冷静地面对增长缓速下降的事实，尽量使下降较长期停止于某一个安全点。

这是我对于"新常态"的超前解读，并自认为并未超前多少。

至于那会使我们中国的经济总量超过美国的目标何时实现，我觉得可以先放一放这想头。

有比、赶、超的目标自然很好，但有时放一放远大目标，将现实的国计民生问题抓住，逐步予以解决，不但明智，而且也很好。

二〇一六年八月二十二日于北京

实难为续的收视率

这里所言乃中国之电视收视率。

中国曾是世界上电视观众最多的国家，当然现在肯定还是。

但一个不争的事实是——与电影观众和手机"观众"的快速增加相比，电视观众则越来越少了。报载中国的网民已近七亿五千万，四十五六年前，中国的人口恰是那么多。

七亿五千万的网民并非都是不再看电视的人口，却也绝不再是经常看电视的人口了。他们中有人偶尔还是要看看电视的，比如精彩的球赛、奥运节目、大事件实况转播等，从电视的大屏幕上看效果更好。不过独自看电脑或许更会是年轻人们的选择——十五六英寸的电脑屏幕看多大场面都足够了，而且可以戴着耳机无声无息地看；有时独乐乐胜于共乐乐。

由于电视节目大抵也可以从电脑和手机上看到，电视观众数量锐减便成了一个世界现象，哪一国家的哪一电视台都无一例外地面临此种尴尬，不会以任何个人意志为转移。

在电脑和手机尚未普及之前，因为同业之间的激烈竞争，或由于其他不可抗力的影响，为了将观众吸引在电视机前，从业者们曾挖空心思想出过各种高招——苏联解体后，为了能使人们重新关注电视新闻，男女主播人竟一度裸体亮相。而真人秀系列节目是美国人的创举，美国电影《楚门的世界》讽刺了这一点。其后出了几部同样讽刺矛头的电影，虚构出电视台为了收视率的飙升，将真人秀发展到了真人之间绝境追杀的恐怖惊悚的犯罪节目——电影从电视的窘况中窥到了自己的商机，企图"乘人之危发不义之财"。

俱往矣。

电脑时代与手机时代接踵而至，使电视同业之间的竞争既显得更加重要也显得无足轻重了——好比高铁时代已成事实，普通列车之间竞争又怎么样，不竞争又怎么样呢？

中国是世界上有规模的电视台最多的国家之一，比美国多得多——各省都起码有三家主要电视台——省台、省卫视、省会城市台，全国便是百余家有规模的电视台，从业者众。

不再竞争了便意味着自行地在业内边缘化，长此以往自然不是个事；继续竞争，除了以收视率和广告收益为衡量业绩的标准，别的标准又都显得"客里空"。没有一条法律规定某省的人们只能看某省的电视，也断不该有这种法律。各省电视台所感到的最大的压力乃是——本省的许多人被别省的电视台吸引成了经常的观众，而一不小心确实会是那样。

于是彼此仿制的电视节目比比皆是，大同小异。先是，国内照搬国外的，继之在国内电视中形成扎堆现象。

有位朋友曾授我以保健秘窍，据他说不看电视，绝对有益于身心状态之良好。其理由是——呈现于任何方面的扎堆现象都必然使人心烦意乱，想变得不浮躁都不容易。

我诘问："难道中国人的浮躁与电视有关吗？"

他说："你以为不是吗？我心脏搭桥后养病期间，家里的电视很少开，全家人的性格似乎都变得稳定了。除了新闻和天气预报，电视里真有那么多值得傻看的内容吗？而从手机上了解新闻和天气预报不是更方便吗？"

他认为，中国保留十数家电视台足矣。山东、河南、四川等大省，保留电视台不无必要性。其他各省重点新闻，一律由央视汇总播出可也。就新闻而言，从来都是一个调调，很多张嘴来说和由一张嘴来汇总了说，没什么不同。至于欣赏、娱乐，人们现在的要求不是多，而是精。多必烂，少而精才是规律。现在的电视节目，不是绚丽，而是绚烂。有些电视剧，难道不是又绚又烂吗？

我又问："按你的想法，岂不是会造成大批电视从业者失业？"

这一问将他问住了，愣了半晌，苦笑道："可也是啊。"

而我认识的一位电视台的头头说："现在一部电视剧的收购价已突破五百万一集了，我桌上的一份合同是每集四百万，三十集一亿两千万，等着我签字呢，几次拿起笔，手都发抖，不敢轻易往下落。有预测表明，来年单价最高的电视剧将会开到六百万。"

问："那会是什么样的剧呢？"

答："无非三维特技多一些、明星大腕多一些而已，不能指望那样的剧有什么艺术价值。"

问："不买会如何？"

答："别的电视台买了、播了、火了、还赚了，那就是我的失败。"

问："如果你签了字，买了、播了、没火，还赔了呢？"

答："看走眼是允许的。明明允许你有看走眼的权利你还放弃这种权利是不允许的，反正赔也不是赔自己的。其实往开了一想，三百万一集、四百万五百万一集，无所谓的事。即使赔了，不还挣得了'有气魄'三个字吗？我这人有时想不太开，自寻烦恼罢了。"

再问："电视台都不买会怎样？"

答："根本不可能！哪儿会那么齐心呢。总体而言，电视台不太会是亏损单位，买一部剧赔个几千万，挣得了'有气魄'三个字，也认为值得。现在各电视台都尽量装出财大气粗的样子，唯恐越抠搜越被边缘化。再说，即使都不买，还有各大网站兜底呢。有的网站比电视台资本雄厚得多，在收视率方面击败电视台是它们引以为荣的事。"

以上之中国电视现象，既有世界性的成因，又有中国特色。其主要特色是——最容易通过亦最有可能获得较高经济回报的内容是娱乐节目。除娱乐节目，其他种种也容易通过的节目基本都不能获得理想的经济回报。概言之，中国电视内容基本由政治宣传、新闻报道、欣赏和娱乐四大种类构成，并且此种构成在相当长的时间内不会改变。民间资本所运作产生的电视产品，几乎只能在娱乐种类中获得商机。其获得了商机，同时意味着电视台也有利可图。在此点上，买方与卖方心照不宣，目的极为一致。进而言之，娱乐是国家单位与民间资本共同锁定的具有经济增长潜力无限可能性的一大块"根据地"，是借以平衡老生常谈的单调至极的电视政治的"法宝"，是营造"丰富多彩"的文艺局面的大计方针，当然也便是严格管控前提下开得最大的一个口子。买方与卖方都只能在这一个口子的设卡处完成交易，电视剧向来体现最大的交易额——并且也只能是人们所见的那么几种。非那么几种而竟得以播出，不但过程皆有背景，而且价格也往往很低。

在相当长的时间内此种情况绝不会改变，不管人们看腻了没有。

我的某些朋友曾热切地期望中国电视剧之局面会有另一种新气象，即如同意大利"新现实主义电影浪潮"的那么一种气象。他们常说——那才对得起中国目前这样的时代，并且会给后人留下一批有价值的东西，也会使后人心生敬意。

我原也有与他们同样热切程度的期望，并且逢此话题便很激动——多次碰壁后终于明了，现实主义其实最不合时宜，或者这么说——时下所倡导的现实主义，根本不可能是什么意大利式的"新现实主义"，也与文艺学词典上的任何现实主义风马牛不相及，区别于文艺学词典上曾有过的一切现实主义概念的——"最新现实主义"。

当我明了此点后，就不再期望什么了，逢"现实主义"话题也一点儿都不激动了。

我开始换一种思维、换一种眼光看待中国的电视文艺现象，于是产生另一种感受——在中国特色的前提下，其实每一家电视台都是不敢不力争上游的，尽管文章几乎只能做在"娱乐"二字上。并且事实证明，以"娱乐"为抓手，大方向和总路线的确定居然完全经得住时间的考验。大多数中国人最热爱两件事——吃与乐，故娱乐是特有群众基础的，所谓"娱乐是个纲，纲举目张"。

现实主义精神在中国电视剧方面差不多已经死了，仍将继续"死"下去，丝毫也看不出有什么起死回生的迹象，但在纪实类电视频道中仍顽强地活着，显示着绝不会轻易死去的令人肃然的生命力。然而据说除了"纪"明星带着他们的小女儿或这样或那样之"实"，别的一概所"纪"之"实"，收视率是很低的。

低不等于无。

只要还有人看，就一定要存在着。正如倘没了摆放人文类书籍的书架，书店和图书馆还配是书店和图书馆吗？

某日，我参加了一次中外朋友各半的小型文艺现象座谈会，一位外国朋友说：一个国家也是有气质的。国家的气质是由大多数国人的气质来体现的。某国的大多数人之所以与别国的大多数人不同，物质生活水平造成的差异不是全部原因，只是原因之一。

如果大多数人与文艺的亲密关系由娱乐热衷于转向欣赏需求了，那么你肯定会看到，在那个国家里人与人，人与社会、国家的一切方面都发生了不同以往的变化。代代相袭，遂成国家气质……

我的一位中国朋友不以为然地说：你的话听起来有文艺万能的意味。

那位外国朋友又说：不是文艺万能，是人类的进化自觉万能。

我的中国朋友更不以为然地问：你这话又是什么意思啊？

我及时将话题岔开了。

那位外国朋友的话其实说得很明白——一味耽于娱乐、乐而不疲的人，原始人的"精神"特征远远大于近代人类的精神特征。这也就是为什么他们的视域内一旦没有乐子，他们的嘴巴一旦合上就再不发出笑声，他们的内心顿时又空落落的，顿时又觉生活没什么意思的原因之一。

不久前全国政协开一次会，要求我就当前文艺生态环境作发言——问题我是看得清的，原因也是找得准的，对于我们中国下一代人、下几代人的智商的负面影响亦有自己的预见，但——怎么改变呢？

无以为策，未赴其会。

近日复索关于电视文艺现象提案，仅成两则，郑重呈交：

一、电视台乃国家单位，对电视文艺现象负有引领责任。好比公共食堂食材采购员，对那类价格炒到贵得离谱，却几乎并无人体必不可缺之营养价值甚而吃多了有害无益的菜品若一味追捧，不惜重金收购——不符合国家单位办公共食堂之宗旨。

建议广电总局公布规定，凡那单集价格高得离谱人文含量却又少得近无的剧种，禁止购进。应有明确价格上限，总不能任由那样一些绚烂的垃圾无休止地二百万一集三百万一集四百万五百万一集地一味涨下去而又一味假冒广大观众之名自趋自好。上限一经公布，有敢无视者，当惩办之。这有一些好处——电视剧成本可降下来，有利于投资的良性循环，赌博式投资现象会减少；有利于电视剧的大方向总路线向关注现实反映现实的理念扭转；有利于年轻一代从业者在更宽广的空间更充分地表现才华……

　　二、如果五A级风景区不应仅以门票收入的多少来定，企业的品质怎样不应仅看其每年赚了多少钱，那么电视台当然也不能仅以收视率之高低而论昆仲。

省级电视台也可以评级吗？

曾有人提出这样的主张，认为可以试行一种标准稀释唯收视率马首是瞻的不良倾向。

我觉得不可行。标准由谁们来定，依据什么来定，首先便会分歧严重。

但每年评单项奖是可行的，如人文精神贡献奖、时事评论优秀节目奖、关注民生情怀奖、丰富大众文艺创意奖等。单项奖的标准比较容易统一，并且区别于仅从类型上所评的电视剧、纪实节目、综艺节目等奖事，强调了超于类型之上的社会公器的功能服务作用。某省电视若与此类奖从不沾边，仅以收视率夸夸其谈，不要多久，必难持续自喜。

倘这样的奖项果评，且广纳公众投票，那么我会投央视纪实频道一票人文精神贡献奖；会投央视科教频道《我爱发明》一票关注民生情怀奖；会投《星光大道》一票丰富大众文艺创意奖；我会投《一虎一席谈》一票时事评论优秀节目奖；会投陈小楠、曾子墨各一票人文精神贡献个人奖；会投河北电视台《中华好诗词》一票丰富大众文艺创意奖，却不会投央视同类节目的票，因为后者只不过"克隆"了前者——事实上，我偶尔也看《中国好声音》的，认为是很好的音乐节目，中国需要那类节目。四位导师的表现，在同类节目中可敬可爱之真性情每见。若此节目属中国原创，我也会投一票的。同类节目中，周立波们的《中国达人秀》与撒贝宁的《出彩中国人》异曲同工，每吸引基层劳动者登台示能献技，各有使人留下深刻印象的可圈可点之处——却未免太相似了，会使我握票难以委决。

至于电视剧，总体上我无票可投。若手有黄牌，则高举没商量——因其题材的长期脱离现实；以宫斗剧为最的毫无文艺价值；因一波又一波抬高演员身价变相抬高剧种售价的陈仓暗度、袖中交易、推波助澜……

那类"东西"的没意义或对青少年心性养成的有害无益，引一位电视台负责购片的头头的话可见一斑。

我问彼自己的儿女对那类剧什么看法。

答曰："我的孩子怎么会看那类东西！"

一副受了侮辱的样子。

又问："你限制自己的孩子看？"

答曰："我们这种人家的孩子还用限制他们看那类东西吗？家风熏陶，那点儿自觉性再没有岂不太惭愧了？"

然也——凡花那么多钱制作、敢签字花那么高价买下的人，皆非等闲人物。人家的孩子，也不同于寻常百姓人家的孩子。人家的孩子才不看"那类东西"！未必全不看，十之八九是不看的。人家使电视里充斥着"那类东西"，完全是为"你们"——某些不拿自己的儿女当回事或根本不知怎么拿自己的儿女当回事的人——和"你们"的儿女"服务"的！

日月两轮天地眼，天地不言——那么，让我说出此真相吧！

阿门……

二〇一六年八月十日

低消费，也潇洒

这厮自然是一个心甘情愿的低消费"主义"者，这厮也自然便是我自己。低消费而且"主义"，无论怎样地表白并没有鼓吹的意思，都是枉然的。因为但凡是个"主义"者，总难免招致企图以自己的"主义"去影响别人的活法的嫌疑，但我本性上其实断无这种坏念头。倘谁不小心受了我的影响，其后大觉不幸，或被家属亲戚朋友同事一干人等纷纷地认为不幸，我则自忖有言在先，是没什么罪过的，不奉陪打官司，补偿"心理纠纷"或"精神损失"之类……

在本季节，扳着指头一算，一身从上到下，从里到外，统统加起来，不足七十元——五六年没穿过自己买的背心了。有一时期，我们儿影每拍一部影片，便印一批广告背心。就在写这篇小文时，《哦，香雪》仍穿在身，而它早已是完成于一九八九年的影片了。衣橱里还没穿的背心上，有的印有"北京机械学院"，有的印有"深圳青年"，有的印有"××旅行社"，总之三五年内还不必买背心……

有次乘飞机，觉得"空姐"们对我格外亲切，就很纳闷儿。回到家里才明白，原来穿着一件印有"××航空公司"字样的背心，而所乘也正是那一航空公司的航班，却想不起来是在什么时候什么情况之下得到了那么一件背心……

还有次出差，独行闹市，发觉无尽的目光，锥子似的盯在身上，凝冷而且分明地怀着仇恨似的。私下暗想着此地的人欺生何以到了这等地步。

恰巧遇到了北京的熟人，把自己的困惑对他说了。他绕我一圈儿，就脱下他的褂子让我穿上，陪我走至僻静处才开口道："老兄，你怎么敢穿着印有'××公司'字样的背心招摇过市？中央电视台刚刚播了'××债券'是一个大骗局的新闻，此地几万受骗者正不知找谁去算账呢！"

惊出了一身冷汗，自忖和那么一个轰动全国的大骗局毫无勾搭啊，可背心又是从何而来呢？

说起来，这时代很像一个穿背心的时代。其实这类赠送的背心，估计许多人家里都会有一两件的，只不过一些体面的讲究绅士风度的男人不屑于穿罢了。这广告如洪的时代，简直是太成全我这个低消费的男人了……

当然较庄重的场合，还是以背心外再穿件褂子为宜。于是便有了几件褂子。

某天散步，顺便逛早市，忽听一阵富有吸引力的吆喝——"衬衣衬衣，不惜血本大甩卖，八块钱一件啦！"

不禁地就驻足，就回望——这年头，物价以百分之二十几的幅度上涨着，八块钱还能买件衬衣吗？于是走回去，也不挑，买了两件便夹回家。妻见了，翻着白眼说："又是从早市上买的处理货？"我说："都不在早市上买东西，人家还辟出早市干什么？"

并不觉着多么难为情——文化人买便宜的东西未见得就不文化了。一身名牌也不见得就更文化到哪儿去。一件衬衣如果几百元、上千元，纵然是好得不得了，纵然你的形象很重要，不充那号"冤大头"又怎样？会血压升高心肌梗死从此癌症潜伏吗？……长裤当然也是早市上买的——十九元一条，已穿了两年了。鞋嘛，二十二元一双。

我穿着总价值七十来元从里到外、从上到下的一身，就很热爱生活。而且不消说还能穿得比二十世纪五十年代至八十年代好，这生活就起码可满足了。

至于我自己，绝不敢在生活水平方面冒充"百姓"，收入要比他们高不少。低消费乃是为了使高消费者们的队伍更"纯洁"些。我看于中国而言，这支队伍不必人为地煽动着它的扩大。这种煽动，从表面看，似乎能在一个时期内猛增某些经商个人、集体、商企或国家的巨大利润，但从长远看，近乎饮鸩止渴。低收入水平的，百分之九十以上的中国人，尤其不要经不起高消费鼓噪的煽动。你经不起煽动，你明明达不到高消费的收入水平，却偏要挤进高消费者们的队伍，结果乃是你扩大了它，你中了牟取暴利的商业的诡计，它反过来有理由继续高抬一切商品的物价，并将这一灾难转嫁于老百姓，其中当然也包括你自己、你的家人……

抑制通货膨胀，除了国策的宏观调控，还要有老百姓的配合意识。老百姓如果不为高消费的种种煽动所蛊，某些商品价格的不道德的抬高，则只能是牟取暴利的商业利润追求者们的尴尬。商业也是有道德与不道德之分的。一种商品如果其利润高达几十倍、近百倍乃至几百倍时，无疑是人类社会最不道德的丑陋现象之一。比如月饼，几千元上万元一盒是极荒唐的。普遍的老百姓若不意识到这是对自己过一个传统的民间的节日之权益的亵渎，也跟着凑钱借钱去买，则不但不令人同情，反而令人生厌了。那以后中国人就将吃不上几十元一盒的月饼了。"中秋节"对普通老百姓而言也将不"节"了……

人间处方，我的一点人生经验

我们为什么如此倦怠

依我看来，我们这个时代，具有如下特征：

人对时代的相对认同

毫无疑问，古往今来，在任何一个国家，人对时代的认同一向是相对的，而且只能以大多数人的态度作为评说依据。我自然是无法进行大规模的问卷调查的，我所依据只不过是日常感受。即使根本错误，甚或相反，也自信我的感受对他人会多少有点儿社会学方面的参考意义。

新中国曾经历两次类似的时代——一次是中华人民共和国成立伊始，一次是改革开放初期，第三次，便是现在了。这乃因为，凡三十余年间，种种深刻的和巨大的阵痛，已熬过了剧烈的反应期，现今处于"迁延期"。最广大的工人和农民，毕竟开始分享到某些改革开放的成果了，尽管很少，而且国家的着眼点也开始更多地关注到他们了。当年直接经历了那种剧烈的"反应期"的群体，多已随着时间的推移而成为社会平面图上的边缘群体。倘他们仍能经常听到替他们的利益而代言的声音，那么他们的心理是会比当初平衡些的。所幸这一种声音在各级人大和各级政协仍不绝于耳，并每隔几年总会变成至少一项对他们有利的国策。事实证明他们没有被时代所抛弃不顾，他们也已在不同程度上感受到了这一点。

"公民"一词其实是一个分数，他们好比是"分母"，"分母"对时代的不认同性其值越大，公民对时代的认同关系的正值越小。但极易导致人对时代的排斥心理的问题依然不少，一言以蔽之，那就是大多数人的人生究竟还能享受到怎样的社会权利和社会保障？人在此点上所望到的前景越乐观，人对时代才越认同。"能者多得"只是社会财富公平分配的一个方面，而另一个方面是"体恤弱者"。为了增强国人对社会的认同，到了该认真对待另一个方面的时候了。大学生就业问题日益严重，而这意味着新的不认同群体将有可能形成，那么人对时代的认同必将面临新一番考验。

理性原则深入头脑

谈到此点，不能不肯定对国人进行普法教育的巨大成绩，也不能不充分肯定"公检法"系统依法维护社会治安所发挥的巨大作用，还不能不对中国底层民众三十余年间越来越冷静的理性自觉加以称赞，这乃中国儒家思想对民间的悠久熏陶使然，更是一九四九年以后新政权对民间教化的一种基因的体现。总而言之，中国用了三十年的时间从"人治"走向"法治"，并不算用了太长的时间。底层民众的理性程度，才更标志着一个国家的理性程度。正如底层民众的文明程度，才更标志着一个国家的文明程度；底层民众所达到的生活水准，才更标志着一个国家所达到的生活水准。而最值得正面评说的是——民告官的现象多了；民告政府部门的现象多了；甚至，民告党政部门的现象也不少了。我认为这是我们的国家应感欣慰之事，而不应相反。因为，告是公开的不满，也是对公正的公开的伸张权利。这一权利之有无直接决定人民群众理性选择余地的有无。现在，人民群众终于是有了。虽然还不够大，但已确实证明社会本身的进步。

倦怠感在弥漫

这是相对于三十余年间时代的亢奋发展状况而言的。亢奋发展的时代必然在方方面面呈现违背科学发展观的现象，因而必然是浮躁的时代。时代发展的突飞猛进，有时与亢奋的急功近利的违背科学发展观的现象混淆在一起，重叠在一起，粘连在一起，你中有我，我中有你，"剪不断，理还乱"。其状况作用于人，使人无法不倦怠。

在某些经济实力雄厚的城市，倦怠呈现为"匀速"，甚至呈现为有意识的"缓速"发展时期。这是一种主动调整，也是对亢奋的自我抑制。经济发展乃是社会发展的火车头。于是普通人的生活质量得以从浮躁状况脱出来，转向悠然一点儿的状况。这一种状态还说不上是闲适，但已向闲适靠拢了。在这些城市，真正闲适的生活也仅仅只能是极少数人才过得上的一种生活。然而，大多数的人们，已首先能从心态上解放自己，宁肯放松对物质的更大更强烈的诉求，渐融入有张有弛的生活潮流之中。故那一种倦怠的状况，实则是一种主动，一种对亢奋与浮躁的自觉违反。

而在另一些城市，倦怠是普通人真正的生理和心理的现状，体现为人与时代难以调和的冲突，体现为一种狭路相逢般的遭遇。时代无法满足人们多种多样的利益诉求，人们也几乎不能再向前推进时代这一超重的列车。时代喘息着，人也喘息着。社会的一切方面每天都在照常运行，甚至也有运行的成果不时显示着，但又几乎各阶层各种各样的人们都身心疲沓，精神萎靡，心里不悦。男人倦怠，女人也倦怠，老人倦怠，孩子也倦怠，从公仆到商企界人士到学子，工作状态也罢，学习状态也罢，生活状态也罢，皆不同程度倦怠了。当各阶层人们付极大之努力，却只能获得极少有时甚至是若有若无的利益回报时，倦怠心理不可避免。

在这些城市，倦怠尤其意味着是对违背科学发展观的一种惩处——在不该追随着亢奋的时候也盲目亢奋，在应该悠着长劲儿来图发展的情况下耗竭了本有的能力。好比是万米长跑运动员，却偏要参加百米竞赛，非但没获得好名次，反而跑"岔气"了，而且跑伤肺了。

倦怠了的人们不能靠刺激振作起来，要耐心地给以时日才能重新缓过劲儿来。回顾一下已经过去了的三十余年，几乎天天大讲"抓住机遇"，仿佛一机既失，非生便死，等于是一种催人倦怠的心理暗示。早十年提出科学发展观就好了。

亚稳定及其代价

凡事，站在相反的角度看，坏事可以变成好事。

倦怠之众，易成稳定之局。然而毕竟不是正常的稳定，故只能称之为"亚稳定"。好比身心疲沓的人，也是变得很顺从了的人。喝之往东，遂往东也；引之往西，则向西去，全没了热忱反应，也没了真诚，没了对许多事的责任心。对于这样的人，许多事情也都变得极其简单——谁发话？怎么干？反倒谁都宁愿做一个随大流听吆喝的人了，因为那意味着即使错了也可以不负责任。而必须充当手持令旗的角色的人，总还是有的。连这一种人的责任感，其实也只不过是别犯错误这一底线上的最保险的责任感而已。

若将亚稳定视为稳定实在是一厢情愿的，因为那一种稳定通常只不过是一盘散沙。当需要统一步伐、统一意志之时，步伐倒还是能统一，但意志往往仍是一盘散沙……

原态个人主义

这里说的"个人主义"，不是曾盛行于西方的"个人主义"——那是一种积极的"个人主义"，即每一个人都应最大限度地提升自己的综合能力，于是提升全社会的发展能量。并且进一步强调，"能力越大，责任越大"。所言"责任"，乃指社会公益责任。

原态的"个人主义"，是我们中国人通常所指所理解的"个人主义"，即最大限度地提升自己的综合能力（包括非正面能力），以使个人利益最大化——到此为止的"个人主义"，"个人"不惟是一个人，也包括性质不同的"法人"。若希望能力越大的同时责任也越大，"个人主义"成为我们时代的一种"主义"，中国还需经过很多很多年文化的培养……

人生和它的意义

如果一个人只从纯粹自我一方面的感受去追求所谓人生的意义,并且以为唯有这样才会获得最多最大的意义,那么他或她到头来一定所得极少。

确实,我曾多次被问到——"人生有什么意义",往往,"人生"之后还要加上"究竟"二字。

迄今为止,世上出版过许许多多解答许许多多问题的书籍,证明一直有许许多多的人思考着许许多多的问题。依我想来,在同样许许多多的"世界之最"中,"人生有什么意义"这一个问题,肯定是人的头脑中所产生的最古老、最难以简要回答明白的一个问题吧?而如此这般的一个问题,又简直可以算得上是一个"哥德巴赫猜想"或"相对论"一类的经典问题吧?

动物只有感觉,而人有感受。

动物只有思维,而人有思想。

动物的思维只局限于"现在时",而人的思想往往由"现在时"推测向"将来时"。

我想,"人生有什么意义"这一个问题,从本质上说,是从"现在时"出发对"将来时"的一种叩问,是对自身命运的一种叩问。世界上只有人关心自身的命运问题。"命运"一词,意味着将来怎样,它绝不是一个仅仅反映"现在时"的词。

"人生有什么意义"这一个问题既与人的思想活动有关,那么我们一查人类的思想史便会发现，原来人类早在几千年以前就希望自我解答"人生有什么意义"的问题了。古今中外，解答可谓千般百种，形形色色。似乎关于这一问题，早已无须再问，也早已无须再答了。可许许多多活在"现在时"的人还是要一问再问，仿佛根本不曾被问过，也根本不曾有谁解答过。

确实，我回答过这一问题。

每次的回答都不尽相同，每次的回答自己都不满意，有时听了的人似乎还挺满意，但是我十分清楚，最迟第二天他们又会不满意。

因为我自己也时常困惑、时常迷惘、时常怀疑，并时常觉出着自己人生的索然。

我想，"人生有什么意义"这一个问题，最初肯定源于人的头脑中的恐惧意识。人一次又一次许多次地目睹从植物到动物甚而到无生命之物的由生到灭、由坚到损、由盛到衰、由有到无，于是心生出惆怅；人一次又一次许多次地眼见同类种种的死亡情形和与亲爱之人的生离死别，于是心生出生命无常、人生苦短的感伤以及对死的本能恐惧——于是"人生有什么意义"的沮丧油然产生。在古代，这体现于一种对于生命脆弱性的恐惧。"老汉活到六十八，好比路旁草一棵；过了今年秋八月，不知来年活不活。"从前，人活七十古来稀，旧戏唱本中老生们类似的念白，最能道出人的无奈之感。而古希腊的哲学家们，亦有认为人生"不过是场梦幻，生命不过是一茎芦苇"的悲观思想。

然而现代了的人类，已有较强的能力掌控生命的天然寿数了，并已有较高的理性接受生死之规律了，现代了的人类却仍往往会叩问"人生的意义"何在，归根结底还是源自一种恐惧。这是不同于古人的一种恐惧；这是对所谓"人生质量"尝试过最初的追求而又屡遭挫折，于是竟以为终生无法实现的一种恐惧；这是几乎就要屈服于所谓"厄运"的摆布而打算听天由命时的一种恐惧。这种恐惧之中包含着理由难以获得公认而又程度很大的抱怨。是的，事情往往是这样，当谁长期不能摆脱"人生有什么意义"的纠缠时，谁也就往往真的会屈服于所谓"厄运"的摆布了，也就往往会真的听天由命了，也就往往会对人生持消极到了极点的态度。而那种情况之下，人生在谁那儿，也就往往会由"有什么意义"的疑惑，快速变成了"没有意义"的结论。

对于马，民间有种经验是——"立则好医，卧则难救"。那意思是指——马连睡觉都习惯于站着，只要它自己不放弃生存的本能意识，它总是会忍受着病痛之身顽强地站立着不肯卧倒下去；而它一旦竟病得卧倒了，证明它确实已病得不轻，同时也证明它本身生存的本能意识已被病痛大大地削弱了。而没有它本身生存本能意识的配合，良医良药也是难以治得好它的病的。所以兽医和马的主人，见马病得卧倒了，治好它的信心往往大受影响。他们要做的第一件事，又往往是用布托、绳索、带子兜住马腹，将马吊得站立起来，如同武打片中吊起那些飞檐走壁的演员的那一种做法。为什么呢？给马以信心，使马明白，它还没病到根本站立不住的地步。靠了那一种做法，真的会使马明白什么吗？我相信是能的。因为我下乡时多次亲眼看到，病马一旦靠了那一种做法站立着了，它的双眼竟往往会一下子晶亮起来。它往往会咴咴嘶叫起来，听来那确乎有些激动的意味，有些又开始自信了的意味。

一般而言，儿童和少年不太会问"人生有什么意义"的话，他们倒是很相信人生总归是有些意义的，专等他们长大了去体会。厄运反而不容易一下子将他们从心理上压垮，因为父母和一切爱他们的人，往往会在他们不完全知情时，就默默替他们分担和承受了。老年人也不太会问"人生有什么意义"的话。问谁呢？对晚辈怎么问得出口呢？哪怕忍辱负重了一生，老年人也不太会问谁那么一句话。信佛的，只偶尔独自一个人在内心里默默地问佛，并不希冀解答，仅仅是委屈和抱怨的一种倾诉而已。他们相信即使那么问了，佛品出了抱怨的意味，也是不会责怪他们的。反而，会理解于他们，体恤于他们。中年人是每每会问"人生有什么意义"的。相互问一句，或自说自话问自己一句。相互问时，回答显得多余，一切都似乎不言自明，于是相互获得某种心理的支持和安慰。自说自话问自己时，其实自己是完全知道着一种意义的。

上有老下有小的人生，对于大多数中年人都是有压力的人生。那压力常常使他们对人生的意义保持格外地清醒。人生的意义在他们那儿是有着另一种解释的——责任。

是的，责任即意义。是的，责任几乎成了大多数是寻常百姓的中年人之人生的最大意义。对上一辈的责任、对儿女的责任、对家庭的责任，总而言之，是子女又为子女，是父母又为父母，是兄弟姐妹又为兄弟姐妹的林林总总的责任和义务，使他们必得对单位对职业也具有铭记在心的责任和义务。

在岗位和职业竞争空前激烈的今天，后一种责任和义务，是尽到前几种责任和义务的保障。这一点无须任何人提醒和教诲，中年人一向明白得很、清楚得很。中年人间或者仅仅在内心里寻思"人生有什么意义"时，事实上往往等于是在重温他们的责任课程，而不是真的有所怀疑。人只有到了中年时，才恍然大悟，原来从小盼着快快长大好好地追求和体会一番的人生的意义，除了种种的责任和义务，留给自己的，即纯粹属于自己的另外的人生的意义，实在是并不太多了。他们老了以后，甚至会继续以所尽之责任和义务尽得究竟怎样，来掂量自己的人生意义。"究竟"二字，在他们那儿，也另有标准和尺度。中年人，尤其是寻常百姓的中年人，尤其是中国之寻常百姓的中年人，其"人生的意义"，至今，如此而已，凡此而已。

"人生有什么意义"这一句话，在某些青年那儿，特别在是独生子女的小青年们那儿问出口时，含意与大多数是他们父母的中年人是根本不相同的。其含意往往是——如果我不能这样，如果我不能那样，如果我实际的人生并不像我希望的那样，如果我希望的生活并不能服务于我的人生，如果我不快乐，如果我不满足，如果我爱的人却不爱我，如果爱我的人又爱上了别人，如果我奋斗了却以失败告终，如果我大大地付出了竟没有获得丰厚的回报，如果我忍辱负重了一番却仍竹篮打水一场空，如果……如果……那么人生对于我究竟还有什么意义？

他们哪里知道啊，对于他们的是中年人的父母，尤其是寻常百姓的中年人的父母，他们往往即是父母之人生首要的、最大的、有时几乎是全部的意义。他们若是这样的，他们是父母之人生的意义；他们若是那样的，他们是父母之人生的意义；换言之，不论他们是怎样的，他们都是父母之人生的意义；而当他们倍觉人生没有意义时，他们还是父母之人生的意义；若他们奋斗成为所谓"成功者"了，他们的父母之人生的意义，于是似乎得到一种明证了；而他们若一生平凡着呢？尽管他们一生平凡着，他们仍是父母之人生的意义。普天下之中年人，很少像青年人一样，因了儿女之人生的平凡，而备感自己之人生的没意义。恰恰相反，他们越平凡，他们的平凡的父母，所意识到的责任便往往越大、越多……

由此我们得到一种结论，所谓"人生的意义"，它一向至少是由三部分组成的：一部分是纯粹自我的感受，一部分是爱自己和被自己所爱的人的感受，还有一部分是社会和更多有时甚至是千千万万别人的感受。

当一个青年听到一个他渴望娶其为妻的姑娘说"我愿意"时，他由此顿觉人生饱满着一切意义了，那么这是纯粹自我的感受。

"世上只有妈妈好，有妈的孩子像块宝。"——这两句歌词，其实唱出的更是作为母亲的女人的一种人生意义。也许她自己的人生是充满苦涩的，但其绝对不可低估的人生之意义，宝贵地体现在她的孩子身上了。

爱迪生之人生的意义，体现在享受电灯、电话等等发明成果的全世界人身上；林肯之人生的意义，体现在当时美国获得解放的黑奴们身上；曼德拉的人生意义，体现于南非这个国家；而俄罗斯人民，一定会将普京之人生的意义，大书特书在他们的历史上……

如果一个人只从纯粹自我一方面的感受去追求所谓人生的意义，并且以为唯有这样才会获得最多最大的意义，那么他或她到头来一定所得极少。最多，也仅能得到三分之一罢了。倘若一个久的人生在纯粹自我方面的意义缺少甚多，尽管其人生作为的性质是很崇高的，那么在获得尊敬的同时，必然也引起同情。比如阿拉法特，无论巴勒斯坦在他活着的时候能否实现艰难的建国之梦，他的人生之大意义对于巴勒斯坦人都是明摆着在那儿的。然而，我深深地同情这位将自己的人生完完全全民族目标化了的政治老人……

权力、财富、地位、高贵得无与伦比的生活方式，这其中任何一种都不能单一地构成人生的意义。即使合并起来加于一身，对于人生之意义而言，也还是嫌少。

这就是为什么戴安娜王妃活得不像我们常人以为的那般幸福的原因。贫穷、平凡、没有机会受到过高等教育、终生从事收入低微的职业，这其中任何一种都不能单一地造成对人生意义的彻底抵消，即使合并起来也还是不能。因为哪怕命运从一个人身上夺走了人生的意义，也难以完全夺走另外一部分，就是体现在爱我们也被我们所爱的人身上的那一部分。哪怕仅仅是相依为命的爱人，或一个失去我们就会感到悲伤万分的孩子……

    而这一种人生之意义，即使卑微，对于爱我们也被我们所爱的人而言，可谓大矣！人生其他的一切意义，往往是在这一种最基本的意义上生长出来的，好比甘蔗是由它自身的某一小段生长出来的……

人生真相

仅仅为了生存而被自己根本不愿做的事情牢牢粘住一生的人越来越少；每一个人只要努力做好自己必须做的事情，只要自己愿意做的事情不脱离实际，终将有机会满足一下或间接满足一下自己的"愿意"。

人活着就得做事情。

古今中外，无一人活着而居然可以不做什么事情。连婴儿也不例外。吃奶便是婴儿所做的事情，不许他做他便哭闹不休，许他做了他便乖而安静。广论之，连蚊子也要做事：吸血；连蚯蚓也要做事：钻地。

一个人一生所做之事，可以从许多方面来归纳——比如善事恶事、好事坏事、雅事俗事、大事小事等等。

世上一切人之一生所做的事情，也可用更简单的方式加以区分，那就是无外乎——愿意做的、必须做的、不愿意做的。

古今中外，上下数千年，任何一个曾活过的人，正活着的人们的一生，皆交叉记录着自己愿意做的事情、必须做的事情、不愿意做的事情。即将出生的人们的一生，注定了也还是如此这般。

细细想来，古今中外，一生仅做自己愿意做的事情，但凡不愿意做的事情可以一概不做的人，极少极少。大约根本没有过吧？从前的国王皇帝们还要上朝议政呢，那不见得是他们天天都愿意做的事。

有些人却一生都在做着自己不愿意做的事情。比如他或她的职业绝不是自己愿意的，但若改变却千难万难，"难于上青天"。不说古代，不论外国，仅在中国，仅在二十几年前，这样一些终生无奈的人比比皆是。

而我们大多数人的一生，其实只不过都在整日做着自己必须做的事情。日复一日，渐渐地，我们对我们那么愿意做，曾特别向往去做的事情漠然了。甚至连想也再不去想了。仿佛我们的头脑之中对那些曾特别向往去做的事情，从来也没产生过试图一做的欲念似的。即使那些事情做起来并不需要什么望洋兴叹的资格和资本。日复一日地，渐渐地，我们变成了一些生命流程仅仅被必须做的、杂七杂八的事情注入得满满的人。我们只祈祷我们千万别被自己不愿意做的事情粘住了。果而如祈，我们则已谢天谢地，大觉幸运了，甚至会觉得顺顺当当地过了挺好的一生。

我想，这乃是所谓人生的真相之一吧？一生仅做自己愿意做的事情，凡不愿意做的事情可以一概不做的人，我们就不必太羡慕了吧！衰老、生病、死亡，这些事任谁都是躲不过的。生病就得住院，住院就得接受治疗。治疗不仅是医生的事情，也是需要病人配合着做的事情。某些治疗的漫长阶段比某些病本身更痛苦。于是人最不愿意做的事情，一下子成了自己必须做的事情。到后来为了生命，最不愿做的事情不但变成了必须做的事情，而且变成了最愿做好的事情。唯恐别人认为自己做得不够好进而不愿意在自己的努力配合之下尽职尽责。

我们且不说那些一生被自己不愿做的事情牢牢粘住，百般无奈的人了吧！他们也未必注定了全没他们的幸运。比如，他们中有人一听做胃镜检查这件事就脸色大变，竟幸运地有一个从未疼过的胃，一生连粒胃药也没吃过。比如，他们中有人一听动手术就心惊胆战，竟幸运地一生也没躺上过手术台。比如，他们中有人最怕死得艰难，竟幸运地死得很安详，一点儿痛苦也没经受，忽然地就死了，或死在熟睡之中。有的死前还哼着歌，洗了人生的最后一次热水澡，且换上了一套新的睡衣……

我们还是了解一下我们自己，亦即这世界上大多数人的人生真相吧！

我们必须做的事情，首先是那些意味着我们人生支点的事情。我们一旦连这些事情也不做，或做得不努力，我们的人生就失去了稳定性，甚而不能延续下去。比如，我们每人总得有一份工作，总得有一份收入。于是有单位的人总得天天上班；自由职业者不能太随性，该勤奋之时就得自己要求自己孜孜不倦。这世界上极少数的人之所以是幸运的，幸运就幸运在——必须做的事情恰同时也是自己愿意做的事情。大多数人无此幸运。大多数人有了一份工作有了一份收入就已然不错。在就业机会竞争激烈的时代，纵然非是自己愿意做的事情，也得当成一种低质量的幸运来看待。即使打算摆脱，也无不掂量再三，思前虑后，犹犹豫豫。

因为对于我们大多数人而言，我们整日必须做的事情，往往不仅关乎着我们自己的人生，也关乎着种种的责任和义务。比如，父母对子女的，夫妻双方的，长子长女对弟弟妹妹的，等等。这些责任和义务，使那些我们寻常之人整日必须做的事情具有了超乎于愿意不愿意之上的性质，并随之具有了特殊的意义。这一种特殊的意义，纵然不比那些我们愿意做的事情对于我们自己更快乐，也比那些事情显得更重要、更值得。

我们做我们必须做的事情，有时恰恰是为了因而有朝一日可以无忧无虑地做我们愿意做的事情。普遍的规律也大抵如此。一些人勤勤恳恳地做他们必须做的事情，数年如一日，甚至十几年二十几年如一日，人生终于柳暗花明，终于得以有条件去做自己愿意做的事情了。其条件当然首先是自己为自己创造的。这当然得有这样的前提——自己所愿意做的事情，自己一直惦记在心，一直向往着去做，一直并没泯灭了念头……

我们做我们必须做的事情，有时恰恰不是为了因而有朝一日可以无忧无虑地做我们愿意做的事情。我们往往已看得分明，我们愿意做的事情，并不由于我们将我们必须做的事做得多么努力做得多么无可指责而离我们近了；相反，却日复一日地，渐渐地离我们远了，成了注定与我们的人生错过的事情。不管我们一直怎样惦记在心，一直怎样向往着去做。但我们却仍那么努力那么无可指责地做着我们必须做的事情。为了什么呢？为了下一代，为了下一代得以最大限度地做他们和她们愿意做的事；为了他们和她们愿意做的事不再完全被动地与自己的人生眼睁睁错过；为了他们和她们具有最大的人生能动性，不被那些自己根本不愿意做的事粘住，进而具有最大的人生能动性，使自己必须做的事与自己愿意做的事协调地相一致起来。起码部分地相一致起来。起码不重蹈我们自己人生的覆辙，因了整日陷于必须做的事而彻底断送了试图一做自己愿意做的事情的条件和机会。社会是赖于上一代如此这般的牺牲精神而进步的。

下一代人也是赖于上一代人如此这般的牺牲精神而大受其益的。

有些父母为什么宁肯自己坚持着去干体力难支的繁重劳动，或退休以后也还要无怨无悔地去做一份收入极低微的工作呢？为了子女们能够接受高等教育，从而使子女们的人生能够顺利地靠近他们愿意做的事情。

"可怜天下父母心"一句话，在这一点上，实在是应该改成"可敬天下父母心"的，而子女们倘竟不能理解此点，则实在是可悲可叹啊。

最令人同情的是这样一些人——他们终于像放下沉重的十字架一样，摆脱了自己必须做甚而不愿意做却做了几乎整整一生的事情；终于有一天长舒一口气，自己对自己说——现在，我可要去做我愿意做的事情了。那事情也许只不过是回老家看看，或到某地去旅游，甚或，只不过是坐一次飞机，乘一次海船……而死神突然来牵他或她的手了……

所以，我对出身贫寒的青年们进一言，倘有了能力，先不必只一件件去做自己愿意做的事情。要想一想，自己怎么就有了这样的能力？完全靠的自己？含辛茹苦的父母做了哪些牺牲？并且要及时地问："爸爸妈妈，你们一生最愿意做的事情是些什么事情？咱们现在就做那样的事情！为了你们心里的那一份长久的期望！……"

我的一位当了经理的青年朋友就这样问过自己的父母，在今年的春节前——而他的父母吞吞吐吐说出来的却是，他们想离开城市，重温几天小时候的农村生活。

当儿子的大为诧异：那我带着公司员工去农村玩过几次了，你们怎么不提出来呢？

父母道：我们两个老人，慢慢腾腾的，跟去了还不拖累你玩不快活呀！

当儿子的不禁默想，进而戚然。

春节期间，他坚决地回绝了一切应酬，是陪父母在京郊农村度过的……

我们憧憬的理想社会是这样的：仅仅为了生存而被自己根本不愿做的事情牢牢粘住一生的人越来越少；每一个人只要努力做好自己必须做的事情，只要自己愿意做的事情不脱离实际，终将有机会满足一下或间接满足一下自己的"愿意"。

据我分析，大多数人愿意做的事情，其实还都是一些不失自知之明的事情。

时代毕竟进步了。

标志之一也是——活得不失自知之明的人越来越多而非越来越少了。

尽管我们大多数人依然还都在做着我们整日必须做的事情，但这些事情随着时代的进步，与我们的人生的关系已变得越来越灵活、越来越宽松，使我们开始有相对自主的时间和精力顾及我们愿意做的事情，不使之成为泡影。重要的倒是，我们自己是否还像从前那么全凭必须这一种惯性活着……

我们都知道的，金钱除了不能解决生死问题，除了不能一向成功地收买法律，几乎可以解决至少可以淡化人面临的许许多多困扰。

我们大多数世人，或更具体地说——百分之九十甚至百分之九十五以上的世人，与金钱到底是一种什么样的关系呢？我的意思是在说，或者是在问，或者仅仅是在想——那种关系果真像我们人类的文化和对自身的认识经验所记录的那样，竟是贪而无足的吗？

我感觉到这样的一种情况，即在我们人类的文化和对自身认识的经验中，教诲我们人类应对金钱持怎样的态度和理念，是由来已久并且多而又多的；但分析和研究我们与金钱之关系的真相的思想成果，却很少很少。似乎我们人类与金钱的关系，仅仅是由我们应对金钱持怎样的态度来决定的。似乎我们只要接受了某种对金钱的正确的理念，金钱对我们就是无足轻重的东西了，对我们就会完全丧失吸引力了。

在我们人类与金钱的关系中，某种假设正确的理念，真的能起特别重要的作用吗？果而那样，思想岂不简直万能了吗？

在全世界，在人类的古代，金即是钱，即是通用币，即是永恒的财富。百锭之金往往意味着佳食锦衣、唤奴使婢的生活。所有富人的日子一旦受到威胁，首先将金物及价值接近着金的珠宝埋藏起来。所以直到现在，虽然普通人的日常生活早已不受金的影响，在谈论钱的时候，却仍习惯于二字合并。

在今天，在中国，"文化"已是一个泡沫化了的词，已是一个被泛淡得失去了"本身义"并被无限"引申义"了的词。不是一切有历史的事物都能顺理成章地构成一种文化，事物仅仅有历史只不过是历史悠久的事物。纵然在那悠久的历史中事物一再地演变过，其演变的过程也不足以自然而然地构成一种文化。

只有我们人类对某一事物积累了一定量的思想认识，并且传承以文字的记载，并且在大文化系统之中占据特殊的意义，某一事物才算是一种文化"化"了的事物。

这是我的个人观点，即使此观点特别地容易引起争议，我们若以此观点来谈论金钱，并且首先从"金钱文化"说起，大约是不会错到哪里去的。

外国和中国的一切古典思想家，有一位算一位，哪一位不曾谈论过人与金钱的关系呢？可以这么认为，自从金钱开始介入我们人类的生存形态那一天起，人类的头脑便开始产生着对于金钱的思想或曰意识形态了。它们一而再，再而三地呈现在童话、神话、民间文学、士人文学、戏剧以及后来的影视作品和大众传媒里。它们全部的教诲，一言以蔽之，用教义最浅白的"济公活佛圣训"中的一句话来概括那就是——"死后一文带不去，一旦无常万事休。"

数千年以来，"金钱文化"对人类的这种教诲的初衷几乎不曾丝毫改变过，可谓谆谆复谆谆，用心良苦。只有在现当代的经济学理论成果中，才偶尔涉及我们人类与金钱之关系的真相，却也每几笔带过，点到为止。

那真相我以为便是——其实我们人类之大多数对金钱所持的态度，非但不像"金钱文化"从来渲染的那么一味贪婪，细分析，简直还相当理性，相当朴素，相当有度。

奴隶追求的是自由。

诗人追求的是传世。

科学家追求的是成果。

文艺家追求的是经典。

史学家追求的是真实。

思想家追求的是影响。

政治家追求的是稳定……

而小百姓追求的只不过是丰衣足食、无病无灾、无忧无虑的小康生活罢了。倘是工人，无非希望企业兴旺，从而确保自己的收入养家度日不成问题；倘是农民，无非希望风调雨顺，亩产高一点儿，售出容易点儿；倘是小商小贩，无非希望有个长久的摊位，税种合理，不积货，薄利多销……

如此看来，大多数世人虽然每天都生活在这个由金钱所推转着的世界上，每一个日子都离不开金钱这一种东西，甚而我们的双手每天都至少点数过一次金钱，我们的心里每天都至少盘算过一次金钱，但并不因而都梦想着有朝一日成为富豪或资本家，银行账户上存着千万亿万，于是大过奢侈的生活，于是认为奢侈高贵便是幸福……

真的，细分析，我确确实实地觉得，人类之大多数对金钱所持的态度，从过去到现在甚至包括将来，其实一向是很健康的。

一直不健康的或温和一点儿说不怎么健康的，恰恰是"金钱文化"本身。这一种文化几乎每天干扰我们对这个世界的正常视听要求和愿望，似乎企图使我们彻底地变成仅此一种文化的受众，从而使其本身变成摇钱树。这一种文化的一个显著的特征就是——当其在表现人的时候几乎永远地只有一个角度，无非人和金钱的关系，再加点性和权谋。它的模式是——"那公司那经理那女人，和那一大笔钱。"

我们大多数世人每天受着这一种文化的污染，而我们对金钱的态度却仍相当理性、相当朴素、相当有度。我简直不能不这样赞叹——大多数世人活得真是难能可贵！

再细加分析，具体的一个人，无论男女，无论有一个穷爸爸还是富爸爸，其一生皆大致可分为如下阶段：

童年——以亲情满足为最大满足的阶段。

少年——以自尊满足为最大满足的阶段。

青年——以爱情满足为最大满足的阶段。

中年前期——以事业满足为最大满足的阶段。

中年后期——以金钱满足为最大也许还是最后满足的阶段。

老年前期——以自尊满足为最大满足的阶段。

老年后期——以亲情满足为最大满足的阶段……

大多数人大抵如此，少数人不在其例。

人，尤其男人，在中年后期，往往会与金钱发生撕扯不开的纠缠关系。这乃因为——他在爱情和事业两方面，可能有一方面忽然感到是失败的，甚或两方面都感到是失败的、沮丧的。也许那是一个事实，也许仅仅是他自己误入了什么迷津；还因为中年后期的男人，是家庭责任压力最大的人生阶段，缓解那压力仅靠个人作为已觉力不从心，于是意识里生出对金钱的幻想。我们都知道的，金钱除了不能解决生死问题，除了不能一向成功地收买法律，几乎可以解决至少可以淡化人面临的许许多多困扰。普遍而言，中年后期的男人已具有与其年龄相一致的理性了。他们对金钱的幻想仅仅是幻想罢了，并且，这幻想折叠在内心里，往往是不说道的。某些男人在中年后期又有事业的新篇章和爱情的新情节，则他们便也不会把金钱看得过重。

在经济发达的国家，人们的追求，包括对人生享受的追求，往往呈现着与金钱没有直接关系的现象。"金钱文化"在那些国家里也许照旧地花样翻新，但对人们的意识已经不足以构成深刻的重要的影响。我们留心一下便不难得出这样的结论——那些国家的文化的文艺的和传媒的主流内容往往是关于爱、生、死、家庭伦理和人类道德趋向，以及人类大命运的。或者，纯粹是娱乐的。

因为在那些国家里，中产阶层生活已经是不难实现的。

而中产阶层，乃是一个与金钱的关系最自然、最得体、最有分寸的阶层。

在经济落后的国家，普遍的人们反而也不太产生对金钱的强烈又痛苦的幻想，因为那接近着梦想。他们对金钱的愿望是由自己限制得很低很低的，于是金钱反而最容易成为带给他们满足的东西。

在发展中国家，特别在由经济落后国家向经济振兴国家迅速过渡的国家，其文化随之嬗变的一个显著事实就是——"金钱文化"同步地迅速繁衍和对大文化系统的蚕食，和对人们日常生活方方面面的几乎无孔不入的侵略式影响。人面对之，要么采取个人式的抵御姿态，要么接受它的冲击它的洗脑，最终变得有点儿像金钱崇拜者了。在这样的国家、这样的时代，充斥于文化、文艺和媒体的经常的主要的内容，往往是关于金钱这一种东西的。在这样的国家、这样的时代，文化和文艺往往几乎已经丧失了向人们讲述一个纯粹的、与金钱不发生瓜葛的爱情故事的能力。因为这样的爱情故事已不合人们的胃口，或曰已不合时宜，被认为浅薄了。于是通俗歌曲异军突起，将文化和文艺丧失了的元素吸收去变成为自身存在的养分。通俗歌曲的受众是青少年，是以对爱情的向往为向往、以对爱情的满足为满足的群体。他们沉湎于通俗歌曲为之编织的爱情帷幔中，就其潜意识而言，往往意味着不愿长大，逃避长大——因为长大后，将不得不面对金钱的左右和困扰。

在这样的国家、这样的时代，贫富迅速分化，差距迅速悬殊，人对金钱的基本需求和底线一番番被刷新。相对于有些人，那底线不断地不明智地一次次攀升；相对于另一些人，那底线不断地不得已地一次次跌降。前者往往可能由于不能居住于富人区而混乱了人与金钱的关系，后者则往往可能由于连生存都无法为计而产生了人对金钱的偏狂理解。

归根结底，不是人的错，更不是时代的错，当然也不是金钱的错，而只不过是——在特殊的历史阶段，人和金钱贴紧于同一段社会通道之中了。当同时钻出以后，人和金钱两种本质上不同的东西（姑且也将人叫作东西吧），又会分开来，保持必要的距离，仅在最日常的情况下发生最日常的"亲密接触"。

那时，大多数人就可以这样诚实又平淡地说了：金钱嘛，它不是唯一使我万分激动的东西，也不是唯一使我惴惴不安的东西，更不是我人生中唯一重要的东西。我必须有足够花用的金钱，而我的情况正是这样。

归根结底，爱国主义——正是由这一种人对金钱相当理性、相当朴素、相当有度，因而相当良好的感觉来决定的。

哪一个国家使它的人民与金钱的关系如此这般着了，它的人民便几乎无须被教导，自然而然地爱着他们的国了……

最合适的便是美的

哪一个青年没有过思想？谁甘愿度过平庸的一生？

当这样的问题摆在面前，很多人也许会想到宗教。

其实宗教也是一种理想。

人和植物、动物的区别，重要的一点恰恰在于人会设计自己的愿望，有实现这一愿望的冲动。理想使人高出宇宙万物，理想使人具有百折不挠的精神力量。因而当人实现这一愿望的冲动受挫，理想便使人痛苦。

如果能够进行统计的话，实现了自己的理想的人必然是少数。那么是否绝大多数的人又都是不幸的呢？我相信不是这样。

理想，说到底，无非是对某一种活法的主观的选择。客观的限制通常是强大于主观的努力的。只有极少数人的主观努力，最终突破了客观的限制，达到了理想的实现，这便使人对"主观努力"往往崇拜起来，以为只要进行了百折不挠的努力，客观的限制总有一天将被"突破"。其实不然。

所以我认为，有理想是一种正确的生活态度，放弃理想也是一种正确的生活态度。有时，后一种态度，作为一种活着的艺术，乃是更明智的。有理想有追求是一种积极主动的活法，不被某一不切实际的理想或追求所折磨，调整选择的方位，更是积极主动的活法。

一种活法，只要是最适合自己的，便是最好的、最美的。当然，这活法，首先应该是正常的正派的活法。如果有人觉得，盗贼或骗子的活法，才最适合自己的话，那我们就无法与之沟通了。

曾有一位大学生,来信倾诉自己对文学的虔诚,以及想成为作家的恒心,并且因为自己是学工的,便感到自己是世界上最不幸的人了。

我回信向他指出——首先他是不实事求是的。因为考入一所名牌大学,与同龄青年相比,已首先使他成为最幸运的人了。其次,是大学生,那么学习,目前对他是最适合的。学习生活,目前对他是最好的、最美的生活。即使他最终还是要专执一念当作家,目前的学习生活,对他日后当作家,也是有益的积累。而且作家是各式各样的——无职无业的"个体作家",有职有业的半专业作家,比如我这样的作家,以创作为唯一职业的专业作家。随着社会结构的变化,拿工资的专业作家会少起来,不拿工资的"个体作家"和有职有业的半专业作家会多起来。他究竟要当哪一种作家呢?马上就当不拿工资的"个体作家"?生活准备不足,能靠稿费养得了自己吗?连我自己目前也不能,所以我为他担忧。我劝他目前要安心学习,先按捺下当作家的迫切愿望,将来大学毕业了,从业余作家当起,继而半专业,继而专业,如果他确有当作家的潜质的话……

可是他根本听不进我的劝告。他举例说巴尔扎克就是根本不理睬父母希望他成为律师的预想,终于成了大作家的。他那么固执,我对他的固执无奈。结果他学习成绩下降,一篇篇稚嫩的"作品"也发表不出来,连续补考又不及格,不得不离开了大学校园。

他在北京流落了一个时期,写作方面一事无成,在我的资助下回老家去了。

现在,他精神失常了。

这多可悲呢。

北京电影制片厂曾有过一百六七十位演员。设想,一旦成为演员,谁不想成大明星呢?但这受着个人条件的局限,受着种种机遇的摆布,致使有些人,空怀着明星梦,甚至十几年内没上过什么影片。其中一些明智的人醒悟较快,便改行去当剪辑、录音,或其他方面的工作。有些是我的朋友。他们在人到中年这个关键时刻,毅然摆脱过去曾怀抱过那引起不切实际的理想的纠缠,重新选择最适合自己的活法,活得自然,也活得好了。

著名女作家铁凝也有过和我类似的与青年的接触。

一位四川乡村女青年不远万里寻找到她，希望在她的指导之下早日成为作家。须知一位作家培养另一个人成为作家这种事，古今中外实在不多。一个人能不能成为作家，关键恐怕不在培养，而在自身潜质。铁凝是很善良、很真挚、很会做思想工作的。铁凝询问了她的情况之后，友好地向她指出——对于她，第一是职业问题，因为有了职业就有了工资，有了工资就有了衣食住行的起码保障。曹雪芹把高粱米粥冻成坨，切成块，饿了吃一块，孜孜不倦写《红楼梦》，那对于他实在是无奈的下策，不是非如此便不能写出《红楼梦》。十年辛苦一部书。如果那十年的情况好些，他的身体也便会好些，也许在完成《红楼梦》之后，还能完成另一部名著。对于今天的青年，没有效仿的意义和必要。今天的青年，如果有可能找到一份工作，取得衣食住行的起码保障，为什么不呢？当然，你要一心想在什么中外合资的大公司当上一位公关小姐，每月拿着一千多元的工资，是另一回事了。须知如今大学生、研究生找到完全合乎自己愿望的工作都很难，你凭什么指望生活格外地垂青于你呢？

那女青年悟性很好，听从了铁凝的劝告，回到家乡去了，在一个小县城找到了一份最普通的工作。以后她常把她的习作寄给铁凝，铁凝也很认真地予以指导。终于她的文章开始在地区的小报刊上陆续刊登了，当然都是些小文章。她终于在自己生活的那个地方，渐渐引起了人们的注意。后来因这"一技之长"，她被调到了县里计划生育办公室搞宣传。后来她寻找到了一个好丈夫，组成了一个温暖的小家庭，有了一个可爱的孩子，生活得挺幸福。她在她生活的那个地方，寻找到了最适合她的"坐标"，对她来说，那是最好的生活，也是最美的，起码目前是这样。至于以后她是否会成为大作家，那就非铁凝能帮得了的了……

有些青年谈论理想的时候，往往忽略了现实和理想之间的时空距离。或者虽然承认有距离，但却认为只要时来运转，一步便能跨越。其实有些距离，是终生不能跨过的。嗓子天生五音不全而要成为歌星，身材不美而要成为芭蕾演员，没有表演才能而非迷恋影视生涯，凡此种种，年轻时想一想是可爱的，倘非当作人生理想、人生目标去耿耿追求，又何苦呢？倘一位中国的乡村女孩儿的理想是有朝一日做西方某国的王妃，并且发誓不达目的誓不罢休，这"理想"本身岂不是就怪令人害怕吗？正如哪一位中国的作家如若患了"诺贝尔情绪"，发誓不获诺贝尔文学奖便如何如何，也是要不得的。

一切生活都是生活，无论主观选择的还是客观安排的，只要不是穷困的、悲惨的、不幸接踵不幸的，只要是正常的生活，便都是值得好好生活的。须知任何一种生活都是有正面和负面的。帝王的权威不是农夫所能企盼得到的，但农夫却不必担心被杀身篡位。一切名流的生活之负面的付出，都是和他们所获得的正面成比例的。人往高处走，水往低处流，一人改变自己的命运的想法永远是天经地义无可指责的，首先应是从最实际处开始改变。

荀子说过一句话——自知者不怨人，知命者不怨天。字面看来有点儿听天由命的样子，其实强调的是一种乐观的生活态度。没有乐观的生活态度，哪还谈得上什么积极进取呢？不必在二十多岁的时候，便给自己的一生设计好什么"蓝图"。在以后的几十年中，机遇可能随时会向你招手，只要你是有所准备的。

社会越向前发展，人的机遇将会越多而不会越少。三十岁至四十岁得到的，绝不会是你最后得到的，失去它的机会像得到它一样偶然。同样三十岁至四十岁未得到的，并不意味着你一生不能实现。你的一生也许将几次经历得到、失去、再得到、再失去，有时你的人生轨迹竟被完全彻底地改变，迫使你一切从头开始。谁准备的方面多，谁应变的能力强，谁就越能把握住一份属于自己的生活。当代社会越向前发展，则越将任何一种事业与人的关系，变成为不离不即、离离即即、偶尔合一、偶尔互弃的关系……

何妨减之

某日，几位青年朋友在我家里，话题数变之后，热烈地讨论起了人生。依他们想来，所谓积极的人生肯定应该是这样的——使人生成为不断地"增容"的过程，才算是与时俱进的，不至于虚度的。我听了就笑。他们问："您笑是什么意思呢？不同意我们的看法吗？"我说："请把你们那不断地'增容'式的人生，更明白地解释给我听来。"

便有一人掏出手机放在桌上，指着说："好比人生是这手机，当然功能越多越高级。功能少，无疑是过时货，必遭淘汰。手机必须不断更新换式，人生亦当如此。"

我说："人是有主观能动性的，而手机没有。一部手机，其功能多也罢，少也罢，都是由别人设定了的，自己完全做不了自己的主。所以你举的例子并不十分恰当啊！"

他反驳道："一切例子都是有缺陷的嘛！"另一人插话道："那就好比人生是电脑。你买一台电脑，是要买容量大的呢，还是容量小的呢？"我说："你的例子和第一个例子一样不十分恰当。"他们便七言八语"攻击"我狡辩。我说："我还没有谈出我对人生的看法啊，'狡辩'罪名无法成立。"于是皆敦促我快快宣布自己对人生的看法。

我说："你们都知道的，我不用手机，也不上网。但若哪一天想用手机了，也想上网了，那么我可能会买小灵通和最低档的电脑。因为只要能通话，可以打出字来，其功能对我就足够了。所以我认为，减法的人生，未必不是一种积极的人生。而我所谓之减法的人生，乃是不断地从自己的头脑中删除掉某些人生'节目'，甚至连残余的信息都不留存，而使自己的人生'节目单'变得简而又简。总而言之一句话，使自己的人生来一次删繁就简——"

我的话还没说完，皆大摇其头曰："反对，反对！"

"如此简化，人生还有什么意思？"

"面对丰富多彩、机遇频频的人生，力求简单的人生态度，纯粹是你们中老年人无奈的活法！"

我说："我年轻时，所持的也是减法的人生态度。何况，你们现在虽然正年轻着，但几乎一眨眼也就会成为中老年人的。某些人之所以抱怨人生之疲惫，正是因为自己头脑里关于人生的'容量'太大太混杂了，结果连最适合自己的那一种人生的方式也迷失了。而所谓积极的清醒的人生，无非就是要找到那一种最适合自己的人生方式。一经找到，确定不移，心无旁骛。而心无旁骛，首先要从眼里'删除'掉某些吸引眼球的人生风景……"

对方皆黯然，未领会我的话。

我只得又说："不举例了。世界上还没有人能想出一个绝妙的例子将人生比喻得百分之百恰当。我现身说法吧。我从复旦大学毕业时，二十七岁，正是你们现在这种年龄。我自己带着档案到文化部去报到时，接待我的人明明白白地告诉我，我可以选择留在部里的，但我选择了电影制片厂。别人当时说我傻，认为一名大学毕业生留在部级单位里，将来的人生才更有出息。可以科长、处长、局长地一路在仕途上'进步'着！但我清楚我的心性太不适合所谓的机关工作，所以我断然地从我的头脑中删除了仕途人生的一切'信息'。仕途人生对于大多数世人而言当然意味着颇有出息的一种人生。但再怎么有出息，那也只不过是别人的看法。我们每一个人的头脑里，在人生的某阶段，难免会被塞入林林总总的别人对人生的看法。这一点确实有点儿像电脑，若是新一代产品，容量很大，又与宽带连接着，不进入某些信息是不可能的。然而判断哪些信息才是自己所需要的信息，这一点却是可能的。又比如我在四十岁左右时，结识过一位干部子弟。他可不是一般的干部子弟，只要我愿意，他足以改变我的人生。他又何止一次地对我说，趁早别写作了，我看你整天伏案写作太辛苦了！当官吧！先从局级当起怎么样？正局！我替你选择一个轻松的没什么压力的职位，你认真考虑考虑。我说，多谢抬爱，我也无须考虑。仕途人生根本不适合我这个人，所以你千万别替我费心。费心也是白费心。"

何以我回答得那么干脆？因为我早就考虑过了呀，早就将仕途人生从我的人生"节目单"上删除掉了呀！以后他再劝我时，我的头脑干脆"死机"了。

大约在我四十五岁那一年，陪谌容、李国文、叶楠等同行之忘年交回哈尔滨参加冰雪节开幕式。那一年有几十位台湾商界人士去了哈尔滨。在市里举行的欢迎宴会上，台湾商界人士对我们几位作家亲爱有加，时时表达真诚敬意。过后，其中数人，先后找我与谌容大姐做"个别谈话"——恳请我和谌容大姐做他们在中国大陆发展商业的全权代理人。"投资什么？投资多少？你们来对市场进行考察，你们来提议。一个亿？两个亿？或者更多？你们只管直说！别有顾虑，我们拿得起的。酬金方式也由你们来定。年薪？股份？年薪加股份？你们要什么车，配什么车……"

话都说到这个份儿上了，不由人不动心，也不由人不感动。

我曾问过谌容大姐："你怎么想的呢？"

谌容大姐说："还能怎么想，咱们哪里是能干那等大事的人呢？"

她反问我怎么想的。

我说："我得认真考虑考虑。"

她说："你还年轻，尝试另一种人生为时未晚，不要受我的影响。"

我便又去问李国文老师的看法，他沉吟片刻，答道："我也不能替你拿主意。依我想来，所谓人生，那就是无怨无悔地去做相对而言自己比较能做好的事情。"

那一夜，我失眠。年薪，我所欲也；股份，我所欲也；宝马或奔驰轿车，我所欲也。然商业风云，我所不谙也；管理才干，我所不具也；公关能力，我之弱项也；盈亏之压力，我所不堪承受也；每事手续多多，我所必烦也。那一切的一切，怎么会是我"比较能做好的事情"呢？我比较能做好的事情，相对而言，除了文学，还是文学啊！

翌日，真情告白，实话实说。返京不久，谌容大姐打来电话，说："晓声，台湾的那几位朋友，赶到北京动员来啦！"我说："我也才送走几位啊。"她又说那一句话："咱们哪是能干那等大事的人呢？"我说："台湾的伯乐们走眼了，但咱们也惭愧了一把啊！"便都在电话里笑出了声。

有闻知此事的人，包括朋友，替我深感遗憾，说："晓声，你也把自己的人生搞得太消极太狭窄了啊！人生大舞台，什么事，都不妨试试的啊！"

我想，其实有些事不试也可以知道自己的斤两。比如潘石屹，在房地产业无疑是佼佼者。在电影中演一个角色玩玩，亦人生一大趣事。但若改行做演员，恐怕是成不了气候的。做导演、作家，想必也很吃力。而我若哪一天心血来潮，逮着一个仿佛天上掉下来的机会就不撒手，也不看清那机会落在自己头上的偶然性，不掂量自己与那机会之间的相克因素，于是一头往房地产业钻去的话，那结果八成是会令自己也令别人后悔晚矣的。

说到导演，也多次有投资人来动员我改行当导演的。他们认为观众一定会觉得新奇，于是有了炒作一通的那个点，会容易发行一些。

我想，导一般的小片子，比如电影频道播放的那类电视电影，我肯定是力能胜任的。六百万投资以下的电影，鼓鼓勇气也敢签约的（只敢一两次而已）。倘言大片，那么开机不久，我也许就死在现场了。我曾说过，当导演第一要有好身体，这是一切前提的前提。爬格子虽然也是耗费心血之事，劳苦人生，但比起当导演，两种累法。前一种累法我早已适应，后一种累法对我而言，是要命的累法……

年轻的客人们听了我的现身说法，一个个陷入沉思。

我最后说："其实上苍赋予每一个人的人生能动力是极其有限的，故人生'节目单'的容量也肯定是有限的，无限地扩张它是很不理智的人生观。通常我们很难确定自己究竟能胜任多少种事情，在年轻时尤其如此。因为那时，人生的能动力还没被彻底调动起来，它还是一个未知数。但这并不意味着我们连自己不能胜任哪些事情也没个结论。在座的哪一位能打破一项体育世界纪录呢？我们都不能。哪一位能成为乔丹第二或姚明第二呢？也都不能。歌唱家呢？还不能。获诺贝尔和平奖呢？大约同样是不能的。而且是明摆着的无疑的结论。那么，将诸如此类的，虽特别令人向往但与我们的具体条件相去甚远的人生方式，统统从我们的头脑中删除掉吧！加法的人生，即那种仿佛自己能够愉快地胜任充当一切社会角色，干成世界上的一切事而缺少的仅仅是机遇的想法，纯粹是自欺欺人。"

一种人生的真相是——无论世界上的行业丰富到何种程度，机遇又多到何种程度，我们每一个人比较能做好的事情，永远也就那么几种而已。有时，仅仅一种而已。

即使年轻着，也须善于领悟减法人生的真谛：将那些干扰我们心思的事情，一而再，再而三地从我们人生的"节目单"上减去、减去、再减去。于是令我们人生的"节目单"的内容简明清晰，于是使我们比较能做好的事情凸显出来。所谓人生的价值，只不过是要认认真真、无怨无悔地去做最适合自己的事情而已。

花一生去领悟此点，代价太高了，领悟了也晚了。花半生去领悟，那也是领悟力迟钝的人。

现代的社会，足以使人在年轻时就明白自己适合做什么事。只要人肯于首先向自己承认，哪些事是自己根本做不来的，也就等于告诉自己，这种人生自己连想都不要去想。如今"浮躁"二字已成流行语，但大多数人只不过流行地说着，并不怎么深思那浮躁的成因。依我看来，不少人之所以浮躁着并因浮躁而痛苦着，乃因不肯首先自己向自己承认——哪些事情是自己根本做不来的，所以也就无法使自己比较能做好的事情在自己人生的"节目单"上简明清晰地凸显出来，却还在一味地往"节目单"上增加种种注定与自己人生无缘的内容……

中国的面向大多数人的文化在此点上扮演着很劣的角色——不厌其烦地暗示着每一个人似乎都可以凭着锲而不舍做成功一切事情，却很少传达这样的一种人生思想——更多的时候锲而不舍是没有用的，莫如从自己人生的"节目单"上减去某些心所向往的内容，这更能体现人生的理智，因为那些内容明摆着是不适合某些人的人生状况的……

我的"人生经验"

在某次读书活动中，有青年向我讨教"人生经验"。

所谓"人生经验"，我确乎是有一些的。连动物乃至昆虫都有其生活经验，何况人呢？人类的社会比动物和昆虫的"社会"关系复杂，故所谓"人生经验"，若编一部"大全"，估计将近百条。

但有些经验，近于常识。偏偏近于常识的经验，每被许多人所忽视。而我认为，告诉青年朋友对他们是有益无害的，于是回答如下：

一、一类事尽量少做

去年国庆前，我将几位中学时的好同学连同他们的老伴从哈尔滨请到北京来玩——这是我多年的夙愿。他们中有一对夫妇，原本是要来的，却临时有事，去了外地。但他们都在哈市买了来程车票，返程票是我在北京替他们买的——我与售票点的人已较熟悉了，他们一一用手机发来姓名和身份证号，买时很顺利。其实，若相互不熟悉，未必能顺利，因为当时的规定是购票须验明购票者本人身份证，否则不得售票——特殊时期，规定严格。

售票点的人熟悉我，信任我，能买到票实属侥幸。

但售票点是无法退票的，只能到列车站去退票，而且也要持有购票人身份证。

我问售票点的人:"如果我带齐我的一切证件肯定退不成吗?"

答曰:"那只有碰运气了,把握很小,您何必呢?真白跑一次多不值得,还是请您的老同学将身份证快递过来的好。"

问题是——我那老同学夫妇俩在外地,他们回哈尔滨也是要用身份证的。倘为了及时将身份证快递给我,他们就必须提前回哈市。

我不愿他们那样,尽管售票点的人将话说得很明白,我还是决定碰碰运气。去列车站时,我将身份证、工作证、户口本、医疗卡等一概能证明我绝非骗子的证件都带齐了。

然而我的运气不好。

退票窗口的姑娘说,没有购票人的身份证,不管我有多少能证明自己身份的证件都无济于事,她无权对我行方便,却挺理解我的想法,建议我去找在大厅坐台的值班站长。她保证,只要值班站长给她一个电话指示,她就愿意为我退票。

这不啻是好兆头。

值班站长也是位姑娘,也不看我的证件,打断我的陈述,指点迷津:"你让对方将他们的身份证拍在手机上再发到你的手机上,之后你到车站外找处打字社,将手机与电脑连线,打印出来,再去车站派出所请他们确认后盖章,最后再去退票就可以了。"

我的手机太老旧,虽当着她的面与老同学通了话,却收不到发过来的图像。

我说:"请行个方便吧,你看我这把年纪了,大热的天,衣服都湿了,体恤体恤吧。"

她说:"我该告知你的已经告知了,车票是有价票券,你再说什么都没用了。"

我说:"我明白你的意思,怕我是个冒退者对不对?所以你要看看我的这些证件啊!"

我还调出了老同学发到我手机上的他们夫妇俩的姓名和身份证号码,请她与票上的姓名和身份证号码核对一下,但她不再理我了。

我白跑了一次车站。

最终还是——老同学夫妇俩提前从外地回哈尔滨，将身份证快递给我。有了他们的身份证，我第二次去车站，排了会儿队，一分钟就将票退成了。

类似的事我碰到多次，有相当长一个时期，我身份证上的名字与户口上的名字不统一，从邮局取一个是几本书或一盒月饼的邮件或一份小额稿费汇款单，都曾发生过激烈的争执。

对方照章行事，而我认为规章是人立的，应留有灵活一点儿的空间。我每次连户口本都带了，户口本能证明身份证上的名字也是我这个人的名字。但对方若认死理，那我就没辙。对方的说法是——只能等过期退回，或让派出所开一份正式证明，证明身份证所显示的人与邮件上写的姓名确系同一人。派出所也不愿开此类证明，他们怕身份证是我捡的。

而我的人生经验之一便是——若某部门有某种规定明明是自己知道的，比如退列车票也须持有购票人的身份证，领取邮件须持有与邮件上的姓名一致的身份证——我们明明知道的话，就不要心存侥幸。

勿学我，侥幸于自己也许会面对着一个比较好说话、不那么认死理的人。

我的经验告诉我，面对一个好说话的人的概率仅十之一二而已，面对一个认死理的人的概率却是十之八九的事。

这也不仅是中国现象，世界上每个国家都有认死理的人，遇到不好说话的人和好说话的人的比例估计差不多也是八九比一二。起码，我在别国的小说和电影中看到的情况是那样，故我希望碰上了类似之事的人，大可不必因而就影响了自己的爱国情怀。

首先，要理顺某些可能使自己麻烦不断的个人证件关系——现在，我身份证的名字终于与户口本上的名字统一起来了。

其次，宁肯将麻烦留给自己，也比心存侥幸的结果好。比如我所遇到的退票之事，无非是请老同学提前回哈尔滨，将身份证寄来，有了他们的身份证，也就不必白跑一次列车站了，更不会与不好说话的人吵了一番，白生一肚子气了。

虽然认死理的人全世界哪一个国家都有，但中国更多些。

所以，将希望寄托于面对一个比较好说话的人的事，以根本不那么去做为明智。

二、有些话尽量不说

还以我退票之事为例。

我要达到目的，自然据理力争——退票又不是上车，在职权内行个方便，会有什么严重后果呢？无非怕我是个骗子，票是捡的甚或是偷的抢的。但我出示的包括身份证、户口本在内的证件，明明可以证明我不会是骗子啊。

我恳求道："你看一眼这些证件嘛。"

她说："没必要看，户口本和身份证也有假的。"

我怔了片刻又说："那你看我这老头会是骗子吗？"

她说："骗子不分年龄。"

我又怔了片刻，愤然道："你怎么这种态度呢？那你坐在这里还有什么意义呢？"

她说："你的事关系到人命吗？既然并不，铁道部长来了我也是这种态度。"

我顿时火冒三丈。

尽管铁道部已改成铁路总公司了，她仍习惯于叫"铁道部长"。

而我之所以发火，是因为她那么理直气壮所说的话分明是二百五都不信的假话。别说铁道部长了，也别说我持有那么多证件了——即使她的一个小上级领着一个人来指示她："给退票窗口打个电话，把这个人的票给退了。"说完转身就走，她会不立刻照办吗？肯定连问都不敢多问一句。或者，她的亲戚朋友在我那种情况下想要退票，也必然根本就不是个事。

这是常识，中国人都明白的。

当时我联想到了另一件事——有次我到派出所去，要开一份证明我与身份证上的名字是同一个人的证明，说了半天，就是不给我开，答曰："派出所不是管你们这些事的地方。"

这也是一句假话。

因为我知道，派出所不但正该管这类事，而且专为此类事印有证明信纸，就在她办公桌的抽屉里。有了那样的证明，我才能在机场派出所补页允许登机的临时身份证明，第二天才能顺利登机。

但她似乎认为她的抽屉里即使明明有那种印好的证明信低，我也不应该麻烦于她——而应将票退了，再重买一张与身份证上的名字相符合的机票。

那日我骂了"浑蛋"。

结果就更不给我开了。

无奈之下，猛想起导演尹力与派出所有密切关系，当即用手机求助。

尹力说："老哥，别急，别发火，多大点事儿啊，等那儿别走。"

几分钟后，一位副所长亲自替我开了证明。

口吐粗话是语言不文明的表现，过后我总是很懊悔。并且，我已改过自新了。以后再逢类似情况，宁可花冤枉钱，搭赔上时间和精力将某些麻烦事不嫌麻烦地解决了，也不再心存也许偏就碰上了一个好说话的人那种违背常理的侥幸了——那概率实在太低，结果每每自取其辱，也侮辱了别人。

我要对青年朋友们说的是，你们中有些人，或者正是从事"为人民服务"之性质的工作的人，或者将要成为那样的人。恰恰是"为人民服务"性质的工作，大抵也是与职权联系在一起的工作，而职权又往往与"死理"紧密联系在一起。参加工作初期，唯恐出差错，挨批评，担责任，所以，即使原本是通情达理、助人为乐的人，也完全可能在工作岗位上变成一个"认死理"的人。

若果而变成了这样一个人，又碰上了像我那么不懂事，心怀侥幸企图突破"死理"达到愿望的讨厌者，该怎么办呢？

我的建议是——首先向老同志请教。有少数老同志，工作久了，明白行方便于人其实也不等于犯什么错误的道理。或者，以其人之道，还治其人之身，以自己年轻权力实在有限无法做主为托词，反博同情。此等哀兵策略，每能收到良好效果。

但，尽量别说"××部长来了我也是这种态度"之类的话。

在中国，这种根本违背中国人常识的话，其实和骂人话一样撮火，有时甚至比骂人话还撮火。

君不见，某些由一般性矛盾激化为事件的过程，往往导火线便是由于有职权的一方说了那种比骂人话还撮火的话。

三、某类人，要尽量包容

我的一名研究生毕业后在南方某省工作，某日与我通手机"汇报"她的一段住院经历——她因肠道疾病住院，同病房的女人五十二三岁，是一名有二十余年工龄的环卫工，却仍属合同工；因为家在农村，没本市户口。

我们都知道的，医院里的普通双人间是很小的——但她的亲人们每天看望她；除了她的丈夫，还有她的儿子、儿媳、六七岁的孙子以及女儿、女婿。她丈夫是建筑工地的临时伙夫，其他亲人都生活在农村。父母在城里打工，儿女们却是茶农，这样的情况是不多的。

从早到晚她的床边至少有三个亲人——两个大人和她的孙子。而晚上，医院是要清房的，只允许她的一个亲人陪助她，她的孙子就每每躲在卫生间甚至床下，熄灯后与陪助的大人挤在一张窄窄的折叠床上睡。白天，那小孙子总爱看电视，尽管她一再提醒要把音量开到最小，还是使我的学生感到厌烦。并且她的亲人们几乎天天在病房的卫生间冲澡、洗衣服，这分明是占公家便宜的行为！我的学生内心里难免会产生鄙视。

"我本来打算要求调房的，但后来听医生说她得的是晚期肠癌，已经扩散，手术时根本清除不尽，估计生命期不会太长的，我就立刻打消了调房的念头，怕换成别人，难以容忍她的那些亲人。老师，我这么想对吧？"

我的回答当然是："对。"

后来，那女人的工友们也常来看她，我的学生从她的工友们的话中得知——二十余年间，她义务献血七八次；她是她们的组长，她受到的表彰连她自己也记不清有多少次了。总之，她是一个好人，好环卫工人。

那日她的工友们走后，我的学生已对她心生油然的敬意了。

而她却说:"别听她们七嘴八舌地夸我,我身体一向很好,献血也是图的营养补助费。"

她说她献血所得的钱,差不多都花在孙子身上了。

她的话使我的学生几乎落泪,同时也更尊敬她了,因为她的坦率。

她说她是他们大家庭的功臣,她丈夫的工作也是她给找的。因为有他们夫妇俩在城里打工挣钱,经常帮助儿女的生活,儿女才逐渐安心在乡下做茶农了,生活也一年比一年稳定和向好了。也正因为她是这样的母亲,她一生病,亲人们自然全来了。

她说她和丈夫租住在一间十二三平方米的平房里,舍不得花钱,没装空调,正值炎热的日子,她的亲人们特别是小孙子更愿意待在病房里——有空调啊!

此时,我的学生反而替她出谋划策了——我的学生注意到,到病房有两个楼梯口。左边的,要经过护士的值班室,而右边的就不必。以后,她的亲人们就都从右边的楼梯到病房来了。

我的学生独自在那座城市工作,也想雇一名陪助。

她说:"何必呢?我女儿、儿媳不是每天都有一个在吗?你随便支使她们好了,你们年轻人挣钱也挺不容易的,能省就省吧。"

我的学生高兴地同意了。

"老师,其实我不是想省一笔钱,是想有理由留给她一笔钱。"

我说:"你不说我也知道。"

学生问:"老师为什么能猜到?"

我说:"因为你是我的学生啊。"

我的学生出院时,委托护士交给那名环卫女工两千元钱。

一个多星期后我的学生到医院复查时,得知她的病友也出院了——那环卫女工没收她的钱,给她留下了一条红腰带,今年是我的学生的本命年。红腰带显然是为她做的,其上,用金黄色的线绣着"祝好人一生平安"几个字。

学生问:"老师,怎么会这样?"

我说:"怎样啊?"

她说:"我居然在别人眼里成了好人!"

我说:"你本来就是好人啊!"

我的手机里传来了我学生的抽泣声。

在那一天之前,我只对我的学生们说过:"希望你们将来都做好人。"——却从没对任何一名学生说过:"你本来就是好人。"

我觉得,我的学生也是由于我那样一句话而哭。

对于显然不良的甚至恶劣的行径,包容无异于姑息怂恿。但,有时候,某些人使我们自己不爽的做法,也许另有隐衷。此时我们所包容的,完全可能是一个其实很值得我们尊敬的人。此时包容能使我们发现别人身上良好的一面,并使自己的心性也受到那良好的影响。

包容会使好人更好。

会使想成为好人的人肯定能够成为好人。

会使人倾听到对同一人物同一事件同一现象的多种不同的声音,而善于倾听是智者修为——包容会使人更加具有"自由之思想,独立之精神"。

故包容不仅对被包容者有益,对包容者本身也大有裨益。

四、一类事做了就不后悔

某日我从盲人按摩所回家,晚上九点多了,那条人行道上过往行人已少,皆步履匆匆,而我走得从容不迫。

在过街天桥的桥口,我被一个女人拦住了——她四十多岁,个子不高,短发微胖,衣着整洁。她身边还有一个女人,身材高挑,二十六七岁,穿得很正规,胸前的幼儿兜里有一个一岁左右的孩子,在睡着。她一手揽着幼儿兜,一手扶着幼儿车的车把。幼儿车是新的,而她一脸的不快与茫然。

拦住我的女人说,年轻的女人是她的弟媳。小两口吵架了,她弟媳赌气抱着孩子要回老家,而她追出来了,她俩谁的身上也没带钱。她弟媳还是不肯回家,她怕一会儿孩子醒了,渴了……

我明白了她的意思,给了她二十元钱。不论买水还是买奶,二十元绰绰有余。

我踏上天桥后，她又叫住了我，并且也踏上了天桥，小声央求我再多给她些钱。

"天都这么晚了，我怕我今晚没法儿把我弟媳劝回家了……可我们在哪儿过夜啊！您如果肯多给我点儿，我再要点儿，我们两个大人一个小孩今晚就能找家小旅店住下……"

我望一眼那年轻的女人，她的脸转向了别处。我略一犹豫，将钱夹中的二百多元钱全给她了。

隔日在家看电视，电视里恰好讲到各种各样行乞乃至诈骗的伎俩，而"苦肉计"是惯技之一。

我便不由得暗想，昨天晚上自己被骗了吗？

我之所以将钱包里的钱全给了那个女人，另一个女人身上的小孩子起了很大的作用。

但我毕竟也不是一个容易轻信的人，我是经过了判断的——像她们那样乞讨，预先是要有构思的，还要有道具。果而是骗乞，孩子和幼儿车岂不一样成了道具了吗？而且，构思甚具创新，情节既接地气又不一般化。问题是，那么煞费苦心，一个晚上又能骗到多少钱呢？

也许有人会说，你不是就给了二百多元吗？一晚上碰到两个你这样的人，一个月就会骗乞到一万五千多，而且只不过是半个夜班三四个"工作"小时的事。被她们骗了，对辛辛苦苦靠诚实的劳动每月才挣几千元的人是莫大的讽刺！你被骗了其实也等于参与了讽刺。

而我的理性思考是——不见得每天晚上都碰到我这样的人吧？

为了解别人面对我遇到的那种事究竟会怎么想，我与几位朋友曾颇认真地讨论过，每一位朋友都以如上那种思想批判我。

也有朋友说，就算她们每三天才碰到一个你这样的人，一个月那也能讨到两三千元吧？她们是较高级的骗乞者，不同于跪在什么地方见人就磕头那一类。对于那一类乞讨者，给钱的人往往给的也是零钱，给一元就算不少了，给十元就如同"大善人"了。可你想她们那"故事"编得多新，使想给她们钱的人，少于十元根本给不出手。而且呢，你也不要替她们将事情想得太不容易了。其实呢，在她们跟玩儿似的——预先构思好了"故事"，穿得体体面面的，只当是带着孩子逛逛街散散步了。锁定一个目标，能骗多少骗多少。即使到十点多了，一个也没骗成，散散步对身体也是有益的嘛！……

我认为朋友的判断不是完全不合逻辑。

但我又提出了一个问题，即，就算我们所遇到的类似的事十之八九是骗，那么，总还有一两次可能不是骗吧？

于是，事情会不会成了这样——需要一点儿钱钞帮助的人认为我们是大千世界中那个有可能肯于帮助自己的人，而我们基于先入为主的阴谋论的成见，明明能够及时给予那点儿帮助，却冷漠而去。须知，在这种情况之下，我们所遇非是十之八九的骗而是十之一二的真，我们自己对于那"真"要么是十之八九的不予理睬者，要么是十之一二的使"真"之希望成真的人。如果人人都认为自己所遇之事百分之百是骗，那么那十之一二的"真"对于我们这个大千世界还有什么希望可言呢？

朋友则强调：十之一二构不成经验，十之八九才是经验——人要靠经验而不要靠形而上的推理行事才对。

然而又数日后，我竟在一家超市再次遇见了那两个女人——年轻的仍用幼儿兜带着孩子，年长的推着那辆幼儿车。

她们对我自是一再感谢，还给了我二百多元钱。我也没来虚的，既还，便接了——我觉得她们是真心实意地要还。

原来她们租住在离我们那一小区不远的平房里。

与十之八九的骗不同的十之一二的她们，偏巧让我碰上了。十之一二的我这样的非阴谋论经验主义者，也偏巧让她们碰上了。

所谓极少数碰上了极少数。

在中国，其实没有谁好心施舍十次却八九次都被骗了。更多的情况是，一个人只不过发扬好心了一两次，被骗了。

那又怎样呢？

不就是几元钱十几元钱的事吗？

值得耿耿于怀一辈子吗？

难道中国人都想做一辈子没被骗过的人吗？

连上帝也受过骗，诸神也受过骗，撒旦也受过骗，不少高级的骗子也受过骗。

身为人类，竟有绝不受骗之想，乃人类大非分之想，可谓之曰"超上帝之想"。此非人类之想，亦非诸神之想。

故，若世上有一个人是终生从未受过一次骗的人，那么此人不论男女，必是可怕的。

当然，我这里仅指面对乞讨之手的时候。

君必知，某些有此经历并受骗过一次并因而大光其火发誓以后再也不给予的我们的许多同胞，虽一生不曾行乞，但有几个一生不曾骗人呢？他们中有人甚至骗人成习，而且骗到国外去。早年间出国不易的时代，在外国使馆办理签证的窗口前，他们往往便一句谎话紧接着另一句谎话，所编"故事"的水平一点儿也不逊于街面上的骗乞者。

"己所不欲，勿施于人"这话，在许多同胞内心里的解读其实是——"尔所不欲，勿施于吾。"在现实中的现象则往往是——"吾欲，故施己所欲于人也"，并且从不内省这理由是否具有正当性。

面对乞讨之手，我的经验是——骗字即从头脑中闪过，便信那直觉，漠然而过，内心不必有什么不安，若直觉意使自己相信了、施与了，即使人人讥为弱智，亦当不悔。

那样的时候所做的那样的事，是人生做了最不值得后悔的事之一种。

以上都是些"鸡毛蒜皮"的人生经验，与成功学无关，与名利更无关，与职场帷幄、业界谋略也不搭界。概言之，不属于智商经验，也不属于情商经验。

我自谓之曰"琐碎心性经验"。

大人物们无须此类经验，他们的心性不装那等琐碎。

但我们不是大人物的中国人，基本上终日生活在琐碎之中，我们之心情也就只能于琐碎之中渐悟人性之初谛……

二〇一六年八月二十七日于北京

期　望

我父亲对我们的最高期望，就是都成为像他那样的国企工人，如能成为操作机床的技术工人更好。若升级快，证明技术过硬，表现优秀，他将辞世无憾。他一生以是工人阶级一员为荣，他的梦想是我们的家族成为工人之家。

我母亲对我们的期望比父亲理想化一些，希望儿女中也有成为中小学校师的、医生护士的，不必都成为工人。我哥哥在大学时学的是铁路和桥梁设计专业，是按母亲的心愿报的专业。如果某一个儿子能成为工程师，是我母亲的成就感之体现。

父母都根本不曾想过有一个儿子会成为作家。她与我生活在一起的日子里，见我每因被采访被催稿而苦恼，往往心疼地说："看把我儿子烦的，你不是说你也能当老师吗？要不你改改行？妈支持。"

我父母都是对名利很看得透的人，他们真正主张平淡之人生，从不认为做讲品格有一技之长的人多么失败。如果我愿意，三十五六岁就可以当北京电影制片厂文学部主任了，四十几岁就有机会当北影厂文学副厂长了，完全取决于我自己是否愿意。但我不愿意，因为热爱文学创作。王安忆的母亲茹志鹃老师听北影人讲到后，再见到我时，还着实表扬了我一番。

故我完全没有望子成龙的想法。

儿子读小学时，据说九十五分等于不及格。但我曾对儿子说，咱们都不必那么认为。

儿子早已工作了，每天挤地铁上下班，微小单位，工资中下水平，用电脑制作"非遗"软件。我曾往园艺方面引导他，为他买了不少园艺方面的书，希望他成为园林工作者。我也曾希望他成为动物园的饲养员，他喜欢动物。当年养宠物的人少，否则我会支持他当宠物医生。即使现在，他也每每遗憾于没成为宠物医生。我家养了两只猫，一只是儿子捡回家的，一只是我捡的。

儿子上小学时，有次放学，一名男同学跟到了家里，哀求儿子将他的名字从调皮学生的名字中去掉——那日儿子做纪律值日生。

我让儿子答应同学的请求。

儿子说："他也记过我。"

我说："难道你是在报复吗？爸爸反对报复。"

儿子上中学时，正是中国开展希望工程的年代——一日电视里播放专题片《希望》，一个贫困农村的男孩儿在讲述自己希望上中学的渴望。儿子在写作业，我坚持要他停下，与我一起看完。

我对他说："你必须比较。不幸无须比较，幸福却是相比而言的。"

百分之九十九点几的人类过的是平凡的一生，这是古今中外世界的真相。我不认为更不觉得我是一个写小说的人因而自己竟不普通了，也不认为有一个平凡的儿子是沮丧之事。我的儿子心理很年轻，这使他看去很阳光，比实际年龄小五六岁。我们的社会价值观有问题，我要与社会争夺儿子，使他的人生观向我靠拢。金钱崇拜、权力崇拜的文化现象虽然强大，但我也是有文化力量的父亲，并且具有教育自信。凡是见过儿子的人都觉他单纯，这我很欣慰。

归根结底，我认为，好文化是那种足以教人活得简单并且也能活出愉快的文化。

（节选自梁晓声《答记者问》，题目为编辑加）

人生锦囊——梁晓声答读者问
——《中国妇女》杂志询问作家

问题一：能让朋友别不把自己当外人吗？

读者　菜大姐

年初开了一个小饭馆，前期为了攒人气，免费请朋友吃了两个星期，结果有一位闺密每星期都来白吃。她总说，又来蹭吃了啊。我只好说，咱俩啥关系，添双筷子的事，你只管来。她偶尔也帮忙端端盘子，招呼招呼客人。我心里有不满，但说出来的话总是给她满不在乎热情好客的感觉。她也不把自己当外人，家里来亲戚，或者请朋友吃饭，都到我这儿免费吃，还跟她的客人说，我跟老板娘关系老好了，跟一家人一样一样的，你们随便吃，回头多拉几拨人来就都有了。我挺窝憋的，她怎么能这么不自觉呢？我是做生意，又不是请客。我跟老公发牢骚，老公说都怪我的热情态度误导了她，可我们真的是多年的好友，我不但拉不下脸来，有时候还主动给她加个菜啥的。我也说不清自己是咋的了，这么双重人格。我希望是她自己意识到不妥而不再白吃，而不是因为我不高兴她才不来，那样显得我太小气，之前的亏也白吃了。有啥办法让她"自觉"呢？

回答： 实话实说，我不是特别相信这种事的真实性，觉得太像冯小刚他们在电视中主持的《笑傲江湖》中的节目。

在现实生活中,那种"不把自己当外人"的人是有的,但一般也就只占朋友一两次便宜而已。再三再四,且率亲带友地多次到朋友开的小本生意的饭馆蹭吃蹭喝,似乎要可持续地吃下去——这种人实在是少见的。既为闺密,当更加体恤你的不易,何至如此?若某人占便宜到如此地步,那么日常必有种种令别人不悦甚或反感的表现,你又怎么会与这种人长期成为闺密呢?

建议如下:

第一,以前是否欠过对方什么人情?或在开小饭馆过程中,曾蒙对方鼎力相助?若有以上情况,先从自己方面做出能够抵得过的酬报再说。

第二,若双方关系确非一般,亲如同怀姐妹,则对方的表现亦有可能是那样的——那么除了自己要想开点儿,也可主动与对方聊聊自己经营的辛苦。有时,朋友也许并非一心只想占便宜,而是由于对你的难处缺乏认识罢了。在这种情况下,使他人了解自己的难处是完全必要的,绝对强过太爱面子。

第三,若仍无效,只得请你们共同的朋友给她提个醒了。此下策也,很可能将其得罪了。那样的人,不论作为朋友还是闺密,都是将就式的,失去了就失去了吧。

问题二:怎样让女儿甩掉中性的外壳?

读者 风来了

都说女儿是妈妈的小棉袄,女儿跟我关系也还不错,从小到大也没啥不对劲的地方,但我现在发现,女儿从来不跟我一起洗澡,换衣服也必须让我出去。我嗔她:跟你妈还有啥不好意思的?女儿不理,依然把自己裹得严严实实。她从小有点儿胖,一直拒绝穿太女性化的衣服。有次我跟她说:如果你下次回家能变变样就好了,穿上高跟鞋、连衣裙,再做个大波浪头。结果还没等我说完,女儿就来了一句:除非你杀了我!女儿二十六岁了，已经到了谈婚论嫁的年龄，她的闺密有的还结了婚，但女儿就是不为所动，到现在也不找男朋友。哪个女儿跟妈妈还不好意思呢？她这么不敢暴露自己的身体，怎么接触异性啊！其实她挺漂亮的，工作也不错。也不知道是我们哪点做得不好，让她成了这个样子，我们都愁死了。

回答：您作为母亲的忧虑我很能理解。我的感觉是——当下之中国适逢晚婚时代，二十六岁对农村女青年而言确该谈婚论嫁了，但对城市人家的女儿来说，还不算迫在眉睫的年龄。我几位朋友的女儿已三十来岁三十余岁了，仍优哉游哉地独身着，故您不必太过替女儿焦急。

您有一个认识上的误区——将敢不敢暴露自己的身体与能否获得男青年的青睐联想在一起，这是令我讶然的。我不认为好的爱情和婚姻，肯定更属于敢于大胆暴露自己身体的女青年，也不认为一个二十六岁的女儿不愿与母亲同浴、换衣服也请母亲回避有什么不正常的，倒是您这位认为女儿颇不正常的母亲，反而令我有些不解了。

至于一个二十六岁的女儿是穿得中性一点儿好还是穿得性感一点儿好，我只能说因人而异。并且我觉得，一个二十六岁的女儿穿得朴素点儿，甚或穿得中性的时候多一些，也没什么大不了的。

当然，男青年某些情况下不修边幅，非大缺点。但女青年确以衣着搭配得当为好。男女是有别的，衣着习惯怎样，确实更能体现一个女青年的内在修养、生活态度以及对仪表美的价值取向。这方面我是外行，建议请教内行的朋友对您女儿的衣着习惯给出点评（以不当面为明智）——若朋友认为不成其为问题，您也大可不必自寻烦恼。

当下之男女青年，工作压力比较大，接触面却相对狭窄，做母亲的智慧地为女儿创造与男青年的交友机会，委实也是应该的。

归根到底，女青年的好婚姻主要并不靠衣着和发式怎样来决定——精准地判定您女儿的可爱之处是哪几点，助其凸显，比忧虑她的衣着和发式问题更切实际。

问题三：怎样走出不被老公信任的阴影？

读者 暗无天日

我结婚快二十年了，一直饱受不被老公信任的痛苦。只要下班晚点，他必会电话不断，甚至专门跑到单位盯梢；晚上有应酬，九点半没到家，他就把电话打到我妈家控诉，好像我犯了多大的罪；看我跟别的男人说话，他会审问半天，甚至扬言要杀掉某某男人；尤其一喝酒，我就得忍受他无休止的盘问和性的折磨。近一两年，我几乎杜绝了与外界尤其与其他男人的联系，工作不再求上进，下班就回家，连二十多年的老朋友都少有来往，可仍旧没能赢得信任。我想过自杀，但为了孩子，只有放弃。我想过离婚，但看看身边离异女性的痛苦和不易，我只能隐忍。我以为用忍耐能消除他的猜疑，但事实是，他越发变本加厉，这样的家庭环境对儿子造成的伤害是难以言喻的。我猜他是因为太自卑了，刚结婚时还好，但后来在工作上他的发展远不如我。我已经放弃了我的职位，可他对我的放弃也怀着一股莫名的仇恨，认为是我对他的嘲笑，我还能怎么办呢？

回答： 首先我想指出，婚姻这件事，不仅由夫妻双方相爱的程度所决定，还由相"容忍"的程度所决定。夫妻间的"容忍"是各有底线的。其底线又因双方各自文化、修养、性格所面临压力的不同而不同。"容忍"不同于"忍耐"。"容忍"是能"容"，于是可"忍"，且并不过于敏感地以其"忍"为苦难，甚至有时可以人生的幽默态度对待之。而"忍耐"，则是在底线上甚至底线下苦苦挣扎。建议您自问自答，您究竟是在"容忍"，还是在"忍耐"。如已确是"忍耐"，那么我觉得你们双方的婚姻实际上已走到尽头。你"忍耐"别人，别人是看得出来的。事实上，无论朋友还是夫妻，谁时时处处显出"忍耐"对方的样子，对方必会感到是一种侮辱，于是渐渐生恨成为自然，恕我直言，那还莫如一方从"忍耐"中解脱自己，同时也还了另一方不被"忍耐"的尊严为好……

问题四：父亲反对我嫁给另外一种生活

上海读者

从小我就是个乖女儿，一直在父母的"策划""监视"下长大，我学业优异，去年到美国读书，按父母的"策划"读完书我还应该到英国读硕士，然后回国找一份收入丰厚的工作，可是我现在决定不读书了，要跟着一个美国"流浪汉""去经历去放荡"，而且他很穷，但他很有趣，我想嫁给他，父母认定我疯了。我的这个决定招来的结果是，父母以断绝关系来威逼我。尤其是父亲，他说从此绝不读我的信听我的电话。我嫁"流浪汉"四海为家的决心当然是不可更改的，可是我也不希望从此成为无父无母的孤儿，我是个痛苦的女儿，我不理解，为什么父亲一定要我按他的意愿去生活，我怎样才能与他沟通，让他接受我的选择？

回答：坦率地讲，我若是父亲，对您这样一个女儿，也会大伤脑筋的。让我接受你的选择，也难。问题不在你这儿，不在你父亲那儿，而在那个美国"流浪汉"。如果他还大你许多岁，那么他有必要对一个他将带了满世界"去经历去放荡"的女孩儿负起一点儿起码的责任，那就是——"去经历去放荡"是很费钱的事儿，你俩钱从哪儿来？经历了放荡了之后，你俩该怎么办？

你问过这些吗？

他回答过你了吗？

若没有，那么你问问，听他怎么回答。

当然，这是顶不浪漫的回答。

这世界上有不少动物也很有趣，但却弄不到家里来，非不听劝，后果不堪设想。有些男人，类似那些动物，不管是美国的，还是国产的……

问题五：我是挣钱机器吗？

北京中关村一读者

现在大家都在追求富有的生活，住豪宅穿锦衣；我也是这样，从小到大循规蹈矩地往一座独木桥上挤，从中考、高考到工作，三十多岁了，终于拼到了外企公司中层的位置，在别人看来我已成就了事业。可是外人不知挣钱打拼的日子压得我喘不过气来，我现在越来越享受不到一个女人该享受的哪怕是逛逛街的片刻闲情。我内心特别痛苦矛盾，我是挣钱机器吗？我不甘心过这样的日子啊！挣钱压力大，不挣钱就要降低生活水平，或者，我还有别的出路？既要挣钱维持现有的生活水平，又能有精力享受一点儿做女人的乐趣，谈何容易，我不知道在这个跷跷板上怎样才能走平衡？

回答：一、鱼与熊掌兼而得之乃普天之下白领女士的共同梦想；不甘于只是梦想，遂生郁闷，又不好说，常与人言，非但难获同情，反而必遭白眼，被讽为矫情。相比于低收入者，此高级"迷津"也。非高人，实难拯救，我非高人，只能按世俗之见，提供庸常之策略——祈祷上苍，赐金龟婿，他挣你花；他辛苦你闲适；他变挣钱机器，你变点钞机。问题迎刃而解，且其乐陶陶，其乐无穷。当然，这你也就只能胸襟开阔些个，给他以"花心"的自由。即使你情愿，机会也不好碰。现在的行情是供大于求。如无自信，何必期待？二是精神自慰法，想想农夫耕种、工人上班、学子苦读、干部开会，芸芸众生，不辛苦又不"心苦"者，世上几人？于是块垒顿消，不复幽怨，甚而倍觉幸运。这法子不破费，也每有效，可试。第三个法子是，给自己写个几年计划，住房何必太大，车子何必高档，想来你已都有了，再存一笔钱，跳槽。去谋工资虽不高而时间却充裕了许多的职业。归根结底，幸福的标准之一也是——一个人拥有多少属于自己的时间。想通了，自会认为其他代价是值得的⋯⋯

问题六：是我该改变还是丈夫要调整

大连市读者

也许我是个自私和敏感的妻子吧。我生了个如花似玉的女儿，但我从来就没漂亮过，尤其是人到中年，愈发感觉到自己的不自信。偏偏丈夫和女儿好得如漆似胶，我常常感觉自己是这个家庭里多余的人，女儿有什么心事都向她爸爸说，丈夫呢，家里的大事第一时间都是先让女儿知道，他们好像一对恋人一样在我面前手挽着手，只要一见面就有说不完的话，背着我还嘀嘀咕咕。相反，丈夫跟我一天话很少。我曾经婉转地向丈夫表达过我的感觉，他说我心理不正常，我不好跟女儿说什么，可这真成了我一个不好的心结，我也不知是自己真的不正常还是丈夫应该调整。我现在很想知道，四十多岁这个年龄的父亲，他们对女儿对老婆一般是什么样的心态，我是不是太敏感了？

回答：我没有过女儿，也不是心理学家，不太能解你的惑，但换位思考，我若有个如花似玉的女儿，且又善解人意，那么只要我有时间，跟那样一个女儿的话八成也比跟老婆的话多。恋父情结、恋母情结，人性真相也，但女儿大了，父必庄重，我想这也是合伦理的，若女儿分明早熟，为父的又分明在扮演小情人角色，情况自然就复杂点儿。如果你的女儿在父亲的影响下，好好学习，天天向上，优点越来越多，缺点日渐减少——那不也是你的一份儿愉快吗？

狡猾是一种冒险

从前，在印度，有些穷苦的人为了挣点儿钱，不得不冒险去猎蟒。

那是一种巨大的蟒，一种以潮湿的岩洞为穴的蟒，背有黄褐色的斑纹，腹白色，喜吞尸体，尤喜吞人的尸体。于是被某些部族的印度人视为神明，认定它们是受更高级的神明的派遣，承担着消化掉人的尸体之使命。故人死了，往往抬到有蟒占据的岩洞口去，祈祷尽快被蟒吞掉。为使蟒吞起来更容易，且要在尸体上涂油膏。油膏散发出特别的香味儿，蟒一闻到就爬出洞了……

为生活所迫的穷苦人呢，企图猎到这种巨大的蟒，就佯装成一具尸体，往自己身上遍涂油膏，潜往蟒的洞穴，直挺挺地躺在洞口。当然，赤身裸体，一丝不挂。最主要的一点是一脚朝向洞口。蟒就在洞中从人的双脚开始吞。人渐渐被吞入，蟒躯也就渐渐从洞中蜒出了。如果不懂得这一点，头朝向洞口，那么顷刻便没命了，猎蟒的企图也就成了痴心妄想……

究竟因为蟒尤喜吞人的尸体，才被人迷信地图腾化了，还是因为蟒先被迷信地图腾化了，才养成了"吃白食"的习性，没谁解释得清楚。

我少年时曾读过一篇印度小说，详细地描绘了人猎蟒的过程。那人不是一个大人，而是一个十三岁的孩子。他和他的父亲相依为命。他的父亲患了重病，奄奄待毙，无钱医治，只要有钱医治，医生保证病是完全可以治好的。钱也不多，那少年家里却拿不起。于是那少年萌生了猎蟒的念头。他明白，只要能猎得一条蟒，卖了蟒皮，父亲就不致眼睁睁地死去了……

某天夜里,他就真的用行动去实现他的念头了。他在有蟒出没的山下脱光衣服,往自己身上涂遍了那种油膏。他涂得非常之仔细,连一个脚趾都没忽略。一个少年如果一心要干成一件非干成不可的大事,那时他的认真态度往往超过了大人们。当年我读到此处,内心里既为那少年的勇敢所震撼,又替他感到极大的恐惧。我觉得世界上顶残酷的事情,莫过于生活逼迫着一个孩子去冒死的危险了。这一种冒险的义务性,绝非"视死如归"四个字所能包含的。"视死如归",有时只要不怕死就足够了,有时甚至"但求一死"罢了。而猎蟒者的冒险,目的不在于死得无畏,而在于活得侥幸。活是最终目的。与活下来的重要性和难度相比,死倒显得非常简单不足论道了……

那少年手握一柄锋利的尖刀,趁夜仰躺在蟒的洞穴口。天亮之时,蟒发现了他,就从他并拢的双脚开始吞他。他屏住呼吸。不管蟒吞得快还是吞得慢,猎蟒者都必须屏住呼吸——蟒那时是极其敏感的,稍微明显的呼吸,蟒都会察觉到。通常它吞一个涂了油膏的大人,需要二十多分钟。猎蟒者在它将自己吞了一半的时候,也就是吞到自己腰际,猝不及防地坐起来——以瞬间的神速,一手掀起蟒的上腭,另一手将刀用全力横向一削,于是蟒的半个头,连同双眼,就会被削下来。自家的生死,完全取决于那一瞬间的速度和力度。削下来便远远地一抛,速度达到而力度稍欠,猎蟒者也休想活命了。蟒突然受到强烈疼痛的强刺激,便会将已经吞下去的半截人体一下子呕出来。人就地一滚躲开,蟒失去了上腭连同双眼,想咬,咬不成;想缠,看不见。愤怒到极点,用身躯盲目地抽打岩石,最终力竭而亡。如果未能将蟒的上半个头削下,蟒眼仍能看到,那么它就会带着受骗上当的大愤怒,蹿过去将人缠住,直到将人缠死,与人同归于尽……

不幸就发生在那少年的身体快被蟒吞进了一半之际——有一只小蚂蚁钻入了少年的鼻孔,那是靠意志力所无法忍耐的。少年终于打了个喷嚏,结果可想而知……

数天后,少年的父亲也死了。尸体涂了油,也被赤裸裸地抬到那个蟒洞口……

三十多年过去了,我却怎么也忘不了读过的这一篇小说。其他方面的读后感想，随着岁月渐渐地淡化了，如今只在头脑中留存下了一个固执的疑问——猎蟒的方式和经验，可以很多，人为什么偏偏要选择最最冒险的一种呢？将自己先置之死地而后生，这无疑是大智大勇的选择。但这一种"智"，是否也可以认为是一种狡猾呢？难道不是吗？蟒喜吞人尸，人便投其所好，从蟒决然料想不到的方面设计谋，将自身作为诱饵，送到蟒口边上，任由蟒先吞下一半，再猝不及防地"后发制人"，多么狡猾的一着儿！但是问题又来了——狡猾也真的可以算是一种"智"吗？勉强可以算之，却能算是什么"大智"吗？我一向以为，狡猾是狡猾，"智"是"智"，二者是有些区别的。诸葛亮以"空城计"而退压城大军，是谓"智"。曹操将徐庶的老母亲掳了去，当作"人质"逼徐庶为自己效力，似乎就只能说是狡猾了吧！而且其狡其猾又是多么地卑劣呢！

那么在人与兽的较量中，人为什么又偏偏要选择最最狡猾的方式去冒险呢？如果说从前的印度人猎蟒的方式还不足以证明这一点，那么非洲安可尔地区的猎人猎获野牛的方式，也是同样狡猾同样冒险的。非洲安可尔地区的野牛身高体壮，狂暴异常，当地土人祖祖辈辈采用一种与众不同的方式猎杀之。他们利用的是野牛不践踏、不抵触人尸的习性。

为什么安可尔野牛不践踏、不抵触人尸，也是没谁能够解释得明白的。

猎手除了腰间围着树皮和臂上戴着臂环外，也几乎可以说是赤身裸体的。一张小弓、几支毒箭和拴在臂环上的小刀，是猎野牛的全副武装。他们总是单独行动，埋伏在野牛经常出没的草丛中，而单独行动则为了避免瓜分。

当野牛成群结队来吃草时，埋伏着的猎手便暗暗物色自己的谋杀目标，然后小心翼翼地匍匐逼近。趁目标低头嚼草之际，早已瞄准它的猎手霍然站起放箭，随即又卧倒下去，动作之疾跟那离弦的箭一样。

箭在野牛粗壮的颈上颤动。庞然大物低哼一声，甩着脑袋，好像在驱赶讨厌的牛蝇。一会儿，它开始警觉地扬头凝视，那是怀疑附近埋伏着狡猾的敌人了。烦躁不安的几分钟过去后，野牛回望离远的牛群，想要去追赶伙伴们了。而正在这时，第二支箭又射中了它。野牛虽然目光敏锐，却未能发现潜伏在草丛中的敌人，但它听到了弓弦的声响。颈上的第二支箭使它加倍地狂躁，鼻子翘得高高的，朝弓弦响处急奔过去。它并不感到恐惧，只不过感到很愤怒。突然它停了下来，因为它嗅到了可疑的气味儿，边闻，边向前搜索……

人被看到了！野牛低俯下头，挺着两支锐不可当的角，笔直地冲上前去，对那猎手来说，情况十分危险。如果他沉不住气，起身逃跑，那么他死定了！但他躺在原地纹丝不动。野牛在猎手跟前不停地跺蹄，刨地，摇头晃脑，喷着粗重的鼻息，大瞪着因愤怒而充血的眼睛……最后它并没攻击那具"人尸"，轻蔑地转身走开了……

但这只是一种"战术"而已——野牛的"战术"。这"战术"也许是从它的许多同类的可悲下场本能地总结出来的。它又猛地掉转身躯，冲回到人跟前，围绕着人兜圈子，跺蹄，刨地，眼睛更加充血，瞪得更大，同时一阵阵喷着更加粗重的鼻息，鼻液直喷在人脸上。而那猎手确有非凡的镇定力，他居然能始终屏住呼吸，眼不眨，心不跳，仰躺在原地，与野牛眼对眼地彼此注视着，比真的死人还像死人。野牛一次次杀了五番"回马枪"，仍对"死人"看不出任何破绽。于是野牛反倒认为自己太多疑了，决定停止对那"死人"的试探，放开四蹄飞奔着去追赶它的群体，而这一次次的疲于奔命，加速了箭镞上的毒性发作，使它在飞奔中四腿一软，轰然倒地。这体重一千多斤的庞然大物，就如此这般地送命在狡猾的小小的人手里了……

现代的动物学家们经过分析得出结论——动物们不但有习性，而且有种类性格。野牛是种类性格非常高傲的动物，用形容人的词比喻它们可以说是"刚愎自负"。进攻死了的东西，是违反它的种类性格的。人常常可以做违反自己性格的事，而动物却不能。动物的种类性格，决定了它们的行为模式，或曰"行为原则"也未尝不可。改变之，起码需要百代以上的过程。在它们的种类性格尚未改变前，它们是死也不会违反"行为原则"的。而人正是狡猾地利用了它们呆板的种类性格。现代的动物学家们认为，野牛之所以绝不践踏或抵触死尸，还因为它们的"心理卫生"习惯。它们极其厌恶死了的东西，视死了的东西为肮脏透顶的东西，唯恐那肮脏玷污了它们的蹄和角。只有在两种情况下才发挥武器的威力——发情期与同类争夺配偶的时候以及与狮子遭遇的时候。它的"回马枪"也可算作一种狡猾。但它再狡猾，也料想不到，狡猾的人为了谋杀它，宁肯佯装成它视为肮脏透顶的"死尸"……

比非洲土人猎取安可尔野牛更狡猾的，是吉尔伯特岛人猎捕大章鱼的方式。吉尔伯特岛是太平洋上的一个古岛，周围海域的章鱼之大，是足以令世人震惊的。它们的腕足能轻而易举地弄翻一条载着人的小船。

猎捕大章鱼的吉尔伯特岛人，两两合作。一个充当"诱饵"，一个充当"杀手"。为了对"诱饵"表示应有的敬意，岛上的人们也称他们为"牺牲者"。

"牺牲者"先潜入水中，在有大章鱼出没的礁洞附近缓游，以引起潜伏的大章鱼的注意。然后突然转身，勇敢地直冲洞口，无畏地闯入大章鱼八只腕足的打击范围。

充当"杀手"的人，埋伏在不远处，期待着进攻的机会。当他看到"诱饵"已被章鱼拖到洞口，大章鱼已用它那坚硬的角质喙贪婪地在"诱饵"的肉体上试探着，寻找一个最柔软的部位下口。"杀手"于是迅速游过去，将伙伴和大章鱼一起拉离洞穴。大章鱼被激怒了，更凶狠地缠紧了"牺牲者"。而"牺牲者"也紧紧抱住大章鱼，防止它意识到危险抛弃自己溜掉。于是"杀手"飞快地擒住大章鱼的头，使劲儿把它向自己的脸扭过来，然后对准它的双眼之间——此处是章鱼的致命部位，套用一个武侠小说中常见的词可叫"死穴"——拼命啃咬起来。一口、两口、三口……不一会儿，张牙舞爪的大章鱼渐渐放松了吸盘，腕足也像条条死蛇一样垂了下去，就这样一命呜呼了……

分析一下人类在猎捕和"谋杀"动物们时的狡猾，是颇有些意思的。首先我们可以得出结论，狡猾往往是弱类被生存环境逼迫生出来的心计。我们的祖先，没有利牙和锐爪，连凭了自卫的角、蹄、较厚些的皮也没有，甚至连逃命之时足够快的速度都没有。在亘古的纪元，人这种动物，无疑是地球上最弱的动物之一种，不群居简直就没有办法活下去，于是被生存的环境、生存的本能逼迫生出了狡猾。狡猾成了人对付动物的特殊能力。其次我们可以得出结论，人将狡猾的能力用以对付自己的同类，显然是在人比一切动物都强大了之后。当一切动物都不再可以严重地威胁人类生存的时候，人类的一部分便直接构成了另一部分的敌人。主要矛盾缓解了，消弭了；次要矛盾上升了，转化了，比如分配的矛盾、占有的矛盾、划分势力范围的矛盾。因为人最了解人，所以人对付人比人对付动物有难度多了。尤其是在一部分人对付另一部分人，成千上万的人对付成千上万的人的情况下。于是人类的狡猾就更狡猾了，于是心计变成了诡计。"卧底者"、特务、间谍，其角色很像吉尔伯特岛人猎捕大章鱼时的"牺牲者"。"置之死地而后生"这一军事上的战术，正可以用古印度人猎蟒时的冒险来生动形象地加以解说。那么，军事上的佯败，也就好比非洲土人猎杀安可尔野牛时装死的方法了。

归根结底，我以为狡猾并非智慧，恰如调侃不等于幽默。狡猾往往是冒险，是通过冒险达到目的之心计。大的狡猾是大的冒险，小的狡猾是小的冒险。比如"二战"时期日军偷袭珍珠港的军事行径，所冒之险便是彻底激怒一个强敌，使这一个强敌坚定了必予报复的军事意志。而后来美国投在广岛和长崎的两颗原子弹，对日本军国主义来说，无异于是自己的狡猾的代价。德国法西斯在"二战"时对苏联不宣而战，也是一种军事上的狡猾。代价是使一个战胜过拿破仑所统率的侵略大军的民族，同仇敌忾，与国共存亡。柏林的终于被攻陷，并且在几十年内一分为二，是德意志民族为希特勒这一个民族罪人付出的代价。

而智慧，乃是人类克服狡猾劣习的良方，是人类后天自我教育的成果。智慧是一种力求避免冒险的思想方法。它往往绕过狡猾的冒险的冲动，寻求更佳的达到目的之途径。狡猾的行径，最易激起人类之间的仇恨，因而是卑劣的行径。智慧则缓解、消弭和转化人类之间的矛盾与仇恨。也可以说，智慧是针对狡猾而言的。至于诸葛亮的"空城计"，尽管是冒险得不能再冒险的选择，但那几乎等于是唯一的选择，没有选择之情况下的选择。并且，目的在于防卫，不在于进攻，所以没有卑劣性，恰恰体现出了智慧的魅力。

一个人过于狡猾，在人际关系中，同样是一种冒险。其代价是，倘被公认为一个狡猾的人，那么也就等于被公认为一个卑劣的人了。谁要是被公认为一个卑劣的人了，几乎一辈子都难以扭转人们对他或她的普遍看法。而且，只怕是没有谁再愿与之交往了。这对一个人来说，是多么大的一种冒险、多么大的一种代价啊！

一个人过于狡猾，就怎么样也不能称其为一个可爱可敬之人了。对于处在同一人文环境中的人，将注定了是危险的。对于有他或她存在的那一人文环境，将注定了是有害的。因为狡猾是一种无形的武器。因其无形，拥有这一武器的人，总是会为了达到这样或那样的目的，一而再，再而三地使用之，直到为自己的狡猾付出惨重的代价。但那时，他人，周边的人文环境，也就同样被伤害得很严重了。

一个人过于狡猾，无论他或她多么有学识，受过多么高的教育，身上总难免留有土著人的痕迹，也就是我们的祖先们未开化时的那些行为痕迹。现代人类即使对付动物们，也大抵不采取我们祖先们那种种又狡猾又冒险的古老方式方法。狡猾实在是人类性格的退化，使人类降低到仅仅比动物的智商高级一点点的阶段。比如吉尔伯特岛人用啃咬的方式猎杀章鱼，谁能说不狡猾得带有了动物性呢？

人啊，为了我们自己不承担狡猾的后果，不为过分的狡猾付出代价，还是不要冒狡猾这一种险吧。试着做一个不那么狡猾的人，也许会感到活得并不差劲儿。

当然，若能做一个智慧之人，常以智慧之人的眼光看待生活，看待他人，看待名利纷争，看待人际摩擦，就更值得学习了。

禅机可无，灵犀当有

我和作家柯云路应出版社的要求，自北京始，取道南京、上海、杭州、武汉、西安签名售书。历时十四天。

我正为中国电视剧制作中心创作连续电视剧《同龄人》，十四天对我来说是极其宝贵的时间，不情愿得很。而且，我一向认为，好的作家，只将自己认真耕耘的书稿经由出版社交付社会就是了，大可不必连自己也一并热热闹闹地交付出去，仿佛用自己给自己的书做广告似的。但是时下，签名售书不仅已成了一种时髦，简直进而成了作家对出版社、对书店以及对读者的一种义务。既然已经是义务了，也就无论以什么理由拒绝都会显得不礼貌了，也就只有识时务而从之的份儿了……

我在南京签名售书时，桌前曾一度拥挤，一中年妇女向我提出请求——"把我名字也写上吧！"我看了她一眼说："对不起，不写了，我看后边排了那么多人！"她还想争取，被后边的人挤了开去……后来一本我已签过了的书又摆在了我面前。我困惑地说："这一本我不是签过了吗？"它的主人说："为了能请您签上我的名字，我又排了一次队。这总可以了吧？"我抬头一看，是刚才那位妇女。我不忍再拒绝，问："你叫什么名字？"她说："我叫林晓婷……"我问："哪一个'婷'字？"她说："'女'字旁加一个'街亭'的'亭'……"直至我签上了"林晓婷同志惠存"几个字，她才心满意足地持书而去……那一天我还碰到了中学时期教过我政治的一位女教师。她很激动，眼眶湿了。我也很激动，但又不可能和教师长谈，只能嘱咐书店的同志，将她买书的钱退给她，签名活动后我交钱。我不愿让我的中学教师买我的书，我要赠她我的书……晚上，陪同我们的花城出版社的阎少卿同志交给了我一张字条。我展开看，只写着这样几行字：

晓声同志：

  多年不通信了，不知您一向可好，也不知您以前的病怎么样了？得知您签名售书的消息，我特别向单位请了一次假。我已有了自己的小窝儿，并且有了一个可爱的小女儿，已经三岁了……祝您创作丰收！

林晓婷

倏地我想了起来——她是十年前很喜欢读我的小说的一位读者。当年，她每读我一篇小说都差不多要给我写一封信，有时写得很长。对于我写得不好的小说，或虽不失为好小说但写得不好的地方，指出得比批评家们还坦率，一矢中的，仿佛她是我写作方面的一位严师……

一位作家能拥有这样的一位读者真是一种幸运。至今我对写作绝不敢产生哪怕一点儿漫不经心，不能不承认因为我心中常有她那样的读者似乎时时要求着我……后来我们在南京见过一两面，我是"高高在上"的讲座者，她是普普通通的一名文学女青年、一名听众……再后来随着时间的流逝，她从我的读者中信中消失了……而十年后的今天，我们面对面的时刻，我竟"盱盱相视不识君"。

我好懊恼，懊恼我没能一眼便认出她，还要问她的名字是哪个"婷"……尽管那字条上留下了她单位的电话号码，但斯时她的单位肯定已下班无人……第二天我一早便离开了南京，将那份懊恼以及内疚带到了上海，带到了杭州、武汉和西安，一直带回了北京……当年的读者来信我早已不保存了。实在地说我已忘了她的工作单位，只记得她是从医的。我给南京电视台的朋友写了封信，抄了她的电话号码和我家的电话号码，嘱咐朋友替我多多问候她，并欢迎她有机会来北京时，到我家里做客……

在西安，同样是签名案前拥挤的时刻，花城出版社的阎少卿同志挤入人墙，拿一本书说——"先签这一本，先签这一本，一位残疾女青年摇着轮椅来买你的书……"

争先恐后塞到我面前的书，一本本地又从我面前移开了，使我得以先签了那一本书……

倏忽间我想到——她从多远的地方赶来购书呢？如果很远，我是否应多给她一份满足呢？为了能够确实对得起她摇着轮椅车而来……

我放下笔对人们说："请大家耐心略等一会儿，我要去看看那青年……"

人们默默从签名案前闪开了，那一刹那我从人们脸上读到的两个字是——理解。

我绕出柜台走到了那坐在轮椅上，只能远远观望签名情形的文学女青年跟前。

她说："谢谢你为我签名。"

我说："谢谢你买这本书。"

她在西安画院工作，画工笔花鸟画……

我见她似乎欲言又止的样子，主动说："如果你高兴的话，我们合一张影吧？"

她说："我心里正这么想，可不好意思开口……"说着要从轮椅上站起来……

我急忙扶她坐下，请一位记者替我们照了一张相，过后我悄悄嘱咐那位记者："不一定要寄给我，但是别忘了一定寄给她一张……"

我并不以为自己是名人。在今天一位作家若这么以为，是荒唐可笑的。某些作家也会这么说，但骨子里那份妄自尊大，是非常讨嫌的。他们或她们有时无视别人对自己哪怕一点儿小小的企望，仿佛在大大的名人眼里，普通人是根本不必费神予以理睬的。不但讨嫌而且意识浅薄。我因我能那样做，首先自己愉快。如今开口闭口玄谈禅机的人是越来越多了，因为已经成了一种时髦。我自忖与禅或道或儒什么的是无缘的，而且不耻于永做凡夫俗子。凡夫俗子就该有点儿凡夫俗子的样子。禅机可无,灵犀当有——那就是对人的理解，对人间真诚的尊重。这一种真诚的确是在生活中随时随处可能存在的,它是人心中的一种"维生素"。有时我百思不得其解,社会越文明,人心对真诚的感应当越细腻才是,为什么反而越来越麻木不仁了呢?那样一种普遍的巨大的麻木有时呈现出令人震惊的状态来。也许有人以为那一种真诚是琐碎的。倘若琐碎人生里再无"琐碎"的真诚,岂非只剩下渣滓似的琐碎了吗?诚然几本书并不可能就使谁的人生真的变得不琐碎。作如是想除了妄自尊大,还包含有自欺欺人……

返回北京途中,小阎说:"五个城市签下来,你一共大概签了一千五六百本!"我笑笑说:"也许吧。"我问他是否感到是一种损失,他说并不。他说收获很大,收获到了别样的不曾预想过的……

我相信他说的是真心话,于是我们的手互握了一下。

在有的城市,书店的同志不免会在我耳畔低声催促:"快点儿签,日期用阿拉伯数字签就行……"

我那样签了几本,但绝大多数并不用阿拉伯数字,而且签得极认真,尽量将名字写清楚。有一次购书者听到了书店同志的话,抗议起来:"别催他!我们有耐心!"

我以为"耐心"二字颇堪咀嚼,虔诚是需要一点儿耐心去换取的,于我、于读者、于生活中一切人,该都是这样吧?

做竹须空，做人须直

"人生"对我是个很沉重的话题。

五次文代会我因身体不好迟去报到了两天。会上几次打电话到厂里催我，还封了我一个"副团长"。

那天天黑得异常早，极冷，风也大。

出厂门前，我在收发室逗留了一会儿，发现了寄给我的两封信。一封是弟弟写来的，一封是哥哥写来的。我一看落款是"哈尔滨精神病院"，一看那秀丽的笔画搭配的很漂亮的笔体，便知是哥哥写来的。我已近十五六年没见过哥哥的面了，已近十五六年没见过哥哥的笔体了，当时那种心情真是言语难以表述。这两封信我都没敢拆，我有某种沉重的预感。看那两封信，我当时的心理准备不足。信带到了会上，隔一天我才鼓起勇气看。弟弟的信告诉我，老父亲老母亲都病了，他们想我，也因《无冕皇帝》的风波为我这难尽孝心的儿子深感不安。哥哥的信词句凄楚至极——他在精神病院看了根据我的小说《父亲》改编的电视剧，显然情绪受了极大的刺激。有两句话使我整个儿的心战栗——"我知我有罪孽，给家庭造成了不幸。如果可能，我宁愿割我的肉偿还家人！""我想家，可我的家在哪儿啊？谁来救救我？哪怕让我再过上几天正常人的生活就死也行啊！"

我对坐在身旁的影协书记张青同志悄语，请她单独主持下午会议发言，便匆匆离开了会场。一回到房间，我恨不得大哭，恨不得大喊，恨不得用头撞墙！我头脑中一片空白，眼泪默默地流，几次闯入洗澡间，想用冷水冲冲头，进去了却又不知自己想干什么……

我只反复地在心里对自己说两个字：房子、房子、房子。

母亲已经七十二岁，父亲已经七十八岁。他们省吃俭用，含辛茹苦抚养大了我，我却半点儿孝心也没尽过！他们还能活在世上几天？我一定要把他们接到身边来！我要他们死也死在我身边！我要发送他们，我有这个义务！我的义务都让弟弟妹妹分担了，而弟弟妹妹们的居住条件一点儿也不比我强！如果我不能在老父老母活着的时候尽一点儿孝子之心，我的灵魂将何以安宁？

哥哥是一位好哥哥，大学里的学生会主席。我与哥哥从小手足之情甚笃，我做了错事，哥哥主动代我受过。记得我小时候生过一场大病，想吃蛋糕。深更半夜，哥哥从郊区跑到市内，在一家日夜商店给我买回了半斤蛋糕！那一天还下着细雨，那一年哥哥也不过才十二三岁……

有些单位要调我，也答应给房子，但需等上一两年。童影的领导会前也找我谈过，也希望我到童影去起一些作用。童影的房子也很紧张，只要我肯去，他们现调也要腾出房子来，当时我由于恋着创作，未下决心。

面对着两封信，一切的得失考虑都不存在了。

我匆匆草了一页半纸的请调书——用的就是五次文代会的便笺。接着，我去将童影顾问于蓝同志从会上叫出，向她表明我的决心。老同志一向从品格到能力对我充满信任感，执着双手说："你做此决定，我离休也安心了！"随后我将北影新任厂长宋崇叫出，请他——其实是等于逼他在我的请调书上签了字。开始他愣愣地瞧着我，半晌才问："晓声，你怎么了？你对我有什么误解没有？"我将两封信给他看。他看后说："我答应给你房子啊！我在全厂大小会上为你呼吁过啊！"这是真话。这位新上任的厂长对我很信任、很关心，而且是由衷的。岂止是他，全体北影艺委会都为我呼吁过，连从不轻率对任何事表态的德高望重的老导演水华同志，都在会上说过"不能放梁晓声走"的话。北影对我是极有感情的，我对北影也是极有感情的。

记得我当时对宋崇说的是："别的话都别讲了，北影的房子五月份才分，而我恨不得明天后天就将父亲母亲哥哥接来！别让我跪下来求你！"

他这才真正理解了我的心情，沉吟半晌说："你给我时间，让我考虑考虑。"

下午，他还给了我那请调报告，我见上面批的是："既然童影将我支持给了北影，我没有任何理由不将晓声支持给童影。但我的的确确很不愿放他走。"

为了房子，到童影干什么我都心甘情愿，哪怕是公务员。童影当然不是调我去当公务员，于是我成了童影的艺术厂长……

我正式到童影上班两个多月了，给我的房子却还未腾出来。

我身患肝硬化，应全休，但我能刚刚调到童影就全休吗？每天上班，想不上班也得上班。中午和晚上回去迟了，上了小学的儿子进不了家门，常常在走廊里哭。

房子没住上就不担当工作吗？那也未免过分功利了。事实上，我现在已是全部身心地投入我的那份工作中。我总不能骗房子住啊！

"人生"这个话题对我来说真是沉重的，我谈这个话题如同癌症患者对人谈患癌症的症状……

我从前不知珍惜父母给予我的这血肉之躯，现在我明白这是一个大的错误。明白了之后我还是把自己"抵押"给了童影厂。现在我才了解我自己其实是很怕死的。怕死更是因为觉得遗憾。身为小说家，面对这纷杂的迷乱的浮躁的时代，我认为仍有那么多可以写的、能够写的、值得写的。我最需要谨慎地爱惜自己的时候，亲人和朋友们善良劝告，我也只能当成是别人的一种善良而已。我的血肉之躯是父母给予我的，我以血肉之躯回报父母，我别无选择。这是无奈的事。我认可这无奈，同时牢记着家母的训导。

家母对我做人的训导是——做竹须空，做人须直。

在我的中学毕业鉴定中，写有这样的评语：该学生性格正直，富有正义感。责人宽，克己严……一九六八年，"文革"第三年，我的鉴定中没有"造反精神"如何如何之类，而有这样的评语，乃是我的中学母校对我的最高评定。这所学校当年未对第二个学生做出过同样的评语。

在我离开兵团连队的鉴定中，也写有这样的评语：该同志性格正直，富有正义感，要求自己严格……

在我从复旦大学毕业的鉴定中，还写有这样的评语：性格正直，有正义感，同"四人帮"做过斗争，希望早日入党……十六位同学集体评定，连和我矛盾极深的同学，亦不得不对这样的评语点头默认……

在我离开北影的鉴定中，仍写有这样的评语：正直，正派，有正义感，对同志真诚，勇于做自我批评。

我不是演员。演员亦不可能从少年到青年到成年，二十多年表演不是自己本质的另一个人到如此成功的地步！我看重"正直、正派、真诚"这样的评语，胜过其他一切好的评语。这三点乃是我做人的至死不渝的准则。我牢牢记住了家母的训导，我对得起母亲！我尤其骄傲的是在我较长期生活和工作过的任何地方，包括一直不能同我和睦相处的人，亦不得不对我的正直亦敬亦畏。我从不阿谀奉承，从不见风使舵。仅以北影为例，我与历届文学部主任拍过桌子，"怒发冲冠"过，横眉竖目过，但他们之中的绝大多数，如今都是我的"忘年交"。我调走得那么突然，他们对我依依不舍，惋惜我走前没入党。早在几年前，老同志们就对我说："晓声，写入党申请书吧，趁现在我们这些了解你的人还在，你应该入党啊！你这样的年轻人入党，我们举双手！有一天我们离休了，只怕难有人再像我们这么信任你了！"党内的同志们甚至要在我走前召开支部会议，"突击"发展我入党，是我阻止了。连刚刚到北影不久的厂长宋崇，对此也深有感慨。

我愿正直、正派、真诚、正义这些评语，伴我终生。人能活到这样，才算不枉活着！

人在今天仍能获得这些，当然也是一种幸福！所以我又有理由说，我活得还挺幸福。

最主要的，我自己认为是最主要的，我已并不惭愧地得到了，其他便是次要的、无足轻重的。

我对自己的做人极满意。

我是不会变的。真变了的是别人。一种类似文痞、流氓的行径，我看到在文坛、在社会挺有市场。

我蔑视和厌恶这一现象。

真的文坛之丑恶，其实正是这一现象。

我将永久牢记家母关于做人的训导——做竹须空，做人须直……

好母亲应该有好儿子，反之是人世间大孽。

就是这样。

以人为本，中国文化修行

文化的报应

某年某月某日,上海市某小区内,一名女大学生爬上四楼的窗台欲跳楼,引得楼下围观群众起哄,他们说着冷言冷语,或讥讽或嘲笑。最终,女孩儿纵身从四楼跳下,幸运的是,她落在已经铺好的气垫上,只受了点轻伤。而令人寒心的,竟然有围观者说:"这么矮,根本摔不死。"

这种面对生命如此冷漠和麻木的情境,不禁使人想到鲁迅先生笔下的"看客"。是我们的社会出了问题,还是国民的劣根性在作祟?

这是个不那么容易回答的问题。当下,比寻找原因更重要的,是我们每一个人都需要拿镜子照一下自己,自己是否就是"看客"中的一员,甚至是"帮凶"呢?

我们总是把这种现象延伸到"社会出现了问题",说社会使人们感到郁闷,因此导致这种现象。但我个人觉得这种思维是不对的。因为如果是在一个受到长久的良好的文明和文化影响的国度里,即使社会存在的问题很多,人民也不会是这样的。即使在有阶级冲突的社会里,有品性的文化所张扬的也是一种超阶级的"人性当善"的力量。而我们的文化人文含量太少,因此我不赞同把这都归结为社会问题。即使一个社会出现了问题,作为一个人,他做人的底线也不应该是看着自己的同胞将死,而当成乐子围观之。

我在小学五六年级的时候,看过一部苏联的小说《前面是急转弯》,这故事讲的是一个驾车者遇到别人出车祸了,到底是救还是不救的问题。

不救者最后失去爱情，失去友谊，失去别人对他的尊重。他们在半个世纪前已经拍过这样的电影，说明这个国家相对地比较在意文化对人们的影响。但是我们在这方面，说来惭愧，做得非常不够。从鲁迅的小说《药》始，到今天，除了用文化去影响我们的民族，似乎也没别的办法了。这将是漫长的文化任务，但也应是文化知识分子必须担起的任务。

我们文化的启迪影响力不够。我很担心我们将来有一天会受到文化的报应。我担心的是，我们的文化到现在如果还不赶紧真诚地补上人文这一课的话，有一天，文化的缺失会给我们带来悔之晚矣的后果。

我们对待文化的态度可分为两个时期。一个时期是我们相信文化的力量很大。但这个时期，我们其实是仅仅将文化当作政治的工具在利用，一种宣传的工具，而且这种宣传并不指向人心。那时文化只是一种政治的齿轮和螺丝钉，并没有把文化作为一种保证社会和谐运转的机器中的一环来看待。这个时期过去后，我们又转为一种沮丧的想法，觉得文化起不到那个作用了，甚至想干脆就放弃此种文化作用，因此现在的文化变成不起人文作用的文化了，丧失了文化的自觉性。

有些现象表面看起来是道德层面的问题，实际上是人性和心理层面的问题。一个当代人有时可能并不明白自己的心理是不健康的、邪行的，而恰恰心理不健康的人最可能拒绝承认这个事实。在这种情况下，靠一般的说教是没有用的，但是文艺有这种功能。文艺像一面镜子，不仅能照出人的容貌，还能照出人的内心。

现在很流行两个字——"作秀"。我们中国人每将任何人的任何言行都冠以"作秀"二字，那么我们还相信什么不是"作秀"呢？我们没有愿意去相信的东西。按照我们的这种思维，华盛顿拒绝连任总统回家当木匠，是在作秀；林肯的简朴也是作秀；马丁·路德·金的演说更是作秀。如果一切的行为在中国人的眼里都是作秀的话，那么最后的叩问就是："中国人到底信什么？"而世上原本是有很多可以相信的东西的，只要你简单地去相信它就好。一个人帮助别人，你就相信他是一个好心人就够了。相信其实就是这么简单的事情，但是在我们这里被解构了。

某青年往往因感情问题而萌发轻生之念，我不愿过多地责备他。一个人到了要自杀的地步,一定是心理承受巨大痛苦的人,应该体现出人文关怀。

  一个公民,应当具有自由、公平、正义的公民理念,公民社会的核心原则当是"我予人善,人待我仁",我们不能把自己当作看客,我们每一个人都是中国的主人。社会好的话,有我们的一份功劳;社会不好的话,也有我们的一份责任。我们在骂社会、骂政府、骂别人的时候,也应该反思一下自己,是不是做到了对这个社会、这个国家应该负有的责任。

中国的文化需要补课吗

二十世纪八十年代以后,"差距"二字,几成国人口语。改革开放伊始,门户渐敞,欧风徐入,吾往彼至,两相比照,于是我们"猛丁"地发现了自己和西方发达国家之间的区别。那区别意味着显而易见的落后,那落后令我们汗颜。于是在惊呼"差距"的同时,油然而生自觉"补课"的迫切愿望。

要补一些什么课呢?

首先要补经济发展模式一课;还要补上企业管理方法一课;科研水平也不能再居人下游了;教育的理念更应迎头赶上;至于国民文明素质,那还用说吗?哪一个国家的人不希望别国人夸自己是文明的人呢?……

一言以蔽之,中国人迫切想要补上的,差不多是完完整整的资本主义一课。对于中国人,资本主义终于不再是洪水猛兽,只不过是"一课"而已了。一批又一批形形色色出国考察的人士,所怀着的,仿佛皆是一种朝圣拜贤的心理。而归国后所作的一场场不同屋顶下的报告,口径却都是空前一致的——不但存在,而且比我们自己想象的更大,也更多。"课"不但必须补,而且时不我待;胆子要大一些,步子要快一些,思想要更解放一些……

时至今日,我们确实补上了不少方面的"课"。那些"课"补得很及时,亦殊破禁忌。对于中国之崛起,助推作用不言而喻。

二十余年弹指一挥间,倘我们反观昨天,会发现一个特别奇怪的现象,那就是——从昨天到今天,我们张口"差距"闭口"补课",虔虔诚诚地自我提醒了二十余年,却很少听到一种格外响亮又格外能引起共鸣的声音——其实我们在文化方面与西方发达国家相比也是有差距的!而且,那差距也很大。客观地看待,恐怕我们曾落后过还不止五十年。尽管如今看来,别人的文化在时尚着、娱乐着,我们的文化也同样在时尚着、娱乐着,但拂去时尚的浮光掠影,娱乐之喧寂,那差距又分分明明地呈现着了,换言之,时尚过后娱乐过后的他们,足下踏石,因而也踏实。那是一块文化的石。而我们,竭力以比他们更时尚更娱乐的姿态表演着我们当今的文化,为的是和他们一样,然彼此彼此之后,脚下却似无物。总而言之,给我们这么一种印象——我们整个的民族,精神上似乎已无所依傍,于是,文化上也只能比别人更不消停地时尚和娱乐。一旦不时尚不娱乐了,我们的文化便失语了。倘真的停止时尚停止娱乐,我们睁大我们的眼,也许会看不到我们剩下来的文化还有什么……

乃因那差距所决定的。

人文现象、人文意识、人文思潮——人类用了有文字以来三千余年的时间,缓慢而又自信地完成着文化的演进。在这三千余年的时间里,我们中国人在文化思想方面是无愧于世的。即使不比别人优秀,也起码不比别人落后。

然而到了近代,情况大相径庭了。

当西方的文化开始擎起人文主义旗帜的时候,我们正处在清朝腐朽又腐败因而注定没落的末叶。

落后就挨打,这一句话不应仅仅被诠释为被理解为经济落后科技落后军事落后了就挨打。

文化落后了也是要挨打的。

因为,我们从一个国家落后的现象回顾它的历史,必能自五十年前一百年前或更长时间以前它的文化思想中,指证出它以后在政治、经济、科学、军事、教育、国民素质等等诸方面必然落后的真正原因。

怎么能指望清王朝也乐于跟进人类历史发展的阶段,能动性地迈向资本主义?它视资本主义如厄运,统治心理上当然憎恨人文主义的文化思想。

故我对于大唱清王朝赞歌的文化现象是极为嫌恶的。

我以我眼看历史，它面临了腐朽又腐败的时期，它对人文主义文化思想便很憎恨。

到了五四运动，当中国人终于在清王朝的废墟上祭起人文主义文化思想旗帜时，西方资本主义文化业已基本完成了初期人文主义的启蒙和普及。

自由要的是人性权利，平等要的是人生权利，博爱主张的是社会原则。

以为西方初期人文主义所言之"平等"乃是"法律面前人人平等"，是一种长期以来的曲解。

如果一个国家的法律都不能平等地对待它的一切公民，那么这个国家有点儿危。

"法律面前人人平等"连人文主义所言的平等的底线都根本算不上。

西方初期人文主义所言之"平等"——乃指人人生来都有权向他或她的国家诉求受教育的权利、从事职业的权利、生病就医的权利和其他种种社会保障的权利。而这当是国家至高义务。

五四运动是我们中国人对自己的文化下的一剂猛药。它的功过，此不赘言。然而它是一场夭折了的人文主义的文化启蒙运动，却是不争的事实。

后来呢，军阀割据，烽烟四起，连年内战，"城头变幻大王旗"——任何的文化思想，都难弘扬。文化不知何处去，处处空留文化城。

再后来，日寇猖獗，山河破碎……

接着是内战……

文化何曾有过喘息的时候？

而一九四九年以后，中国进入了以服务于阶级斗争的文化为主流文化的阶段，连人道主义也成为文化避之不及的雷区；而"自由"和"平等"，则成为文化所猛烈攻击的"反动"文化思想……

那时，西方诸国之文化，已开始进入后人文时期，即提升资本主义形象的文化建构时期。

如今我们反观中国二十世纪八十年代的种种文化现象，一切正面意义的总和，其实只不过是在做着西方许许多多文化知识分子早就通力而为，并且做得卓有成效的事情。

雨果也罢，安徒生也罢，他们一百七八十年前所启蒙的文化思想，比一百七八十年后的所有中国文化知识分子共同的文化思想成果影响还要深远。

商业文化的时代来了。

时尚文化的时代来了。

娱乐文化的时代来了。

我们现当代文化链环上断缺的一环，依然断缺着……

若问，我们和我们的下一代，乃至下一代的下一代，在商业的时尚的娱乐的文化背景前狂欢之时，谁能告诉我，脚下垫着什么没有？倘有，那"东西"的成色是什么？倘竟没有，我们又该为我们的下一代做点什么？怎么做？

我困惑。

一个国家的当下状态，所反映的必是它此前五十年来、一百年来、两百年来乃至更长时期以来的文化的演进过程和趋势。

我们的文化，端详它半个多世纪里的容貌，在人文主义的思想方面是太稀缺了，而要在极其商业的时尚的娱乐的快餐式的文化时代补上这一课，形同亡羊补牢也。

但那也不能不补！

靠什么拯救世界

中华人民共和国成立以来相当长的时期内,《卖火柴的小女孩》是小学生六年级课本中的一篇重要课文——许许多多的小学语文老师曾在课堂上强调它的"基本思想"是安徒生对资本主义社会的"含泪的控诉"。

毫无疑问,《卖火柴的小女孩》确是安徒生的含泪之作。对于人世间的不平,它也确是一面镜子。但是它所要唤起的并不是憎恨和革命,而是同情和国家人道主义。

对于一个民族也罢,对于一个国家也罢,人道主义是必不可少的教育。没有同情的人道主义不是人道主义。没有人道主义的人文文化不是人文文化。我只知道那不是,坚信那不是。至于究竟是什么,说不大好。

安徒生是懂得以上道理的,否则他不会写《卖火柴的小女孩》《柳树下的梦》《依卜和小克丽斯汀》《老单身汉的睡帽》《沙丘的故事》《丑小鸭》……王尔德也是懂得以上道理的,否则他不会写《快乐王子》。麦加菲也是懂得以上道理的,否则他不会在写给美国孩子的《成长的智慧》一书中,将同情和善良列为第一、二章,且为第一、二章写了全书最多的短文……否则,屠格涅夫不会写《木木》和《猎人笔记》……斯托夫人不会写《汤姆叔叔的小屋》……托尔斯泰不会写《午夜舞会》……契诃夫不会写《伊凡的信》……高尔基不会写《在底层》……雨果不会写《悲惨世界》……左拉不会写《萌芽》……纵然一向以笔做投枪和匕首的鲁迅,大约也不会写《祝福》吧……而柔石则肯定不会写《为奴隶的母亲》……

一个人的头脑里不会天生就产生出以人道主义为人性之最高原则的思想或曰作为人的基本情怀来的。人需要人道主义的教育。那么，《卖火柴的小女孩》究竟是写给谁们看的呢？作为童话，它当然是首先写给孩子们看的，但它绝对不是首先写给卖火柴的小女孩们看的。

卖火柴的小女孩们买不起安徒生的一本童话集。《卖火柴的小女孩》是写给不必为了生存在新年之夜于纷纷大雪之中缩于街角快冻僵了，还以抖抖的声音叫卖火柴的小女孩们看的，基本情况差不多是写给生活不怎么穷的人家乃至富人家的权贵人家的小女孩们看的。通常，这些人家的小女孩晚上躺在柔软的床上或坐在温暖的火炉旁，听父母或女佣或家庭女教师给她们读《卖火柴的小女孩》。她们的眼里流下泪来了，意味着人世间将有可能多一位具有同情心的善良的母亲。而母亲们，她们是最善于将她们的同情心和善良人性播在她们的孩子们的心灵里的——一代又一代，百年以后，一个国家于是有了文化的基因……这是为什么全人类感激安徒生的理由。

同样——屠格涅夫的《木木》和《猎人笔记》并不是写给农奴和农民看的；《汤姆叔叔的小屋》不是写给黑奴看的；《午夜舞会》不是写给被冷酷拷打的士兵看的；《伊凡的信》不是写给孤苦伶仃而又不得不给地主老爷做童仆的小伊凡们看的；《在底层》不是写给人生陷入无望困境的失业者们看的；《悲惨世界》不是写给冉·阿让们看的；《萌芽》不是写给当牛做马的矿工们看的；《祝福》也不是写给祥林嫂们看的……

以上一些书的及时问世，及时地体现着文化的良知。

当文化也没了良知，集体朝理应被同情的阶层和人们背转过身去佯装未见的时候，那么一个国家也就向和谐的宗旨背转过身去了。

而打压文化的良知，乃是打压全社会最底线的良知。

而连文化的同情都获得不到的一部分民众，乃是最不幸的民众。

我以我眼看世界，凡经济发达国家的文化，其文化之意义曾体现于特别重要的两个方面——启蒙了穷人和教育了富人，从而，文化了国家。我认为这是比革命伟大的意义。文化当然绝不仅仅有以上两个方面的作用。倘竟从来没有好好地起到过以上两个方面的作用，其文化的品质，无论怎样提升了来进行评论，都是可疑的。

于是联想到了"希望工程"，据有关资料统计——它的绝大多数捐款者，乃是小学生、中学生和退休了的老人们。

我们中国的老人和孩子们还具有同情心和善良，这实在是中国的安慰。

我以我眼看中国，我们的孩子们和老人们，并不是人文主义的文化首先要教育的对象。

自然，旁人们也不必首先接受此种教育。

心灵中没有吸收过饱满的人文主义教育的人，不配当公仆。因为他不可能有什么人文主义的情怀，非当也当得很冷漠——对人民的疾苦……

心灵中没有吸收过饱满的人文主义教育的人，纵然富了，也不可能是一个可敬的富人。因为他将宁肯赠豪宅和名车给女人，哪怕仅为一夜风流，却不太会捐出区区一百元帮一个穷孩子上得起学……

人文主义文化在教育西方国家的公仆和富人方面，真的不可谓不成功，起码是比较地成功。

中国在这方面需要多少安徒生们呢？需要多少个时代呢？全世界都需要我们这样，我们因而感受到，不但人类的社会，连整个世界都少了某些荒诞性，多了几分合理性。

大众情绪与文化自觉

时下，民间和网上流行着一句话是——羡慕嫉妒恨，也往往能从电视中听到这句话。

依我想来，此言只是半句话。大约因那后半句有些恐怖，顾及形象之人不愿由自己的嘴说出来。倘竟在电视里说了，若非直播，必定是会删去的。

后半句话应是——憎恨产生杀人的意念。

确实令人身上发冷的话吧？

我也断不至于在电视里说的。

不吉祥。不和谐。

写在纸上，印在书里，传播方式局限，恐怖打了折扣，故自以为无妨掰开了揉碎了与读者讨论。

羡慕、嫉妒、恨——在我看来，这三者的关系，犹如水汽、积雨云和雷电的关系。

人的羡慕心理，像水在日晒下蒸发水汽一样自然。从未羡慕别人的人是极少极少的：或者是高僧大德及圣贤，或者是不自然不正常的人，如傻子。傻子即使未傻到家，每每也还是会有羡慕的表现的。

羡慕到嫉妒的异变，是人大脑里发生了不良的化学反应。说不良，首先是指对他者开始心生嫉妒的人。由羡慕而嫉妒，一个人往往是经历了心理痛苦的。那是一种折磨，文学作品中常形容为"像耗子啃心"。同时也是指被嫉妒的他者处境堪忧。倘被暗暗嫉妒却浑然不知,其处境大不妙也。此时嫉妒者的意识宇宙仿佛形成浓厚的积雨云了,而积雨云是带强大电荷的云,它随时可能产生闪电,接着霹雳骤响,下起倾盆大雨,夹着冰雹。想想吧,如果闪电、霹雳、大雨、冰雹全都是对着一个人发威的,而那人措手不及,下场将会多么悲惨!

但羡慕并不必然升级为嫉妒。

正如水汽上升并不必然形成积雨云。水汽如果在上升的过程中遇到了风,风会将水汽吹散,使它聚不成积雨云。接连的好天气晴空万里,阳光明媚,也会使水汽在上升的过程中蒸发掉,还是形不成积雨云。那么,当羡慕在人的意识宇宙中将要形成嫉妒的积雨云时,什么是使之终究没有形成的风或阳光呢?文化。除了文化,还能是别的吗?一个人的思想修养完全可以使自己对他者的羡慕止于羡慕,并消解于羡慕,而不在自己内心里变异为嫉妒。一个人的思想修养是文化现象。文化可以使一个人那样,也可以使一些人、许许多多的人那样。但文化之风不可能临时招之即来。文化之风不是鼓风机吹出的那种风,文化之风对人的意识的影响是循序渐进的。当一个社会普遍视嫉妒为人性劣点,祛妒之文化便蔚然成风。蔚然成风即无处不在,自然亦在人心。

劝一个人放弃嫉妒,这种现象也是一种文化现象。劝一个人放弃嫉妒非是那么简单容易的事,没有点儿正面文化的储备难以成功。起码,得比嫉妒的人有些足以祛妒的文化。莫扎特常遭到前一位宫廷乐师的强烈嫉妒,劝那么有文化的嫉妒者须具有比其更高的文化修养,他没有运气遇到那样一位善劝者,所以其心遭受嫉妒这只"耗子"的啮咬半生之久,直至莫扎特死了,他才获得了解脱,但没过几天也一命呜呼了。

文化确能祛除嫉妒,但文化不能祛除一切人的嫉妒。正如风和阳光,不能吹散天空的每堆积雨云。美国南北战争时期,一名北军将领由于嫉妒另一名将军的军中威望,三天两头向林肯告对方的刁状。无奈的林肯终于想出了一个主意,某日对那名因妒而怒火中烧的将军说:"请你将那个使你如此愤怒的家伙的一切劣行都写给我看,丝毫也别放过,让我们来共同诅咒他。"那个家伙以为林肯成了自己同一战壕的战友,于是其后连续向总统呈交信件式檄文，每封信都满是攻讦和辱骂，而林肯看后，每请他到办公室，与他同骂。十几封信后，那名将军醒悟了，不再写那样的信，羞愧地向总统认错，很快就动身到前线去了，并与自己嫉妒的对象配合得亲密无间。

醒悟也罢，羞愧也罢，说到底还是人心里的文化现象。那名将军能醒悟，且羞愧，证明他的心不是一块石，而是心字，所以才有文化之风和阳光。

否则，林肯的高着儿将完全等同于对牛弹琴，甚至以怀化铁。

毕竟，林肯的做法，起到了一种智慧的文化方式的作用。

苏联音乐家协会某副主席，因嫉妒一位音乐家，也曾不断向勃列日涅夫告刁状。勃氏了解那无非是些鸡毛蒜皮的积怨，也很反感那一种滋扰，于是召见他，不动声色地说："你的痛苦理应得到同情，我决定将你调到作家协会去！"——那人听罢，着急地说自己的痛苦还不算太大，完全能够克服痛苦继续留在音协工作。因为，作家协会人际关系极为紧张复杂，帮派林立，似狼窝虎穴。

勃氏的方法，没什么文化成分，主要体现为权力解决法。而且，由于心有嫌恶，还体现为阴着儿。但也很奏效，那音协副主席以后再也不用告状信骚扰他了。然效果却不甚理想，因为嫉妒仍存在于那位的心里，并没有获得一点点释放，更没有被"风"吹走，亦没被"阳光"蒸发掉。而嫉妒在此种情况之下，通常总是注定会变为恨的——那位音协副主席同志，不久疯了，成了精神病院的长住患者，他的疯语之一是："我非杀了他不可！"

一个人的嫉妒一旦在心里形成了"积雨云"，也还是有可能通过文化的"风"和"阳光"使之化为乌有的。只不过，善劝者定要对那人有足够的了解，制定显示大智慧的方法。而且，在嫉妒者心目中，善劝者也须是被信任受尊敬的。

那么，嫉妒业已在一些人心里形成了"积雨云"将又如何呢？

文化之"风"和"阳光"仍能证明自己潜移默化的作用。但既曰潜移默化，当然便要假以时日了。

若嫉妒在许许多多成千上万的人心里形成了"积雨云"呢？

果而如此，文化即使再自觉，恐怕也力有不逮了。

成堆成堆的积雨云凝聚于天空，自然的风已无法将之吹散，只能将之吹走。但积雨云未散，电闪雷鸣注定要发生的，滂沱大雨和冰雹总之也是要下的。只不过不在此时此地，而在彼时彼地罢了。但也不是毫无办法了——最后的办法乃是向"积雨云"层发射驱云弹。而足够庞大的"积雨云"层即使被驱云弹炸散了，那也是一时的。往往上午炸开，下午又聚拢了，复遮天复蔽日了。

将以上自然界律吕调阳、云腾致雨之现象比喻人类的社会，那么发射驱云弹便已不是什么文化的化解方法，而是非常手段了，如同催泪弹、高压水龙或真枪实弹……

将"嫉妒"二字换成"郁闷"一词，以上每一行字之间的逻辑是成立的。

郁闷、愤懑、愤怒、怒火中烧——郁闷在人心中形成情绪"积雨云"的过程，无非尔耳。

郁闷是完全可以靠文化的"风"和"阳光"来将之化解的，不论对于一个人的郁闷，还是成千上万人的郁闷。

要看那造成人心郁闷的主因是什么。倘属自然灾难造成的，文化之"风"和"阳光"的作用一向是万应灵丹，并且一向无可取代。若由于显然的社会不公、官吏腐败、政府无能造成的，则文化之"风"便须是劲吹的罡风，先对起因予以扫荡。而文化之"阳光"，也须是强烈的光，将一切阴暗角落、一切丑恶行径暴露在光天化日之下。文化须有此种勇气，若无，以为仅靠提供了娱乐和营造暖意便足以化解民间成堆的郁闷，那是一种文化幻想。文化一旦开始这样自欺地进行幻想，便是异化的开始。异化了的文化，只能使事情变得更糟——因为它靠了粉饰太平而遮蔽真相，遮蔽真相便等于制造假象，也不能不制造假象。

那么，郁闷开始在假象中自然而然变向愤懑。

当愤懑成为愤怒时——情绪"积雨云"形成了。如果是千千万万人心里的愤怒，那么便是大堆大堆的"积雨云"形成在社会上空了。

此时，文化便只有望"怒"兴叹，徒唤奈何了。不论对于一个人、一些人、许许多多千千万万的人，由愤怒而怒不可遏而怒从心头起恶向胆边生，往往是迅变过程，使文化来不及发挥理性作为。那么，便只有政治来采取非常手段予以解决了——斯时已不能用"化解"一词，唯有用"解决"二字了。众所周知，那方式，无非是向社会上空的"积雨云"发射"驱云弹"……

相对于社会情绪，文化有时体现为体恤、同情及抚慰，有时体现为批评和谴责，有时体现为闪耀理性之光的疏导，有时甚至也体现为振聋发聩的当头棒喝……但就是不能起到威慑作用。

正派的文化，也是从不对人民大众凶相毕露的。因为它洞察并明了，民众之所以由郁闷而愤懑而终于怒不可遏，那一定是社会本身积弊不改所导致的。

集体的怒不可遏是郁闷的转折点。

而愤怒爆发之时，亦正是愤怒开始衰减之刻。正如电闪雷鸣一旦显现，狂风暴雨冰雹洪灾一旦发作，便意味着积雨云的能量终于释放了。于是，一切都将过去，都必然过去，时间长短罢了。

在大众情绪转折之前，文化一向发挥其守望社会稳定的自觉性。这一种自觉性是有前提的，即文化感觉到社会本身是在尽量匡正着种种积弊和陋制的——政治是在注意地倾听文化之预警的。反之，文化的希望也会随大众的希望一起破灭为失望，于是会一起郁闷、一起愤怒，更于是体现为推波助澜的能量。

在大众情绪转折之后，文化也一向发挥其抚平社会伤口、呼唤社会稳定的自觉性。但也有前提，便是全社会首先是政治亦在自觉地或较自觉地反省错误。文化往往先行反省。但文化的反省，从来没有能够代替过政治本身的反省。

文化却从不曾在民众之郁闷变异为愤怒而且怒不可遏的转折之际发生过什么遏止作用。

那是文化做不到的。

正如炸药的闪光业已显现，再神勇的拆弹部队也无法遏止强大气浪的膨胀。

文化对社会伤痛的记忆远比一般人心要长久,这正是一般人心的缺点、文化的优点。文化靠这种不一般的记忆向社会提供反思的思想力。阻止文化保留此种记忆,文化于是也郁闷。而郁闷的文化会渐限于自我麻醉、自我游戏、自我阉割、了无生气而又自适,最终完全彻底地放弃自身应有的一概自觉性,甘于一味在极端商业化的泥淖打滚……

反观一九四九年以后的中国,分明可以看到这样的情况——从前,哪怕仅仅几年没有什么政治的运动,文化都会抓住机遇,自觉而迫切地生长具有人文元素的枝叶,这是令后人起敬意的。

不能说当下的中国文化及文艺一团糟一无是处。

这不符合起码的事实。

但我认为,似乎也不能说当下的中国文化是最好的时期。

与从前相比,方方面面都今非昔比。倘论到文化自觉,恐怕理应发挥的人文影响作用与已然发挥了的作用是存在大差异的。

与从前相比,政治对文化的开明程度也应说今非昔比了。

但我认为,此种开明,往往主要体现在对文化人本人的包容方面。

包容头脑中存在有"异质"文化思想的文化人固然是难能可贵的进步,但同样包容在某些人士看来有"异质"品相的文化本身也非常重要。我们当下某些文艺门类不要说人文元素少之又少,连当下人间的些微烟火也难以见到了。真烟火尤其难以见到。

倘最应该经常呈现人间烟火的艺术门类恰恰最缺少人间烟火,全然地不接地气,一味在社会天空的"积雨云"堆间放飞五彩缤纷的好看风筝,那么几乎就真的等于玩艺术了。

是以忧虑。

现代知识分子还要肩起启蒙责任吗

毫无疑问，在受过高等教育的人很少的时代，"知识分子"四字具有沉甸甸的责任含义。社会的发展、进步，有时科技为先导，有时文化为先导。先导者，启蒙之事也。中国文化知识分子，自古有启蒙之责任传统，简直也可以说是基因。十八、十九世纪发生在欧洲的文化启蒙运动，使欧洲列国由而迅速迈入现代社会，这对中国文化知识分子触动甚大，启蒙意识由是急切。五四运动，便是这一初心的集体行为。

时代不同了，今日之中国，岁有千几百万新大学生入学，亦有同数之大学生毕业并走向社会各行各业。研究生也比比皆是，博士生早已非稀有之人。

能说他们不是知识分子吗？

从受教育程度一点而言，都是的。

那么，知识分子多了，还要不要肩起启蒙责任了呢？

窃以为，当然还要。

在中国——在文化、历史、法律、科技、保健、子女教育、社会公德、国际知识许许多多方面，各类知识分子所进行之知识普及的事，在我看来都仍属启蒙之事。国外每年出版的千般百种的书籍中，起码五分之一仍具有启蒙色彩。

时代不同了，启蒙之目的不同了、维度不同了、方式不同了，促使社会进步的效果也不同了。

张载认为，从来的有启蒙责任感的文化知识分子，理应"为天地立心，为生民立命，为往圣继绝学，为万世开太平"。

知识分子在中国在数量上已很普遍。

所谓"启蒙"也不再非得抛头颅洒鲜血。

张载的四句话，一、二、四三句是任何一位一些文化知识分子根本做不到的。

连"为往圣继绝学"也语焉不详。

何为"往圣"？什么又是"绝学"？——今天肯定难有定论。

故我认为，蔡元培当年勉励北大学子的话，对于今日之中国知识分子，仍有参考价值："不惟思所以感己，更必有以励人。"——"感"字在此处，非仅指感动，亦有感触、感召之意。

当代之世界，进步之快与慢、步幅之大与小，已绝非主要"仰仗"于文化知识分子们的事了，而成各阶层各界人士首先是政界人士砥砺前行，无私而为，率先垂范之共同事业。

故所以然，文化知识分子有重新定位自身角色、摆正位置的必要。正如"勿以善小而不为"当是人类共识——有益于国于民之事，勿以不够功大绩显而不为，也应成共识。若人人努力以求，国民总体上必显新风貌，国家之更好前途，确可拭目以待也。

（节选自梁晓声《答记者问》，标题为编辑加）

论"新知识者"及其"话筒"

我们中国人一向不乏批判之积极,讨论的能力次之。我认为平心静气地讨论某事某现象,尤其应是知识者的一种能力。而中国目前之诸事诸现象,不仅需要批判的勇气,也需要讨论之风的倡导。

一、网络影响中国的正能量必须肯定

关于网络,最初的说法是其"改变了世界",而我更愿承认它"影响了世界",对中国也是如此。"改变了世界"是很"文学"的说法,"影响了世界"才是较恰当的说法。

事实是,世界的主体状况并未因网络的产生而基本改变,即使出现了斯诺登事件,现在的世界仍与此前的世界区别不大。进而言之,世界的主体状况还将多年不变,只不过网络的能量越来越受到各国的重视,越来越被充分地利用而已。

此点相对于中国是同样的。

尽管我不上网,对于网络影响中国的正能量却一向是看在眼里的。特别是,网络在暴露腐败现象与促进政府服务职能的进步方面功不可没。不论我们指出网络的多少不良现象,前提应是——网络影响中国的正能量必须肯定。我相信,以后也断不至于有那样的时候——网络的不良现象反而会以压倒的程度抵消它的正能量。

不但国家不会允许那样，人民大众也不会乐见那样。

对于网络之哪些方面的能量才算是正能量，方方面面的国内分歧议论将一直存在。然而正能量之所以为正能量，恰意味着不但不至于在"歧议"之中消失殆尽，反倒会在"歧议"之中更加明显，更加获得较普遍的共识。

二、"我们"是谁

你在约稿短信中，用了"我们"二字。

据说中国有五亿多网民，约等于美国加俄罗斯加德、英、法三国的人口。希望如此之多的网民全体具有理性地在网上表达意见和态度的能力，未免理想主义。而今年与春晚互动的网民人数，据说竟达八亿以上。

所以我觉得，"我们"首先应是知识者。

"知识分子"一词亦"歧议"多多，故我用的是"知识者"三字，泛指受过大学高等教育的人。并且，我还要再将"我们"限制一下，专指三十五岁以上的"知识者"。因为，三十五岁以下的"知识者"，尤其男性，几乎都不同程度地有"愤青"之年龄特征。对于他们的非理性网上表现，教诲也罢，告诫也罢，口诛笔伐也罢，都莫如有人做出好点儿的示范。

故我又认为，三十五岁以上的中国"知识者"，最应以网上的理性表现做出示范，总不能反过来啊！

三、工具乎，玩具乎

网络对于人类具有知识、信息、交流、办公等方面的综合"工具"的属性，但也有"玩具"的属性。人类是动物中玩兴最高的种类，对新事物的玩兴超过任何动物。这还不是指网络游戏——非工作需要、求知需要、购物需要、了解需要的上网本身，往往具有"玩儿"的性质。

"干什么呢？"

"没事儿，上网呢。"

自从电脑普及后，以上两句话是我每每听到的同胞之间的问答。

"整天总摆弄手机玩!"

自从手机功能提升了,如同掌上电脑了,以上一句话是许多父母常向我抱怨儿女的话。

五亿多中国网民中,究竟有多少特别经常地将网络作为随身携带的,每天总有点儿吸引眼球的内容的"玩具",这是无法统计的。

但有一点可以估计到——网上某些垃圾内容的点击率,真实性可疑的"新闻"、特八卦的消息、没什么必要参与的"口水仗",往往由他们的指尖推波助澜,搞得风生水起。因为那时他们在"玩儿",而正是那些内容具有"好玩儿"性。语言暴力倾向、传谣,甚至添油加醋,甚至将网络当成"脏话公共厕所",以呈现污言秽语为快事,皆因将网络当成"玩具"而为。

何况,五亿多网民中,还有不知百分之几是精神有毛病的人、心理失衡者、变态者。

我从阅读中知道——一百几十年前,全世界才十六亿多人口。今日之中国,近十四亿人口矣。此后,我便每以中国在人口上是一个"小世界"的眼来看某些中国现象,于是不复像之前那么动辄欲掷文字的"投枪匕首"了。我们对一个"小世界"的种种要求都不能太急。

以我的眼看来,网络及其派生功能起初使国人产生的大亢奋,其实不是愈演愈烈,倒是逐渐归于"去烧"阶段了。

想当初,博客风行,人自"媒体",网站如潮涌现,给我的感觉,比"文革"时期的"战斗队"产生的还快还多。

细思忖之,"文革"也未尝不是那时的青年们觉得"好玩儿"的"革命游戏"。却也不过"玩兴"持续了两年罢了,即使没有"上山下乡"运动,绝大多数人极度亢奋的"玩性"也便"退烧"了。

中国之网络文化现象正合着这样一条规律——人类再是爱玩儿的动物,那也断不会对某一种玩具玩起来没够的。

所以"微博"一风靡,博客顿失半壁江山。

而"微信"一时兴,相当大部分网民又"喜新厌旧",趣味从电脑转到手机上了。

"微信绑架"现象,由是而生。

但即作为一种令大多数"信友"所嫌恶的现象被提出了，证明其厌存焉。人们青睐"微信"，一因省钱，二因方便，三因间接满足虚荣心。"信友"数量的增多，似乎意味着人脉广、人气特旺。某些人对"微信"的态度分明是双重原则的——别人千万别忘了自己，想使别人关注自己时，最好立刻就达到目的；又最好，别人勿用"微信"来烦自己。

有次我在机场用餐，邻座是两位中年女士，吃一会儿，自拍一会儿。

甲问："你发几张了？"

乙说："三张，再发三张，凑个整。"

甲说："我已经发了十张了。"

乙的手机忽响，看一眼，满脸嫌恶地说："真讨厌，刚加入圈子的一个男人，认识没几天，总转给我一些垃圾短信！"

甲说："把他列入黑名单！"

乙说："还不能那样，是以后用得着的人。"

国人对待"微信"的心态，真是一言难尽——功利、虚荣、自恋、暧昧，皆有之。并且，逆年龄传染。先是青少年男女间的"玩法"，不久便有中年人学去，按得自己连吃顿饭都吃吃停停，还觉自己紧跟潮流一步也没落下。

想想吧，如果谁的手机接连响了十次，每次所见都是一半老徐娘在饭桌旁弄姿摆态的自拍照，烦不烦啊！

有谁不知道"己所不欲，勿施于人"这句话吗？但真能这么要求自己的人其实不多。

至于"网络约架"之事，不论也罢。十三亿多人口，五亿多网民的国家，那只是个案，没有评说必要。我认为不评说也是一种态度。往往，媒体对个案的纷纷报道，等于是合力炒作。

四、"我们"应该怎么做

"人自话筒""人自媒体"以前，普遍的国人在言论特别是意见性言论方面的公开权利是极有限的，从对国事到对社会百相的评说欲望长期感到压抑。

感到压抑是普遍国人意见参与意识的觉醒；网络平台使积蓄的意见几乎得以全面呈现，长期感到的压抑也终于得以释放。

这是中国网民最初之亢奋的涡轮。

知识者亦人也，所以同样亢奋，于是网上呈现一派喧嚣与狂欢。

大多数上网表达意见者，都有一显一潜两种愿望，也可以说是两种目的。显愿望是自己的意见被公认是很深刻、很重要的，潜愿望是自己这个人由此被公认是很精英、很卓越的。

此点正常——好比"文革"时期全没了文学，文学的"春天"一经到来，许多人都觉得自己有太多值得写的事了，一写必一鸣惊人，好作品问世的同时即成为大作家，从此"天下谁人不识君"了。

于是，某些人极在乎自己意见言论的点击率。倘离预期较远，则今日刚更新，明日又更新；倘反应一般，便一番比一番言辞激烈；倘遭反对，便视为"论敌"，于是全力以赴地"应战"。

结果往往是，不知不觉地，言论吸引眼球倒是吸引眼球了，理性的品质却丧失了。

而非理性的言论，被心怀叵测者利用传播的时候比理性言论多得多。在网络言论、文章向非理性状态倾斜的情况下，理性之言论、文章反被漠视。"竞争眼球"的局面一旦形成，知识者卷入其境，始终秉持理性是很不容易的。

又结果是——想成为"公共知识分子"的，刚被戴上那顶"桂冠"没几天，"公知"就成了贬人的话；今日才在网上被封为"意见领袖"，也许隔夜之间就被"板砖"拍惨了。

写"博文"追求点击率，写"微博"追求转发率，创立"微信"圈追求"信友"群体的最大化——不过都是数字概念，以为那数字背后便是所谓自己存在的价值"基础"，可有谁了解自己那"基础"究竟是什么成色的"基础"呢？

我的一位朋友曾对写"微博"很痴迷，每天不创作几段，便觉白过了，没着没落的。往往工作时间也冥思苦想，因此受到领导的批评。挨批评了也无怨无悔。

某日对我叹道:"把一百几十个字写得吸引眼球真不容易,比古人作诗作词还难。"

我说:"那就别难为自己了呀。"

他说:"再难也得坚持下去,不知多少人期待着看呢!"

这就未免太一厢情愿了——安有其事!

谁不创作"微博"了,任何一个网民都不太会觉得自己因而就精神空虚了的。君不见,起初是报也转"微博",刊也发"微博",某些电视节目一联到网上,参与的网络留言如潮似浪。如今呢?报上刊上都转得少了,不再格外吸引眼球了。电视节目联到网上,参与的"网言"不多了,有时不得不由内部人上网营造气氛。

我对于"我们"在网络时代的角色定位,有如下愚见,诚呈共勉:

1."我们"中谁,不论其名气多么"高大上",或自视多高,以时时守此清醒为好——文化知识者,进而言之,一切社会学科知识者,对社会进步产生巨大影响力这一事实早已是历史现象,并且不会再重现。"我们"中任何一人,在网上不过是几亿分之一。在"人自话筒"的网上,"我们"的话筒分毫特殊性也无。当今的网上有一股沉瀣难散的戾气,知识者也是语言暴力喜欢攻击的对象,不管"我们"中那人多么君子,以及网上言论多么正确。这乃是"我们"的宿命。既是时代宿命,便当坦然认命。

2.所谓"独立精神",意指既不媚权贵,亦不悦"众"。网上之"群众",与现实生活中之"人民群众"不可同日而语,往往只能以"众"言之。以上两个"不",往往使"我们"中某些朋友陷于"横身而立"之境。这尤其是时代宿命。"我们"中有人由于不能正确对待孤立,也不愿附在权贵的皮上,于是不由自主地取悦于"网众",便一味地尽说脱离现实与复杂国情的网上话,结果还是使自己变成了"一撮毛",只不过附在无理性质量可言的"皮"上了,这是同样不足取的。还莫如干脆"横身而立",反而比较对得起"我们"之名分。

所谓"自由之思想",我认为是指思想的过程——理性之思想的果实,才是"自由之思想"的终极目的。精神赖思想而独立,思想携精神乃自由。

想说什么便说什么，只不过是绝对"言论自由"，未必能结出理性之思想的果实——这是我多年来的写作心得，未知对也不对。

中国目前较缺的是理性思想，我辈当奉献之，勿以为耻。

3. 有能力将一己之见写成文章或书籍者，不应荒废了这一传统的发表思想的方式。比之于网络，此传统方式的好处是——虽同样看不见，但读者毕竟是有读书习惯的人。杨志遭遇牛二，林冲遭遇高衙内高太尉，冉·阿让遭遇沙威……类似的情况在作者与读者关系中较少见。并且，文章较之于网上言论，毕竟严谨一些，非"碎片化"的呈现，更有益于完整思想的表达，被篡改、断章取义甚至利用的概率小些。

中国是世界上读书人口不多的国家，为有读书习惯的少数人服务，仍很值得。

"我们"中更喜欢网络表达的朋友，我的建议是——以克服做"意见领袖"的想头为明智。一名知识者，也许会因为对某事某现象率先发声，或确有真知灼见，于是一时被"网众"捧为"意见领袖"。但千万别当真。某类"网众"乃特殊之"众"，绝无耐心也无诚意拥戴什么"意见领袖"的。某时需要一下"意见领袖"，只不过是心照不宣的一种"玩法"，也是心照不宣的狡狯的利用。又何况，国人对现实的意见千般百种，竟能在许多方面成为"意见领袖"的人，还没生出来。生出来的都不可能是——不论本人多么想是，想是的意愿多么良好。

4. 一名资深的网上"意见参与"青年曾对我说"网上可以没大没小，这是网络最令我喜欢的方面"。

我不知因而喜欢网络的青年有多少。

但我闻之愕然了。

如果现实生活中某青年并不是一个"没大没小"的青年，一上网对明明知道的年长者也侮辱起来，没商量的话，这不是被网络分裂了并快乐着吗？

"群兽效应"是网络异化人的一种负效应。

单独的一个人，除了变态，面对钉在十字架上的耶稣，或不论任何并非罪大恶极的同类，即便是一头家畜、一只动物吧，是不太会啐唾沫的。

但善良的耶稣被钉在十字架后,其实是有许多"群众"向他投石头、啐唾沫的——只因为他的话他们不爱听。

这时那些人像兽。

所以,"我们"中的某些朋友,在同样遭遇下,似乎也只能"横眉冷对千夫指",承受。如果所发表的意见言论或网文主旨属于理性之思想,沉默并不意味着自己的思想便是"意见垃圾"了。

它既已发表在网上,时间终将证明其价值。它于众声喧哗之际的存在便是难能可贵的意义。

而网络的另一个真相是——理性的网民对于网上理性的思想表达,往往只认同了,接受了,并不非跟帖支持的。他们大抵是很内向的一些网民。不要因为他们的缄默以为他们根本不存在。

不,他们是存在的,只不过不体现在跟帖上而已。

理性之思想的表达,从来都不会是只受攻击、全无支持者的绝对孤立的表达。

要相信某些人的支持在内心里。

我但愿"我们"大家都这样要求自己:

"我们"是以说和写为己任的。不说不写,"我们"也就不是"我们"了。

"我们"之说和写,既每自诩为"己任",那就不应该是太过任性地说和写。中国之当下,还缺希望能任性地说和写的人吗?

当为着中国的进步、人民大众的权利之依法确立和利益不受危害而需要有人大声疾呼时,那正是社会最需要"我们"之时,"我们"应当仁不让。当正义在网络表达方式中显然已是主导能量时,其实"我们"只欣慰于此,不做追随也罢。因那时少了"我们"正能量也还是正能量;倒是相反时,"我们"的缄默才是羞耻。

当"我们"之间看法相左、意见对立时,免不了也会理论一番的。理性之辩论是谓"理论"。正确之思想更是在"理论"的过程中凸显出来的。辩论失去了理性而升级为"骂仗",结果只能被看客当成"热闹"。

"理论"之所以为"理论","论"时的"礼"是不可不兼顾的。

骂人虽也被说成是"一种艺术",但目前中国擅长此"艺术"的人委实多了去了。

窃以为,不骂人也还是能在"理论"的过程始终秉持理性的思想原则,是比"骂人的艺术"更"艺术"的能力。所以,"理论"甚至也可以提倡为"礼论"。

如果"我们"都能以身作则,示范此风,肯定比中国的青少年从我们身上学到的是"骂人的艺术"好。

那样,"礼论"就断不会变成热闹了,而看"礼论"结果的人们,便是在看"理论"之"理"是如何形成的了。

于是,看"口水仗"的看客也会少些的。

五、中国网络的未来

我非预言家,却也还是可以预言一下的——两年或三年后,中国之网络现象将与现在大为不同。

首先是网络语言之污言秽语、暴力倾向会少。不可能完全没有,但会明显式微。同时表达意见之理性特征会增加,因而网络所呈现的公众意见会更不容漠视。因为理性之意见表达的力量是无借口可压制的。

我的预言与"政治"二字无关,所依据的纯粹是社会学观察的一己经验。

事实上,我认为今日之中国网络现象,与几年前相比已渐趋常态。至二〇二〇年,中国之网络现象,将可能基本常态化,即它将主要体现为工具以及社会公器之一种。那时,只有少数人还会将它当成玩具或娱乐公器。八卦或垃圾信息仍会在网上日日堆积,关注的人却会明显减少。在"微信"方面将会更少,因为转发者将被视为无聊、庸俗,很可能会被清除出"微信圈"。

由乱象层出而渐类型归分,乃世间普遍规律。连宇宙都循此规律,网络安能例外?

别的孩子都玩过的东西自己想尽情地玩却总没玩过,或虽玩过却没玩过瘾——这样的孩子潜意识里是不愿长大的。从前的孩子玩过几样玩具后忽然就长大了。我认为大多数中国人对上"微信"的玩兴已经不再膨胀。

我记得希拉里曾很不屑地说过——看看中国的下一代都在网上干什么，我们便可确信他们的下一代不可能胜过我们的下一代……

世界何必是拳击场？谁胜过谁是"冷战"思维。

然而有一点我是坚信的——最晚到二〇二〇年，普遍之中国人与网络的关系，将与普遍的美国人与网络的关系没什么两样。

我所言的"常态化"，并非意味着网络将丧失推动中国进步的能量。此种能量，不仅不会因"常态化"而丧失，反会因"常态化"形成通过社会公器行使的不可让渡的民间权利。

我将之视为民间的"试验民权"。

并且我看到，各级政府在此种权利的影响下，确实发生了一些前所未见的职能改变。

比如——羊年伊始，国务院各部委以及各省、市政府，纷纷在网上公布了二〇一四年的"工作总结"以利人民评论。这既是对网络的"公器"性应用，也是总结网络意见所做出的能见度回应。

网络之"公器"能量，绝不是任何人任何方面所能阻挡的，只能某种程度地限制而已。网络意见表达这一种民间的"试验民权"体现得越文明、理性，限制的手段越无的放矢。

网络之"公器"，也绝不是任何有领袖欲的人想在其上呼风唤雨便能那样的，充其量只能做出呼风唤雨的架势而已。

网络既属"公器"，便是属于中国人大家的。属于大家的，当由大家来爱护，要像爱护公共环境那样爱护。

至于"我们"，更须带好头，而不是相反。

二〇一五年二月十八日于北京

巴金的启示

巴金老人在世时，我是见到过他两次的。

第一次是一九七七年五月二十三日，上海举行纪念毛泽东《在延安文艺座谈会上的讲话》的活动。一次规模很大的活动。正式出席的有三百余人，曰"代表"。前一年十月已经粉碎了"四人帮"，而我于那一年的九月毕业。我是以复旦大学中文系特约学生"代表"的身份参加的。复旦大学中文系也就分到了这么一个学生"代表"名额的。我之所以将"代表"二字括上引号，乃因都非是选举产生的，而是指定的。

于我，这"代表"的资格是选举的也罢，是指定的也罢，性质上都是没有什么区别的——无非就是一名在校的中文系学生参加了一次有关文艺的纪念活动而已。如今想来，对于当时那三百余位正式"代表"而言，意义非同小可。正因为都是指定的，那体现着粉碎"四人帮"以后的中国政治，对众多文艺界人士的一种重新评估；一种政治作用力的而非文艺自身能力的、展览式的、集体的亮相。中老年者居多，青年寥寥无几。我在文学组，两位组长是黄宗英老师和茹志鹃老师，我是发言记录员。文学组皆老前辈，连中年人也没有。除了我一个青年，还有一名华东师大的女青年，也是中文系的在校生。

巴金老当年便是文学组的一名"代表"，还有吴强、施蛰存、黄佐临等。我虽从少年时期就喜爱文学，但有些名字对于我是极其陌生的。比如施蛰存，我就闻所未闻。我少年时期不可能接触到他的作品。新中国成立后，除了某些老图书馆，新建的图书馆包括大多数大学的图书馆里，根本寻找不到他的作品。新中国成立后，他的作品大约也是没再版过的吧？考虑到学科的需要，复旦大学中文系的阅览室虽然比校图书馆的文学书籍更"全面"一些，虽然我几乎每天都到阅览室去，但三年里既没见过施蛰存的书，也没见过林语堂、梁实秋、胡适、徐志摩、张爱玲、沈从文的书。这毫不奇怪。新中国成立后，尤其是"文革"中，全国一概的图书馆，是被一遍遍篦头发一样篦过的。他们的书不可能被我这一代人的眼所发现。

然而，巴金老的书当年却是赫然在架的。

如今想来，我觉得巴金老比起他们，那还是特别幸运的。作为作家，他虽然在"文革"时期被"冰冻"了起来，但是他的作品，毕竟还能在一所著名大学的中文系的阅览室里存在着。

尽管粉碎"四人帮"了，但文学老人们在会上的言语既短少又谨慎。在会间休息，相互之间的交谈那也是心照不宣，以三言两语流露彼此关心的情谊而已。每个人的头上，依然还戴着"文革"中乃至自从新中国成立以后被强加的莫须有的罪名。那是一些依然戴着这样或者那样的罪名却又蒙幸参加纪念活动的"代表"。

由于我几乎读过巴金老的那时为止的全部作品，对他自然是崇敬的。上楼下楼时，每搀扶着他。用餐时，也乐于给前辈们添饭、盛汤。但是我没和他交谈过，心中是想问他许多关于文学的问题的，但又一想肯定都是他当时难以坦率回答一个陌生的文学青年的问题，于是不忍强前辈所难……

第二次见到巴金老，是在上海，在他的家里。已忘记了我到上海参加什么活动。八九人同行，又是我最年轻。内中还有当时作协的领导，所以我一言未发，只不过从旁默默注视他，也可以说是欣赏一位文学老人。那一年似乎是一九八五年，他已在一年前的四届作代会上被选为中国作协主席。

那一次他给我留下的印象用两个字就可以概括——慈祥。

后来巴金老出版的几本思想随笔，我也是很认真地读过的。

对于我个人，他那种虔诚的忏悔意识和要求自己以后说真话的原则，给我留下深刻印象。于今，前一种印象越来越淡薄了，后一种印象更加深刻了。依我想来，当政治的巨大脚掌悬在某些人头上，随时准备狠狠踩踏下去的时候，无论那些人是知识分子抑或不是，由于懦弱说了些违心的话——那实在是置身事外的人应该予以理解和原谅的。后来人说前朝事也罢，在安全的方位抱臂旁观也罢。尤其那违心话的性质仅仅关乎自己对自己的评价的时候，并没有同时牵连别人安危的时候。

巴金老人在"文革"中所说某些违心话，便是如上的一些话而已。他当选中国作协主席以后，对自己所做的反思和忏悔，自然是极可爱极可敬的，也完全值得我们后辈尤其是后辈知识分子学习。但若将中国发生"文革"那样的事情与中国知识分子应该集体地怎样居然没有集体地怎样直接联系起来进行评判，则我认为是很小儿科的评判。巴金老人自己并没用他的文字发表过以上的联系，但以上言论"文革"后一直是有的。它的小儿科的性质以至于——忽略了相对于政治的巨大脚掌，一个或一些被剥夺了话语权的知识分子，几乎便渺小得形同蝼蚁这样一个事实。

我以为正确的评判的立场也许恰恰相反，首选应该受到谴责的是那一只巨大的脚掌。它不该那么不道德，它怎么又偏可以那么不道德地肆无忌惮呢？这一定有它自身的规律。将思想的方向一味引向对知识分子的分析，恰恰会使真正值得深入分析并大声说出分析结果的现象，于是获得赎免。在中国知识分子不知怎么一下子热衷于分析知识分子自身的过剩的思想泡沫中，我以为真正值得深入分析的现象，在中国还一直并没有被分析得多么深入。也可以说，实际上几乎等于获得了赎免。

以我的耳听来，违心的话，热衷于而渐成习惯的假话、套话、照本宣科的毫无个人态度的话，总之，等等令人听了心里恼火大皱其眉的高调门儿的话，委实还是太多了！

巴金老人自己并不好为人师。他从未摆出诲人不倦的面孔，以知识分子导师的话语和文章来"告诫"要求中国知识分子"应该"说真话。所以我将"应该"括上引号，也将"告诫"括上引号。巴金老人只不过通过解剖分析和批判自己以身作则。

而依我的眼看，他的以身作则是起到了一定影响作用的。而依我的耳听，假话虽仍此起彼伏不绝于耳，但是真正发自中国知识分子之口的假话，确乎比以往的任何年代都少了。中国知识分子已找回了一点儿说假话应该感到的羞耻。尽量说真话；难以坦陈真言之时便不说话；尽量避免说假话、套话；以不进谗言不说媚语为底线……是的，我以为大多数知识分子，对于自己的话语逐渐具有一种较为自尊自重的原则态度了。假话现象，分明已像云朵一样，随风积聚到另外的平台上去了。恕我直言——官场上的假话目前最多，坏影响也最大。

出于知识分子之口的假话现象固然是少了，但并不意味着人们同时从知识分子口中听到的真话于是多了。依我的眼看来，依我的耳听来，仅仅说格外保险的"知识"话语的知识分子多了。知识分子总是不甘寂寞的。既为知识分子，干脆只言说"知识"，确乎明哲保身，于是蔚然成风。这是一种仅仅飘浮在关于中国知识分子的话语品质的底线之上的现象。这不是一个高标准，但相比于从前的年代，总归也还算是一种进步——有底线毕竟比完全没有好。

然而依我的眼看来，依我的耳听来，民众对于中国知识分子的期望，是越来越变成失望了。民众对知识分子的要求显然比知识分子目前对自身的要求高不少。民众企盼知识分子能如古代的"士"一般，多一些社会担当的道义和责任。我们太有负于民众了。我自己从青年时期便幻想为"士"，然而我自己的知识分子原则，也早已从理想主义的高处，年复一年地，徐徐降下在底线的边缘了。

于是每联想到冰心老人生前写过的一篇短文——《无士则如何？》。

有时我甚至想——也许中国人对中国知识分子（这里主要指的是文化知识分子）的社会定位太过中国特色也太过超现实主义了吧？也许"士"的时代只适合古代吧？正如"侠"的时代和骑士的时代，只能成为人类的历史。

但已降在文化知识分子人格底线边缘的我，对于自己说假话还是不能不感到耻辱，倘听到我的同类说假话还是不能不感到嫌恶。真话不一定总是见解正确的话。不是"二百五"的人也一定应该明白——对于许多事情，正确的话那肯定不会仅仅发自一个社会发言的立场。有时发自两个截然不同甚至对立的立场的社会发言，往往各有各的正确性。而假话，肯定是粘带着千般百种的私利和私欲的话。故假话里产生不了任何有益于社会公利的意义。即使不正确的真话，也将一再证明着人说真话的一种极正当的、极符合人性的权利。

什么时候，假话终于没了大行其道八面玲珑的市场，或即使不正确的真话，也不再是一种罪过——那时，只有那时，真话里才能产生真正的思想力。

用不说假话的原则来凸显出假话的丑陋——在这个底线前提下，我相信，中国文化知识分子的担当道义，总有一天会成为一种令民众满意的角色特征。

沉思闻一多

多么异常呵，想到一位写了那么多好诗的诗人，首先想到的竟不是他的诗，而是他的死！

他那些如丝一样缠绵、如泉一样明澈、如花一样美丽、如火一样热烈、如瀑布一样激情悬泻、如儿童的哭诉一样打动人心的诗呵——在诗人死后五十六年的这一个夏季，在一个安静的中午，我首先想到的竟不是他的诗，而是他鲜血溅流的死！

斯时亮丽的阳光，洒在他的诗集和他厚厚的年谱上。而诗人的死，竟是因为——他不但爱诗，而且，像爱诗一样爱我们的国！

多么压抑呵，想到闻一多，首先想到的竟不是他的才华，不是他的学者气质、教授风范，甚至也不是他那为我们后人所极为熟悉的、嘴角叼着烟斗忧郁地思考着的样子，而是他付出了生命代价的拍案而起！

就因为他的拍案而起，他就成了敌人——成了他所处的时代的特务们的敌人！成了特务们背后的戴笠们的敌人！成了戴笠们背后的蒋介石们的敌人！进而成了整个独裁统治机器的敌人！

而诗人竟也就索性倨然傲然地，以自己是一个敌人的姿态，挺立在他的立场上无所畏惧地挑战了：

今天，这里有没有特务！你站出来，是好汉的站出来！你出来讲！凭什么要杀死李先生！……

前脚跨出大门，后脚就不准备再跨进大门！

而诗人原本是那么地善良，那么地主张平和，那么地对世界充满了理想主义的憧憬；连是诗人，也曾是一位打算一生"为艺术而艺术"的"新月派"的诗人，即使面对专制得特别黑暗的现实，也不过仅仅将他的一捧捧悲愤糅入他的诗句里……

这样的一位近代诗人惨遭杀害，那么古代的诗人杜甫也就合当被砍头了！

然而杜甫并非死于非命。

然而闻一多被子弹像射击敌人一样地杀害了，而且是卑鄙的背后射击。

想来，那样的一种时代，它确乎已走到了尽头。

想来，那样的一种独裁统治，它确乎已该灭亡。

想来，一种连抒情诗人也被逼得变成了斗士的时代和政治，肯定是一种坏到了极点的时代和坏到了极点的政治。虽然它本身坏到了那样一种程度，是由于诸多内外矛盾的冲撞导致的结果。虽然在那样一种情况之下，连诗人也变成了斗士，往往意味着是历史的决定。正如普罗米修斯的盗火，是由于听到了人间的呼救之声。

想来，一种好的时代和政治，它似乎应该是没有什么斗士的时代。那时诗人只爱诗不再是逃避现实的选择，那时诗人只爱诗也即意味着爱国，那时诗即诗人的国，而且不被误解。

那时如闻一多一样的诗人，将以另外的一颗心灵感觉着《红烛》，将以另外的一双眼睛注视着他的《发现》。

想来，尽管我们后人将诗人之死祭在肃然起敬的坛上，尽管诗人当得起我们后人永远的缅怀和纪念，尽管我们永远称颂诗人的无所畏惧——但是一想到诗人被特务的子弹所射杀这种事情，我们还是会不禁一阵阵地心痛啊！正如闻一多是那样地心痛李公朴的死，正如李公朴们是那样地心痛万千底层百姓挣扎着的生存……

多么自然呵，在首先想到诗人的死之后，我更感动于他的《红烛》了，我也更理解他的《发现》了，更能体会到他面对《死水》的喟叹了，更能以珍惜的心情看待他那些极浪漫极抒情的诗篇了。由那么纯粹的浪漫和抒情到《发现》的如梦初醒到面对《死水》的嫌恶，该是何等痛苦的一个过程啊！如果这过程反过来，无论对诗人还是对一个国家，该是多么值得庆幸的事啊！中国为此，成了世界近代史上付出生命代价最最巨大的一个国家。而尤以诗人闻一多的死，在当时最震骇了它。

因为诗人只不过对暗杀的行径，表达了他作为一个国人终于难以遏制的愤慨。

红烛啊！
这样红的烛！

诗人啊，
吐出你的心来比比。
可是一般颜色？

写出这样诗句的诗人，仿佛早已预示下了，他将为他爱诗般爱着的国，溅淌出比红烛的颜色更红的鲜血……

我来了，我喊一声，迸着血泪，
"这不是我的中华，不对，不对！"
我来了，因为我听见你叫我；
鞭着时间的罡风，擎一把火，
我来了，不知道是一场空喜。
…………
那不是你，那不是我的心爱！
我追问青天，逼迫八面的风，
我问，拳头擂着大地的赤胸，
总问不出消息；我哭着叫你，
呕出一颗心来，——在我心里！

写出这样诗句的诗人，分明地已在宣告着，他为着他的国，是肯于连地狱也下的。一切诗人之所以是诗人，皆发乎于对诗的爱。并非所有爱诗的诗人同时都爱国。

有的诗人仅仅爱诗而已，通过爱诗这一件事而更充分地爱自己；或兼及而爱自然，而爱女人，而爱美酒……这样的诗人，永远都是任何一个时代所不伤害的，甚至是恩宠有加的。这样的诗人的命况永远是比较安全的。即使沦落，起码也是安全的。

有的诗人，却被时代选择了去用诗唤醒大众和民族。他们之成为斗士，乃是不由自主的责任。因为他们之作为诗人，几乎天生地已有别于别的诗人。当他们感觉他们的诗已缺乏斗士摧枯拉朽的力量，他们就只有以诗人之躯，拼着搭赔上他们的鲜血和生命了。

相对于一个国家，如爱诗爱自然爱女人一般爱国的诗人，都有着诗人的大诗心。

相对于我们的世界，如爱诗爱自然爱女人一般用诗鼓呼和平的诗人，都是更值得世界心怀敬意的。在他们的诗面前，在他们那样的诗人面前。

台湾有一位诗人叫羊令野，他写过一首咏叹红叶的诗：

> 我是裸着脉络来的，
> 唱着最后一首秋歌的，
> 捧出一掌血的落叶啊！
> 我将归向我第一次萌芽的土……

闻一多，一九四六年的中国之一片"捧出一掌血的落叶"！一支迎着罡风奋不顾身地点燃了自己于是骤然熄灭的红烛！

他原本是"裸着脉络"为诗而来到世界上的，却为他的国的民主和伸张政治之正义，而卧着自己的血归于他"第一次萌芽的土地"。那土地，一九四六年千疮百孔。

在世界近代史上，他是为数不多被子弹从背后卑鄙地射杀的诗人。

虽然我们想到他时，首先想到的是他的死，其后才是他的诗——却也正因为这样，他的诗浸着和红烛一样红的血色，渗透了文学的史，染红了叫作"中华人民共和国"的一个新国家之诞生的生命史……

闻一多这个名字因而本身具有了交于一切诗的诗性……

沉思鲁迅

在阴霾的天穹上，凝聚着一团大而湿重的积雨云——我常想，这是否可比作鲁迅和他所处的时代的关系呢？那是腐朽到了糜烂程度而又极其动荡不安的时代。鲁迅企盼着有什么力量能一举劈开那阴霾，带给他自己也带给世人，尤其中国底层民众，又尤其许许多多迷惘、彷徨，被人生的无助和民族的不振所困扰，连呐喊几声都将招致凶视的青年以光明和希望。然而他敏锐的、善于深刻洞察的眼所见，除了腐朽和动荡不安，还是腐朽和动荡不安、更不可救药的腐朽和更鸡飞狗跳的动荡不安。

他环顾天穹，深觉自己是一团积雨云而孤独。他是他所处的时代特别嫌恶然而又必然产生的一个人物。正如他嫌恶着它一样。

于是他唯有以他自身所蕴含的电荷，与那仿佛密不可破的阴霾，亦即那混沌污浊的时代摩擦、冲撞。中外历史上，较少有一位文化人物，自身凝聚过那么强大的能量。对于中国，那能量超过了卢梭之对于法国。然而相对于他所处的时代，那也只不过是一种凄厉的文化的声音而已。他在阴霾的天穹上奔突着、疾驰着，追切地寻找着或能撕碎它的缝隙。他发出闪电和雷鸣，即使那时代的神经紧张，也义无反顾地消耗着自己。既不能撕碎那阴霾，他有时便恨不得撕碎自己，但求化作多团的积雨云，通过积雨云与积雨云，也就是自身与自身的摩擦、冲撞，击出更长的闪电和更响的雷鸣……

这，是否便是中国近代文化史上的鲁迅呢？

鲁迅当然是文学的。

文学的鲁迅所留下给我们的文本，不是多得足以"合并同类项"的文本中的一种，而是分明区别于同时代任何文本的一种。鲁迅的文学文本，是迄今为止最具个性的文本之标本。它使我们明白，文学的"个性化"意味着什么。鲁迅更其是文化的。

文化包括文学。所以鲁迅是很"大"的。倘仅以文学的尺丈量鲁迅，在某些人看来，也许鲁迅是不伦不类的；而我想，也许所用之尺小了点儿。

仅仅鲁迅一个人，便几乎构成着中国近代文学和文化史上不容忽视的一页——那便是文化的良知与一个腐朽到糜烂程度的时代之间难以调和、难以共存的大矛盾。

倘中国近代文学和文化史上无此页，那么我们今人对它的困惑将不是少了，而是多了。文学体现于个人，有时只需要一张写字桌。文化体现于个人，有时只需要黑板和讲台。文学家和文化，有时只需要阴霾薄处的似有似无的微光的出现，有时仅满足于动荡与动荡之间的假幻的平安无事。

文学和文化处在压迫它的时代，那是也可以像吊兰一样，吊着活的。这其实不必非看成文学和文化的不争，也是可以换一个角度看成文学和文化的韧性的。

然而鲁迅要的不是那个，满足的也不是那个。倘是，中国便不曾有鲁迅了。鲁迅曾对他那时代的青年说过这样的话：第一是要生存，第二是要温饱，第三是要发展。其实在某些时代的某些情况之下，一切别的人们，所起码需要的并不有别于青年们。

鲁迅的激戾，乃因他每每太过沮丧于与他同时代的文化人士，不能一致地、迫切地、义无反顾地想他所想，要他所要。因而他常显得缺乏理解，常以他的"投枪和匕首"伤及原本不愿与他为敌，甚至原本对他怀有敬意的人。

于是使我们今人不得不面对这样一个事实——战斗的鲁迅有时候也是偏执的鲁迅……在四月的春寒料峭的日子里，在沙尘暴一次次袭扑北京的日子里，在停了暖气家中阴冷的日子里，我又沉思着鲁迅了。事实上，近几年，我一再地沉思过鲁迅。

这乃因为，鲁迅在近几年的大陆文坛，不知怎么，非但每成热点话题，而且每成焦点话题了。

不知怎么。

不对了。

细细想来，对于鲁迅重新进行评说的文化动向的兴起，分明是必然的。有哪位中国作家，在半个世纪之久的中国，尤其是在二十世纪八十年代以前的三十年里，其地位被牢牢地神圣地巩固在文化领域乃至社会思想理论领域甚至政治意识形态领域呢？除了鲁迅，还是鲁迅。在中国，在二十世纪八十年代以前的三十年里，在以上三大领域，鲁迅实在是一个仅次于毛泽东的名字。而鲁迅的书，则是仅次于《毛泽东选集》的书。而鲁迅的言论，则是仅次于《毛主席语录》的言论。在"文革"中，鲁迅的言论被正面引用的次数，仅次于《毛主席语录》被引用的次数。《"丧家的""资本家的乏走狗"》这一篇杂文，曾被同仇敌忾地当成声讨"走资派"的"乏走狗"们的战斗檄文；《论"费厄泼赖"应当缓行》这一篇杂文，曾被红卫兵们视为毛泽东《将革命进行到底》的姊妹篇。不消说，在当年，"将革命进行到底"便是将"文革"进行到底。而确乎，那时，除了《毛主席语录》，还有另一种同样是红色的"语录"本广为存传，即《鲁迅语录》……

我确信，倘鲁迅当年活在世上，肯定是不情愿的。倘不情愿而又无可奈何，那么他内心里肯定是痛苦的吧？其痛苦肯定大于他感到被曲解、误解、攻击和围剿的痛苦吧？在人类的历史长河中，某些著名的人物，生前或死后被当成别人的盾、别人的矛的事是常有的。鲁迅也被不幸地当成过，不是鲁迅的不好，是时代的浅薄。

又，鲁迅生前论敌甚多，这乃是由鲁迅生前所贯操的杂文文体决定了的，或曰造成的。杂文是议论文体。既议人，则该当被人所议。既一一议之，则该当被众人所议。纵然论事，也是难免议及于人的。于是每陷于笔战之境。以一当十的时候，便形成被"围剿"的局面。鲁迅的文笔尖刻老辣，每使被议者们感到下笔的"狠"。于是招致以眼还眼，以牙还牙。鲁迅是不惧怕笔战的，甚至也不惧怕孤家寡人独自"作战"，而且具有以一当十、百战不殆的"作战"能力,故在当时的中国文坛,形象就很无畏。又因他在当时所主张的是"普罗文化",亦即"大众文化",而"大众"在当年又被简单地理解成"无产阶级",并且他确乎为他的主张每每剑拔弩张,奋不顾身,所以后来受到毛泽东的高度评价,称颂之为"伟大的无产阶级文化的战士和旗手"。

有人对鲁迅另有一番似乎中性的客观的评价,那就是林语堂。

他曾写道:"与其说鲁迅是文人,还莫如说鲁迅是斗士。所谓斗士,善斗者也。闲来无事,以石投狗,既中,亦乐。"

大致是这么个意思。

林语堂曾与鲁迅交好过的。后来因一件与鲁迅有关、与自己一点儿关系都没有的稿费争端之事,夫妇二人欣然充当斡旋劝和的角色,结果却说出了几句使鲁迅大为反感的话。鲁迅怫然,林语堂亦怫然,悻悻而去。鲁迅在日记中记录当时的情形是"相郦皆见"四个字。

从某些人士的回忆录中我们知道,鲁迅其后几日心事重重,闷闷不乐。

鲁迅未必不因而失悔。

而林语堂关于"斗士"的文字,发表于鲁迅逝后,他对鲁迅曾是尊敬的。那件事之后他似乎收回了他的尊敬。而且,二人再也不曾见过。

林语堂不是一位尖刻的文人,然其比喻鲁迅为"斗士"的文字,横看竖看,显然流露着尖刻。但若仅仅以为是百分之百的尖刻,又未免太将林语堂看小了。我每品味林氏的文字,总觉也是有几分替鲁迅感到的"何必"的意思在内的。而有了这一层意思在内,"斗士"之喻与其说是尖刻,莫如说是叹息了。起码,我们后人可以从文字中看出,在林语堂眼里,当时某些中国文坛上的人,不过是形形色色的"狗",并不值得鲁迅怎样认真地对待的,如某些专靠辱骂鲁迅而造势出名者。那样的某些人,在世界各国各个时期的文坛上,是都曾生生灭灭地出现过的,是一点儿也不足为怪的。

鲁迅讨伐式或被迫迎战式的杂文,在其杂文总量中为数不少。比如仅仅与梁实秋之间的八年论战,鲁迅便写下了百余篇长短文。鲁迅与论敌之间论战,有的发端于在当时相当严肃相当重大的文学观的分歧和对立。论战双方，都基于某种立场的坚持，都显出着各所坚持的文学的，以及由文学而引起的社会学方面的文人的或曰知识分子的责任感。有的摆放在今天的中国文坛上，仍有促使我们后代文学和文化人士继续讨论的现实意义。有的由于时代的演进，自行化解，自行统一，自行达成了共识，已无继续讨论，更无继续论战的现实意义。而有的论战的发端，即使摆放在当时来看，也不过便是文化人和知识分子之间的一向文坛常事。孰胜孰败，是没什么非见分晓的大必要的⋯⋯

然而一九四九年以后，鲁迅的名副其实的论敌们，或准论敌们，或虽从不曾打算成为鲁迅的论敌，却被鲁迅蔑斥为"第三种文人"者，都纷纷转移到香港、台湾乃至海外去了。我们今人，谁也不能不说他们当时的转移是明智的。而没有做那一种选择的，后来的人生遭遇都是那么令人唏嘘。连曾是鲁迅的"战友"，曾是鲁迅的学生的人们也在劫难逃，更何况鲁迅当年的论敌了。

并且，近当代的中国文学史，曾几乎以鲁迅为一条"红线"，进行了相当细致的梳理和相当彻底的删除。其结果是，一些与鲁迅同时代的文化人士和文化学者，从近当代的中国文学史上销声匿迹了。他们的书籍只有在极少极少的图书馆里才存有。寻找到它们，是比敬职的道具员寻找到隔世纪的道具还难之事。有的文学史书虽也记载了当时中国文坛的风云种种，但也只不过是一笔带过的，仿佛铁板钉钉的结论。而且是纯粹政治性的、异化了文学内容的结论。致使我这一代人曾面对的文学和文化的史，一度是以残缺不全而充完整的。甚至可以说，那是一种史的"半虚无"现象⋯⋯

然而我确信，鲁迅若活到了一九四九年以后，他是绝不会主张对他的论敌、准论敌，以及被他蔑斥的"第三种文人"实行一律封杀的。我读鲁迅，觉得他的心还是特别人文主义的。并且确信，鲁迅是断不至于也将他文坛上的论敌们，视为不共戴天的仇敌，时刻欲置于死地而后快的。他虽写过《论"费厄泼赖"应当缓行》，那也不过是论战白热化时文人惯常的激烈。正如梁实秋当年虽也讽鲁迅为"一匹丧家的'乏'牛"，但倘自己得势，有人主张千刀万剐该"牛"，甚或怂恿他亲自灭掉，梁实秋也是会感到侮辱自己的。

我近日所读关于鲁迅的书，便是华龄出版社出版的《鲁迅梁实秋论战实录》。正是这一本书，使我再次沉思鲁迅，并决定写这一篇文字。书中梁实秋夫妇与鲁迅孙子周令飞夫妇的台北合影，皆其乐融融，令人看了大觉欣然。往事作史，尘埃落定，当年的激烈严峻，现今竟都变得轻若绕岭游云了。我想，倘鲁迅泉下有知，必亦大觉欣然吧？

鲁、梁当年那一场持久论战，在我读来既是必然发生的"战役"，也未尝不是"剪辑错了的故事"。

鲁迅的经历，决定了他是一位深深入世，抛尽了一切出世念头，并且坚定不移地确定了自己入世使命的文化知识分子。

鲁迅书中曾有类似这样的话：

说从前好的，自己回去；
说现在好的，留在现在；
说将来好的，随我前去！

那与其说是豪迈的鼓呼，毋宁说更是孤傲的而又略带悲怆意味的个人声明——他与他所处的"现在"，是没什么共同语言的。他对社会、国家和民族的寄托，全在将来！而他的眼从"现在"的大面积的深而阔的伤口里，已看到正悄悄长出的新肌腱的肉芽！

曾有他的"敌人"们这样地公开暗示他的"赤"化："然而偏偏只遗下了一种主义和一种政党没嘲笑过一个字，不但没有嘲笑，分明还在从旁支持着它。"

梁实秋在与鲁迅的论战中引用了那很阴险的文字，并在文中最后质问："这'一种主义'大概不是三民主义吧？这'一种政党'大概不是国民党吧？"

这不能不说是比"资本家的乏走狗"更狠的论战一招，因为这等于将鲁迅推到了国民党特务的枪口前示众。文人之间的意气用事，由此可见一斑。这一种文化现象，也是非常"中国特色"的，而且在后来的"文革"中登峰造极。此点与西方是不尽相同的。在西方，文人或文化知识分子虽也每每势不两立，但政治的嘴脸一旦介入其间，那是会适得其反的。论战的双方，要么有一方开始缄默，要么双方同时表达对政治干涉的反感。比如二战前后的美国，一批知识分子同样被列入了亲苏的政治"黑名单"，但他们的某些文化立场上的"敌人"，也有转而替他们向当局提出抗议的……

今天，我们当代中国之文化人和文化知识分子，与其非要从鲁迅身上看清他原来也不过怎样怎样，还莫如以历史为镜为鉴，照出我们自己之文化心理上的不那么文化的疤瘢。

当然，鲁迅斥梁实秋为"资本家的乏走狗"，也是只图一时骂得痛快，直往墙角逼人。研读梁实秋与鲁迅的论战文字，谁都不难得出一个公正的结论，即梁实秋谈的是纯粹的文学和文化之事，如其在大学讲台上授课。二十四岁从美国哈佛大学文学院获得了硕士学位归国任教的梁实秋，当年显然是属于这样一类知识分子——只要垫平一张讲课桌由其讲授文学的课程，课堂以外之事是既不愿关心更不愿分心而为的。当年此类文化知识分子为数是不少的。《青春之歌》中的余永泽身上便有着他们的影子。当然在持革命人生观的当年的青年们看来，那是很不足取的。其实，倘我们今人平静地来思考，却更应该从中发现这样一种人类普遍的生存规律，那就是——只要天下还没有彻底地大乱，甚或，虽则天下业已大乱，但凡还有乱中取静的可能，人类的多数总是会一如既往地做他们想做和一向做的事情的：小贩摆摊、游民流浪、瘾君子吸毒、妓女卖淫、工人上班、农夫下田、歌女卖唱、叫花子行乞、私塾先生教三字经百家姓千字文、大学教授备课授课、学子们孜孜以学……哪怕在集中营里，男人和女人也要用目光传达爱情；哪怕在前线的战壕里，有浪漫情怀的士兵，也会在冲锋号吹响之前默诵他曾喜欢过的某一首诗歌……梁实秋的"悠悠万事，惟文学为大"，正符合着人性的较普遍之规律。深刻如鲁迅者，认为是苟活着并快乐着。但是若换一种宽厚的角度看待之，未尝不也是人性的普遍性的体现。对于梁实秋的"文学经"的种种理论，鲁迅未必能全盘驳倒批臭。因为分明，仅就文学的理论而言，梁实秋也在不遗余力地传播着他自美国接受的一整套体系，并且认为是他的使命和责任。正如鲁迅认为自己做"普罗文学"的主将和旗手是义不容辞之事。

如果说鲁迅倡导"普罗文学"，即"大众文学"，无论当时或现在都有积极的意义，那么他根本否定"第三种文人"也就是根本否定第三种文学和文化，亦即超阶级意识的文学和文化的存在价值，则是大错特错了。在此点上鲁迅其实是自相矛盾的。因为他甚至连对古代艳情禁毁小说都曾笔下留情，表现包容的一面。在此点上，他使本来尊敬他的某些人，后来也对他敬而远之了。而此点对中华人民共和国成立以后的中国文学和文化的负面影响之深远，当然是鲁迅所始料不及的吧？令我们今人重审鲁、梁之间当年的"持久战"，不能不替我们这一代人特别崇敬的鲁迅感到遗憾，甚至感到几分尴尬。

如果说梁实秋传播经典文学之所以成为经典的某些确是真知灼见的理论，尤其试图引西方的文学理论指导中国的文学实践，此念虔诚，并且是有功之举，那么他当年同时以极为不屑的态度嘲讽"大众文学"的弱苗是在今天也有必要反对的。按他当年的标准，《阿Q正传》《骆驼祥子》《祥林嫂》《为奴隶的母亲》《八月的乡村》等简直就登不了文学的大雅之堂了。

而可以肯定的是，梁实秋现在会放弃他当年的错误的文学立场的。他比鲁迅幸运。因为他毕竟有矫正错误的机会。永远沉默了的鲁迅，却只有沉默地任后人重新评说他当年的深刻所难免的偏激和片面而已。正应了"文章千古事，落笔细思量"一句话。想想令我替文人们悲从中来……一位在自身所处的时代鱼缸里鱼似的，游弋在文学的，而且是所谓高雅的那一种文学的理论中；一位在自身所处的时代，备感周遭伪朽现实的混浊，以及对自己造成的窒息；一位在当年专以文学论文学；一位在当年借杂文而隐论国家，隐论民族——根本是表象上"杀作一团"，实质上狭路撞着各不礼让的一场论战，是文学和文化在那个时代空前浮躁的一种现象。正如今天的文学和文化也受时代的影响难免浮躁。

俱往矣！

社会之所以不管怎样病入膏肓，却毕竟总还"活"着，乃因有人在不懈地做着对我们和我们的下一代极为必要之事；而时代之所以变革，则乃因有勇猛的摧枯拉朽者。

两者中都有值得我们钦佩的。鲁迅——旧中国阴霾天穹上,一团直至将自己的电荷耗尽为止的积雨云。鲁迅又如同星团,而别人,在我看来,即或很亮过,也不过是星。星团大过于星……

论教育的诗性

一向觉得,"教育"两字,乃具诗性的词。

它使人联想到另外一些具有诗性的词——信仰、理想、爱、人道、文明、知识等等。

它使人最直接联想到的词是——母校、学生时代、恩师、同窗。还有一个词是"同桌"——温馨得有点儿妙曼,牵扯着情谊融融的回忆。

学校是教育事业的实体。学生将自己毕业的学校称为母校,其终生的感念,由一个"母"字表达得淋漓尽致。学生与教育这一特殊事业之间的诗性关系,无须赘言。

没有学生时代的人生是严重缺失的人生,正如没有爱的人生一样。

"师道尊严"强调的主要非是教师的个人尊严问题,而是教育之"道",亦即教育的理念问题。全人类的教育理念从前都未免偏狭,"尊严"两字是基本内容。此二字相对于教育之"道",也包含着古典的庄重的诗性,虽然偏狭。人类现代教育的理念十分开放,学校不再仅仅是推动个人通向功成名就的"管道",实际上已是关乎一个民族、一个国家乃至全人类文明前景的摇篮……

于是教育的诗性变得广大了。

"教育"二字,令我们视而目肃,读而声庄,书而神端,谈而切切复切切。

因为它与一概人的人生关系太紧密啊!

一个生命就是一次空前绝后的奇迹。父母的精血决定了生命的先天质量。生命演变为人生的始末，教育引导着人生的后天历程。

对于每一个具体的人，左右其人生轨迹的因素尽管多种多样，然而凝聚住其人生元气不散的却几乎只有一件事情，那就是教育的作用和——恩泽。

因为教育与社会的关系太紧密啊！

一个绝大多数人渴望享受到起码教育的愿望遭剥夺的社会，分明地是一个被关在文明之门外边的社会。在那样的社会里，极少数人的幸运，除了给极少数人的人生带来成就和光荣，很难也同时照亮绝大多数人精神的暗夜。

教育是文明社会的太阳。

因为教育与时代的关系太紧密啊！

爱迪生为人类提供了电灯，他改变了一个时代。但是发电照明的科学原理一经被写入教育的课本里，在一切有那样的课本被用于教学而电线根本拉不到的地方，千千万万的人心里便首先也有一盏教育的"电灯"亮着了……

全世界被纪念的军事家是很多的，战争却被人类更理智地防止着；全世界被纪念的教育家是不多的，教育事业却被人类更虔诚地重视了。

少年和青年们谈起文学家、文艺家难免是羡慕的，谈起科学家难免是崇拜的，谈起外交家、政治家难免是钦佩的，谈起企业家难免是雄心勃勃的——但是谈起教育家，则往往是油然而生敬意的了（如果他们也了解某几位教育家的生平的话）。因为有一个事实他们必定肯于默认——世界上有些人是在富有了之后致力于教育的，却几乎没有因致力于教育而富有的人。他们正从后者们鞠躬尽瘁所致力的事业中，获得人生的最宝贵的益处……

教育家和教育工作者们是体现教育诗性的优美的诗句。

而教育的诗性体现着人类诸关系之中最为特殊也最为别致的一种关系——师生关系的典雅和亲近。

所以中国古代有"一日为师，终身为父"的箴言，所以中国古代将拜师的礼数列为"大礼"。这当然是封建色彩太浓的现象,我觉得反而损害了师生关系的典雅和亲近。

那么,让我们来分析一下,上学这件事,对于一个学龄儿童究竟意味着些什么吧。

记得我报名上小学那一天,哥哥反复教我十以内的加减法,因为那将证明我智力的健全与否。母亲则帮我换上了一身干干净净的衣服,并一再替我将头发梳整齐。我从哥哥和母亲的表情得出一种印象:上学对我很重要。我从别的孩子的脸上得出另一种印象:我们以后将不再是个普通的孩子……

报完名回家的路上,忽听背后有一个清脆的声音高叫我的"大名"——也就是我出生后注册在户口本上的姓名。回头看,见是邻院的女孩儿。她的母亲和我的母亲要好,我和她熟稔至极,也经常互相怄气。此前我的"大名"从没被人高叫过,更没被一个熟稔的女孩儿在路上高叫过。而她叫我的小名早已使我听惯了。

我愕然地瞪着她,几乎有点儿怊惶起来。

她眨着眼问我:"怎么,叫你的学名你还不高兴呀?以后你也不许叫我小名了啊!"又说,"你再欺负我,我就不告诉你妈了,要告诉老师了!"

一个人出生以后注册在户口本上的名字,只有当他或她上学以后才渐被公开化。对于孩子们而言,小学校是社会向他们开放的第一处"人生操场",班级是他们人生的第一个"单位"。人与教育的诗性关系,或一开始就得到发扬光大,或一开始就被教育与人的急功近利的不当做法歪曲了。

儿童从入学那一天起,一天天改变了"自我"的许多方面。他或她有了一些新的人物关系:老师、同学、同桌。有了一些新的意识:班级或学校的荣誉,互相关心和帮助,尊敬师长以及被一视同仁平等对待的愿望等等。有了一些新的对自己的要求:反复用橡皮擦去写在作业本上的第一个字,横看竖看总觉得自己还能写得更好。甚至不惜撕去已写满了字的一页,直至一字字一行行写到自己满意为止……

第一个"五"分,集体朗读课文,课间操,第一次值日……几乎所有的小学生，都怀着本能般的热忱进入了学生的角色。

那一种热忱是具有诗性的，是主动而又美好的，是在学校这一教育事业的实体环境培养之下萌生的。如果他或她某天早晨跨入校门走向班级，一路遇到三位甚至更多位老师，定会一次次郑重其事地驻足、行礼、问好。如果他或她已经是少先队员，那么定会不厌其烦地高举起手臂行标准的队礼。怎么会烦遇到的老师太多了呢，因为那在他或她何尝不是一种愉快呢！

当我们中国人在以颇为怀疑的眼光审视西方某些国家里实行的对小学生的"快乐教育"时，我们内心里暗想的是——那不成了幼儿园的继续了吗？

其实不然。

据我想来，他们或许正是在以符合自己国家国情的方式，努力体现着教育事业之针对小学生的诗性吸引力。

当我们在反省我们自己的中小学教育方法时，我想说，我们或许正是在丧失着教育事业针对中小学生们的诗性内涵。

当我们全社会都开始检讨我们的中小学生所面临的学业压力已成沉甸甸的重负时，依我看来，真正值得我们悲哀的乃是——中小学教育事业的诗性质量，缘何竟似乎变成了枷锁？

将一代又一代儿童和少年培养成一代又一代出色的人，这样的事业怎么可能不是具有诗性的事业呢？

问题不在于"快乐教育"或其他教育方式孰是孰非，各国有各国的国情。别国的教育方式，哪怕在别国已被奉为经验的方式，照搬到中国来实行，那结果也很可能南辕北辙。问题更应该在于，我们中国人自己的头脑中，是否有必要进行这样的思考：如果我们承认教育之对于学生，尤其对于中小学生确乎是具有诗性的事业，那么我们怎样在中小学校保持并发扬光大其诗性的特征？

儿童和少年到了学龄，只要他们所在的地方有学校，不管那是一所多么不像样子的学校，只要他们周围有些孩子天天去上学，不管是多数还是少数，他们都会产生自己也上学的强烈愿望。

这一愿望之对于儿童和少年，其实并不一概地与家长所灌输的什么"学而优则仕"或自己暗立的什么"鸿鹄之志"相关。事实上即使在城市里，绝大多数家长也并不经常向独生子女灌输那些，绝大多数的学龄儿童也断然不会早熟到人生目标那么明确的程度。

它主要体现着人性对美好事物的最初的趋之若渴。

在孩子的眼里，别的孩子背着书包单独或结伴去上学的身影是美好的；学校里传出的琅琅读书声是美好的；即使同样是在放牛，别的孩子骑在牛背上看书的姿态也是美好的……

这一流露着羡慕的愿望本身亦是具有诗性的。因为羡慕别的孩子的书包和羡慕别的孩子的新衣服是那么不同的两种羡慕。

这一点，在许多文学作品甚至自传作品中有着生动的描写。一旦自己也终于能去上学了，即或没有书包，即或课本是旧的破损的，即或用来写字的只不过是半截铅笔，即或书包是从母亲的某件没法儿穿了的衣服上剪下的一片布做成的，终于能去上学了的孩子，内心里依然是那么激动……

这也不是非要和别的孩子一样的"从众心理"。

因为，情形很可能是这样的，当这个曾强烈地羡慕别人能去上学的孩子向学校走去的时候，他也许招致另外更多的不能去上学的孩子巴巴的羡慕目光的追随。斯时，后者们才是"众"……

我曾到过很偏远的一个山区小学。那学校自然令人替老师和孩子们寒心。黑板是抹在墙上的水泥刷了墨，桌椅是歪歪斜斜的带树皮的木板钉成的，孩子们的午饭是每人自家里装去的一捧米合在一起煮的粥，就饭的菜是半盆盐水泡葱叶。我受委托去向那一所小学捐赠一批书和文具。每个孩子分到书和文具的同时还分到一块橡皮。他们竟没见过城市里卖的那种颜色花花绿绿的橡皮，以为是糖块儿，几乎全都往嘴里塞……

我问他们："上学好不好？"

他们说："好。还有什么事儿比上学好呢！"

问："上学怎么好呢？"

都说："识字呀，能成有文化的人啊。"

问："有没有志向考大学呢？"

皆摇头。有的说读到小学毕业就得帮家里干活了，有的以庆幸的口吻说爸爸妈妈答应了供自己读到初中毕业。至于识字以外的事，那些孩子根本连想也没想过……

解海龙所摄的、成为"希望工程"宣传明星的那个有着一双大大的黑眼睛的小女孩儿，凝聚在她眸子里的愿望是什么呢？是有朝一日能跨入名牌大学的校门吗？是有朝一日戴上博士帽吗？是出国留学吗？是终成人上人吗？

我很怀疑她能想到那么多那么远。

我觉得她那双大大的黑眼睛所巴望的，也许只不过是一间教室，一块老师在上面写满了粉笔字的黑板，一套属于她的课桌椅——而她能坐在教室里并且不必想父母会因交不起学费而发愁，自己也不必因买不起课本文具而愀然……

总而言之我的意思是，恰恰在那些被叫作穷乡僻壤的地方，在那些期待着"希望工程"资助教育事业的地方，在简陋甚至破败的教室里，我曾深深地感受到儿童和少年无比眷恋着教育的那一种简直可以用"粘连"二字来形容的、"糯"得想分也分不开的关系。

那是儿童和少年与教育的一种诗性关系啊！

我在某些穷困农村的黄土宅墙上，曾见过用石灰水刷写的这样的标语："再穷也不能穷了教育，再苦也不能苦了孩子！"它是农民和教育的一种诗性关系啊！有点儿豪言壮语的意味。然而体现在穷困农村的黄土宅墙上，令人联想多多，看了眼湿。

我的眼并不专善于从贫愁形态中发现什么"美感"，我还未矫揉造作到如此地步。我所看见的，只不过使我在反观我们城市里的孩子与教育，具体说是与学校的关系时，偶尔想点儿问题。

究竟为什么，恰恰是我们可以坐在宽敞明亮的教室里，而且根本不被"学费"二字困扰的孩子，对上学这件事，对学校这一处为使他们成材而安排周到的地方，往往表现出相当逆反的心理呢？

这一种逆反的心理，不是每每由学生与教育的关系、与学校的关系，迁延至学生与老师与家长的关系中了吗？

不错，全社会都看到了中小学生几乎成了学习的奴隶，猜到了他们失乐的心理，看到了他们的书包太大太重，看到了他们伏在桌上的时间太长久了……

于是全社会都恻隐了。于是采取对他们"减负"的措施。但又究竟为什么，动机如此良好的愿望，反而在不少家长内心里被束之高阁，仿佛你有千条妙计，我有一定之规呢？但又究竟为什么，"减负"了的学生，有的却并不肯"自己解放自己"，有的依然小小年纪就满心怀的迷惘与惆怅呢？如果他们的沉重并不主要来自书包本身的压力，那么又来自什么呢？

一名北京市的初二学生在寄给我的信中写道：

我邻家的哥哥姐姐们，大学毕业一年多了，还没找到工作，可都是正牌大学毕业的呀！我十分努力，将来也只不过能考上一般大学。我凭什么指望自己将来找到一份普普通通的工作竟会比他们容易呢？如果难得多，考上了又怎么样？学校扩招并不等于社会工作也同时扩招呀！可考不上大学，我的人生出路又在哪里呢？爸爸妈妈经常背着我嘀咕这些，以为我听不到。其实，我早就从现实中看到了呀！一般大学毕业生的出路在何方呢？谁能给我指出一个乐观的前景呢？我现在经常失眠，总想这些，越想越理不出个头绪来……

倘这名初二女生的信多多少少有一点儿代表性的话，那么是否有根据认为——我们的相当大一批孩子，从小既被沉重的书包压着，其实也被某种沉重的心事压着？那心事本不该属于他们的年纪，但却不幸地过早地滋扰着困惑着他们了……他们也累在心里，只不过不愿明说。

我们的孩子们的状态可能是这样的：一、爱学习，并且从小学三四年级起，就将学习与人生挂起钩来，树立了明确的学习目标的；二、在家长经常的耳提面命之下，懂了学习与人生的密切关系的；三、有"资格"不想也不必怎样努力，反正自己的人生早已由父母负责铺排顺了的；四、厌学也没"资格"，却仍不好好学习，无论家长和老师怎样替自己着急都没用的；五、虽明白了学习与人生的密切关系，虽也孜孜努力，却仍对考上大学没把握的。

对第一种孩子不存在什么学习负担过重的问题，倒是需要家长关心地劝他们也应适当放松。对第二种孩子，家长就不但应有关心，还应有体恤之心了。不能使孩子感到，他或她小小的年纪已然被推上了人生的"拳击场"，并且断然没有了别种选择……

前两种孩子中的大多数，一般都能考上大学。他们和他们的家长，无论社会在主张什么，总是"按既定方针"办的。

对第三类孩子，社会和学校并不负什么特别的责任。"减负"或"超载"也都与他们无关。甚至，只要他们不构成某种社会负面现象，社会和学校完全可以将他们置于关注之外、谈论之外、操心之外。

第四类孩子每与青少年社会问题有涉。他们的问题并不完全意味着教育的问题，也并非"中国特色"，几乎每个国家都有此类青少年存在。他们应是一个值得关注的问题，却也不必大惊小怪。

第五类孩子最堪怜。从他们身上折射出的，其实更是教育背后凸现的人口众多、就业危机问题。无论家长还是学校，有义务经常开导他们，使他们比较地能相信——我们的国家还在发展着。这发展过程中，国家捕捉到的一切机遇，其实都在有益的方面决定着他们将来的人生保障……我们为数不少的孩子，确乎过早地"成熟"了。本来，就中小学生而言，他们与学校亦即教育事业的关系，应该相对单纯一些才好。"识字，成有文化的人。"——就是单纯。在这样一种儿童和少年与教育事业的相对单纯的关系中，教育体现着事业的诗性，孩子体验着求知的诗性，学校成为有诗性的地方。学校和教室的简陋不能彻底抵消诗性。教师和家长对学生之学业要求，也不至于彻底抵消诗性。

但是，倘学校对于孩子成了这样的地方——当他们才小学三四年级的时候，教师和家长就双方面联合起来使他们接受如此意识：如果你不名列前茅，那么你肯定考不上一所好中学，自然也考不上一所好高中，更考不上名牌大学，于是毕业后绝无择业的资本，于是平庸的人生在等着你；而你若连大学都考不上，那么你几乎完蛋了，等着瞧吧，你连甘愿过普通人生的前提都谈不上了——街头那个摆摊的人或扛着四十公斤的桶上数层楼给邻家送纯净水的人，就是以后的你……

这差不多是符合逻辑的，差不多是现实，同时，也差不多是某些敏感的孩子的悲哀。这一点比他们的书包更沉。这一点，一旦被他们过早地承认了，"减负"不能减去他们心中的阴霾。于是教育事业对于孩子们所具有的诗性，便几乎荡然无存了。最后我想说——如果某一天，教师和家长都可以这样对中小学生讲——你们中谁考不上大学也没什么。瞧瞧你们周围，没考上大学的人不少啊！没考上大学就过普通的人生吧，普通的人生也是不错的人生啊！……

倘这也差不多是一种逻辑、一种现实，那么，我们就有理由根本不谈什么"减负"不"减负"的话题了。中小学教育的诗性，就会自然而然地复归于学校了。当然，这样一天的到来，是比"减负"难上百倍的事。我却极愿为我们中国的中小学生祈祷这样一天的尽早到来！

做立体的中国人

一

二十几年前，倘有人问我——在中国，对文学以及与之紧密相关的姊妹艺术的恰如其分的鉴赏群体在哪里，我会毫不犹豫地回答：在大学。

十几年前，我开始怀疑自己的这一结论。尽管那时我被邀到大学里去讲座，受欢迎的程度和二十几年前并无区别，然而我与学子们的对话内容却很是不同了——二十几年前学子们问我的是文学本身，进而言之是作品本身的问题。我能感觉到他们对于作品本身的兴趣远大于对作者本身，而这是文学的幸运，也是中文教学的幸运；十几年前他们开始问我文坛的事情——比如文坛上的相互攻讦、辱骂，各种各样的官司，飞短流长以及隐私和绯闻。广泛散布这些是某些媒体的拿手好戏。我与他们能就具体作品交流的话题已然很少。出版业和传媒帮衬着的并往往有作者亲自加盟的炒作在大学里颇获成功。某些学子读了的，往往便是那些，而我们都清楚，那些并不见得有什么特别之处。

现在，倘有人像我十几年前那么认为，虽然我不会与之争辩什么，但我却清楚地知道那不是真相。或反过来说，对文学以及与之紧密相关的姊妹艺术的恰如其分的鉴赏群体，它未必仍在大学里。

那么，它在哪儿呢？

对文学以及与之紧密相关的姊妹艺术的恰如其分的鉴赏群体，它当然依旧存在着。正如在世界任何国家一样，在二十一世纪初，它不在任何一个相对确定的地方。它自身也是没法呈现于任何人前的。它分散在千人万人中。它的数量已大大地缩小，如使它的分散变成聚拢，乃是一件不容易的事。它是确乎存在的，而且，也许更加纯粹了。

他们可能是这样一些人——受过高等教育，同时，在社会这个大熔炉里，受到过人生的冶炼。文化的起码素养加上对人生、对时代的准确悟性，使他们较能够恰如其分地对文学、电影、电视剧、话剧乃至一首歌曲、一幅画或一幅摄影作品，得出确是自己的，非是人云亦云的，非是盲目从众的，又基本符合实际的结论。

当然，他们也可能由于这样那样的原因，根本没迈入过大学的门槛。那么，他们的鉴赏能力，则几乎证明着人在文艺方面的自修能力和天赋能力了。

人在文艺方面的鉴赏能力，检验着人的综合能力。

卡特竞选美国总统获胜的当晚，卡特夫人随夫上台演讲。由于激动，她高跟鞋的后跟扭断了，卡特夫人扑倒在台上。斯时除了中国等少数几个国家（当年我们的电视机还未普及），全世界约十几亿人都在观看那一实况。

卡特夫人站起后，从容走至麦克风前说："先生们、女士们，我是为你们的竞选热忱而倾倒的。"

能在那时说出那样一句话的女性，肯定是一位具有较高的文艺鉴赏能力的女性。

迄今为止，法国历史上唯一的一位海军女中将，当年曾是文学硕士。对于法国海军和对于那一位女中将，文学鉴赏能力高也肯定非属偶然。

丘吉尔在二战中的历史作用是举世公认的，他后来获得了诺贝尔文学奖。细想想，这二者之间的关系是深刻的。

是的，我固执地认为，对文艺的鉴赏能力，不仅仅是兴趣有无的问题。这一点在每一个人的人生中所能说明的，肯定比"兴趣"二字大得多。它不仅决定人在自己的社会位置和领域做到了什么地步，而且，决定人是怎样做的。

二

前不久我所在大学的同学们举办了一次"歌唱比赛"——二十七名学生唱了二十七首歌，只有一名才入学的女生唱了一首民歌，其他二十六名学生唱的皆是流行歌曲。而且，无一例外的是——我为你心口疼你为我伤心那一类。

我对流行歌曲其实早已抛弃偏见，我想指出的仅仅是——这一校园现象告诉了我们什么。

告诉我们——一代新人原来是在多么单一而又单薄的文化背景之下成长的。他们从小学到中学，在那一文化背景之下"自然"成长，也许从来不觉得缺乏什么。他们以相当高的考分进入大学，似乎依然仅仅亲和于那一文化背景。但，他们身上真的并不缺乏什么吗？欲使他们明白缺失的究竟是什么，已然非是易事。甚而，也许会使我这样的人令他们嫌恶吧？

到目前为止，我的学生们对我是尊敬而又真诚的。他们正开始珍惜我和他们的关系。这是我的欣慰。

三

大学里汉字书写得好的学生竟那么少，这一普遍现象令我愕异。

在我的选修生中，汉字书写得好的男生多于女生。

从农村出来的学生，反而汉字都书写得比较好。他们中有人写得一手秀丽的字。

这是耐人寻味的。

我的同事告诉我——他甚至极为郑重地要求他的研究生在电脑打印的毕业论文上，必须将亲笔签名写得像点儿样子。

我特别喜欢我班里的男生——他们能写出在我看来相当好的诗、散文、小品文等。

近十年来，我对大学的考察结果是——理科大学的学生对于文学的兴趣反而比较有真性情，因为他们跨出校门的择业方向是相对明确的，所以他们丰富自身的愿望也显得由衷；师范类大学的学生对文学的兴趣亦然，因为他们毕业后大多数是要做教师的，他们不用别人告诉自己也明白——将来往讲台上一站，知识储备究竟丰厚还是单薄，几堂课讲下来便在学生那儿见分晓了；对文学的兴趣特别勉强，甚而觉得成为中文系学子简直是沮丧之事的学生，反而恰恰在中文系学生中为数不少。

又，这么觉得的女生多于男生。

热爱文学的男生在中文系学生中仍大有人在。

但在女生中，往多了说，十之一二而已。是的，往多了说，十之八九，"身在曹营心在汉"，学的是中文，爱的是英文。倘大学里允许自由调系，我不知中文系面临的是怎样的一种局面。倘没有考试的硬性前提，我不知他们有人还进入不进入中文课堂。

四

中文系学子的择业选择应该说还是相当广泛的。但归纳起来，去向最多的四个途径依次是：留校任教，做政府机关公务员，做大公司老总文秘，或是做报刊编辑、记者及电台、电视台工作者。

留校任教仍是中文系学子心向往之的，但竞争越来越激烈，而且，起码要获硕士学位资格，硕士只是一种起码资格。在竞争中处于弱势，这是中文系学子们内心都清楚的。公务员人生，属于仕途之路。他们对于仕途之路上所需要的旷日持久的耐心和其他重要因素望而却步。做大公司老总的文秘，仍是某些中文系女生所青睐的职业。但老总们选择的并不仅仅是文才，所以她们中大多数也只有暗自徒唤奈何。能进入电台、电视台工作，她们当然求之不得，但非是一般人容易进去的单位，她们对此点不无自知之明。那么，几乎只剩下了报刊编辑、记者这一种较为可能的选择了。而事实上，那也是最大量地吸纳中文毕业生的业界。但，另一个不争的事实乃是，报刊编辑、记者早已不像十几年前一样，仍是足以使人欣然而就的职业。尤其"娱记"这一职业，早已不被大学学子们看好，也早已不被他们的家长们看好。岂止不看好而已，大实话是——已经有那么点儿令他们鄙视。这乃因为，"娱记"们将这一原本还不至于令人嫌恶的职业，在近十年间，自行地搞到了有那么点儿让人鄙视的地步。尽管，他们和她们中，有人其实是很敬业很优秀的。但他们和她们要以自己的敬业和优秀改变"娱记"这一职业已然扭曲了的公众形象，又谈何容易。

这么一分析，中文学子们对择业的无所适从、彷徨和迷惘，真的是不无极现实之原因的……

五

"学中文有什么用？"

这乃是中文教学必须面对，也必须对学子们予以正面回答的问题。可以对"有什么用"做多种多样的回答，但不可以不回答。

我原以为这只不过是一个当代问题，后来一翻历史，不对了——早在二十世纪二十年代时清华学校文科班的"闻一多"们，便面临过这个问题的困扰，并被嘲笑为将来注定了悔之晚矣的人。可是若无当年的一批中文才俊，哪有后来丰富多彩的新文学及文化现象供我们今人津津受用呢？

中文对于中国的意义自不待言。

中文对于具体的每一个中国人的意义，却还没有谁很好地说一说。

学历并不等于文化的资质。没文化却几乎等于没思想的品位，情感的品位也不可能谈得上有多高。这类没思想品位也没情感品位的中国人，我已见得太多，虽然他们很可能有着较高的学历。所以我每每面对这样的局面暗自惊诧——一个有较高学历的人谈起事情来不得要领，以其昏昏，使人昏昏。他们的文化的全部资质，也就仅仅体现在说他们的专业，或时下很流行的黄色的"段子"方面了。

一个人自幼热爱文学，并准备将来从业于与文学相关的职业无怨无悔，自然也就不必向其解释"学中文有什么用"。但目前各大学中文系的学生，绝非都是这样的学子，甚而大多数不是……

那么，他们怎么会成了中文学子呢？

因为——由于自己理科的成绩在竞争中处于劣势，而只能在高中分班时归入文科；由于在高考时自信不足，而明智地选择了中文，尽管此前的中文感性基础几近于白纸一张；由于高考的失利，被不情愿地调配到了中文系，这使他们感到屈辱。他们虽是文科考生，但原本报的志愿是英文系或"对外经济"什么的……那么，一个事实是——中文系的生源的中文潜质，是极其参差不齐的。对有的学生简直可以稍加点拨而任由自修，对有的学生却只能进行中学语文般的教学。

不讲文学，中文系还是个什么系？

六

中文系的教学，自身值得反省处多多。长期以来，忽视实际写作水平的提高，便是最值得反省的一点。若中文的学子读了四年中文，实际的写作水平提高很小，那么不能不承认，是中文教学的遗憾。不管他们将来的择业与写作有无关系，都是遗憾。

在全部的大学教育中，除了中文，还有哪一个科系的教学，能更直接地联系到人生？

中文系的教学，不应该仅仅是关于中文的"知识"的教学。中文教学理应是相对于人性的"鲜蜂王浆"。在对文学做有品位的赏析的同时，它还是相对于情感的教学，相对于心灵的教学，相对于人生理念范畴的教学。总而言之，既是一种能力的教学，也是一种关于人性质量的教学。

所以，中文系不仅是局限于一个系的教学。它实在是应该成为一切大学之一切科系的必修学业。

中文系当然没有必要被强调到一所大学的重点科系的程度，但中文系的教学，确乎直接关系到一所大学一批批培养的究竟是些"纸板人"还是"立体人"的事情。

我愿我们未来的中国，"纸板人"少一些，再少一些；"立体人"多一些，再多一些。我愿"纸板人"的特征不成为不良的基因传给他们的下一代。我愿"立体人"的特征在他们的下一代身上，有良好的基因体现。

抱持理想　开创未来

青年的朋友们：

我今年已经七十五岁了。

大家知道的，中华人民共和国成立时，曾是一个一穷二白的国家。我们中国人通过几代人的努力，才取得了今天各方面的发展成就。在这一过程中，中国几代青年功不可没。我作为过来人，和我的绝大多数同代人一样，不但是中国七十余年发展史的见证者，也在各行各业奉献过我们的青春和汗水。今日之中国的成就体现了以往几代青年的热望。

我三十几岁就三次获得全国中短篇小说奖了，一九八四年在文学界曾被夸张地形容为梁晓声年。

在成为作家后，我对自己的要求是坚定不移地维护和平主义立场、人道主义精神、公平法则以及善的正义的态度。我在创作中一向秉持这样的理念，即不但要反映人在现实中往往是怎样的，也要满怀希望地反映人应该是怎样的、可以是怎样的。

这要感激人类社会的一位可敬公使，便是国与国之间积极主动的、真诚友善的文化思想和各种文艺形式的交流。我是中国以及世界各国优秀文化和文艺的思想受惠者、受洗礼者。故我对在座的每一个青年朋友的第一个希望是——大家都来尽可能地做这样的使者吧！做不成官方的，还做不成民间的吗？想想吧，当一个青年能起到这样的作用时，会有多少青年因而受益啊！

我认为，这一部分人类与那一部分人类之间互相了解、深层的理解，往往首先开始于青年之间。因为青年最希望和平，因为青春在和平年代才能发挥更多种社会作用，因为爱情之花在和平年代才会开放得更美好，因为善和爱在和平年代才会获得更普遍的合乎人性进化的守护。

我五十几岁时成为一名大学老师。在某一届新生入校后，我代表全体教师致欢迎词，我对青年学子提出了四点希望：

  植根于内心的修养

  无须提醒的自觉

  以自律为前提的自由

  为别人着想的善良

我虽已七十五岁了，仍愿意与大家共勉。

作为中国作家，我曾经想过一些在别人看来十分古怪的问题。比如，着迷似的想过——普罗米修斯为人类盗火时，年方几何呢？希腊神话显示，他不会是位老者。甚至，也不会是中年大叔。因为他曾与太阳神阿波罗对饮。阿波罗是不老青年，那么，估计普罗米修斯也是个大青年。苏联作家高尔基，曾写过一篇很短的小说《丹柯》，丹柯确乎是一位青年。当部族在冰雪之夜迷失了迁徙的方向时，他剖开自己的胸膛，捧出了自己的心脏，高高举起。那心脏像火炬般，照亮了族人前行的方向。

几乎每一个民族、每一个国家，都有自己的神话故事、英雄史诗，其中都不乏青年形象。即使确乎没有，戏剧、小说和后来的电影，也会塑造出普罗米修斯或丹柯那样的青年形象。这意味着——我们人类特别本能地，对青年报以终极性的希望。也就是说，中老年人都明白，本民族的命运怎样，自己国家的前途怎样，全人类的未来怎样，完全取决于一代又一代的青年怎样。这是唯一答案，绝无第二种答案。

试问，哪一个民族、哪一个国家，在其历史的严峻时期，没有青年们勇往直前、奋不顾身、壮烈牺牲的身影呢？影响全人类进步历程的文化启蒙运动的主要群体是青年。任何一个国家、任何一个民族，必定都涌现过英雄人物。在那些英雄中，必定会有青年的名字被铭记、被缅怀。

在和平时期，青年是生产建设的主要群体。人类社会的一半财富是由一代代青年创造的。一个又一个世纪过去，人类社会的发展过程基本如此。特别是，当灾难或危险来临时，全世界的青年大抵都本能地将安全的机会留给老人、妇女和儿童，而甘愿在掩护中牺牲自己。

法国曾有一部话剧《等待戈多》，是两位青年几十年前创作的。他们在他们所处的时代，看到了人类社会种种的不平现象，却又很无奈，希望能有一位叫戈多的大智慧者来帮助人类解决。几十年又过去了，世界上还有地区战火熊熊、生灵涂炭，人类的和平愿望在滴血，文化核心价值观被蔑视，文明原则在滴血——我的心也在滴血。

但是我也想说，亲爱的青年朋友们，在一百几十个国家七十几亿人类中，和平不可能是一促而成的，它必然是一个漫长而复杂的过程。为了和平，能做什么就做什么吧，能做多少就做多少吧。因为我们总不能什么也不做，因为半个世纪前创作《等待戈多》的两个年轻人，他们心中的戈多并不是神，正是今天的世界青年啊！听，从未来正传过来脚步声，那是未来的和平之神，亦即未来的青年，正向我们走来。

未来是从现在开始的。

正是在和平的路口，今日之青年与未来之青年，因为心是相通的，而能达成思想的会合。人类之命运，不应该不是，最终也不可能不是一个共同体。

和平万岁！

世界青年的团结万岁！

全世界人民大团结万岁！

祝在座的青年朋友们，以及你们的亲人们人生顺遂、平安。